嫡女難嫁

1

文創風 177

蘇小涼 著

目錄

自序

作為坐著八〇末班車來到世上的我來說，從小到大的生活雖算不上富裕，但也不短缺吃穿，因而養成了隨遇而安的性子。從小在農村生活長大，頑皮搗蛋，像個男孩子，長大之後社會對於這樣直爽品性的姑娘有了一個新名字——女漢子，從此我就以此自居。

每一個酷愛看小說，且經常看到三更半夜的姑娘都有一個共性——宅，宅是當代男男女女一種慣相，我說我宅，通常可以概括很多內在東西，例如沒錢出去玩，例如沒有男朋友，例如懶得動，活到這樣的年紀，在家中母上大人連番奪命催嫁，甚至威脅再不出嫁就要把我吊死在家門口以示家風的時候，我依舊宅得自得其樂。而我筆下一本本的小說，部分功勞還得歸功給宅。

寫第一本網路小說的時候是在二〇一二年的開春四月，話說當時的心境還沈浸在畢業之初，校園經典中，洋洋散散十二、三萬字，歷時兩個月的時間，完結了第一本小說，從此愛上了寫作。

抱著試一試的心態，我寫了宅鬥，《嫡女難嫁》這本書，就是在這個時候產生的。

這本書的靈感同樣來自於以往看過的許多小說，想寫一個商賈女子在家業受困的時候努力維持住父母留下的東西，步步為營的故事，由於對生意上的事瞭解不透徹，其中穿插了不少情感上的支線，也算是涼子投機取巧了。

當初落筆的時候其實想過很多，寫的過程中不免也遇到過不少瓶頸，刪刪減減幾個月，終於把這本書完成，人物塑造尚且滿意。對於文中的人物，讓我最為之疼惜的，還是那個配角之配角的皇貴妃，為此在番外中，花了不少筆墨去寫她的故事。

看多了小說，每每看到結尾的時候，總有這樣的想法，我為什麼不嘗試寫這樣的類型呢？這樣的類型我也可以寫。

緊接著腦海中便會蹦躂出關於這類小說的資訊，人物設定，故事架構，情節衝突。每到這時候我就恨不得有一台機器，能夠把我腦海中的東西通通化為文字。也就是這樣的感覺，在這幾年的寫作生活中，在邊寫邊看的路程裡，我總能想出一些新的設定，新的類型讓自己去嘗試。

有人說，一個作者筆下的主角或配角，或多或少會寄託原作者的一些精神寄託，或對過去的緬懷，或對現在的感慨，或對未來的期許。

人生中有諸多不平的事情發生，在筆下，我們可以把世界構造成我們想要的，而讀者們可以從中找到自己的精神期望，這其實和遊戲有著相類似的地方，遠離現實，最終又回到現實，回來的時候會多很多新的見解和認知。

鑒於此，我在寫文中也給了自己一些硬性規定，要做一個有良知的寫手，起碼我的主角得是正派，我的內容得是積極向上，我的結局得是邪不勝正。

勵。

感謝出版社給予了涼子這樣的機會，讓《嫡女難嫁》能夠出版實體書，給了我莫大的鼓勵。

在未來的日子裡，我也希望自己能夠將筆下的每一個人物都塑造得豐滿，給予喜愛我書本的讀者更多的新作品。

第一章

七月的金陵很熱，熱得連知了都懶得叫了，午後不見一絲風。

金陵四大家之一的嚴家花園裡，守門的婆子懶懶地靠在陰涼處，手中拿著塊帕子擦著額頭不斷滲出來的汗，不時抬頭看天空，那一輪執著不下去的烈日。

忽然花園的暖房裡傳來一聲尖叫，緊接著是碗碟摔碎的聲音，嚴家少奶奶的聲音隨之響起。

那婆子因為聽不清楚，不由得往裡面走了幾步，遠遠地看著那打開的暖房門。

暖房內楚亦瑤死死地瞪著那床上的人，那人正瑟縮在床角裡抓著被子，身上只剩下一件肚兜掛著，滿臉的驚慌失措。

「嚴城志！你這個畜生！你……你豬狗不如！居然做出這種事情，你怎麼對得起我！」楚亦瑤顫抖著雙唇看著他們罵道。

一旁嚴城志很快穿好了衣服，還試圖過來拉她。「亦瑤，妳聽我說，這一切都是誤會。」

身懷六甲的楚亦瑤狠狠地甩開了他的手，一個踉蹌她靠在門邊，一臉悲戚地看著他。

「誤會？嚴城志，你告訴我這是誤會？」

床鋪上的人就這麼穿著肚兜短褲衝了下來，跪在楚亦瑤的面前，哭泣著哀求她道：「二姊，二姊我和城志是真心相愛的，求妳成全我們，求求妳，二姊。」

楚亦瑤胸口一陣悶，舉起手狠狠地給了她一巴掌，發狠地看著他們兩個。「我成全你們，那誰來成全我？我倒要讓別人看看，嚴家的大少爺是怎麼和小姨子苟且的！」

說完楚亦瑤轉身往外走去，扶著楚妙藍的嚴城志見狀趕緊追了出去。

那婆子看到少奶奶從屋子裡衝了出來，大少爺一面整理衣服一面在後頭追著，兩個人拉拉扯扯眼看著到了池塘邊，就這麼一閃神的時間，少奶奶竟然掉到了水裡。

「啊！」穿戴好了跟出來的楚妙藍見到這一幕，即刻尖叫了起來。

安靜的午後聽到這動靜的人全都趕了出來，一看少奶奶落水了，趕緊找人撈上來。

嚴城志呆呆地看著自己的手。剛剛……剛剛他就是用這雙手推開了她，把她推到了池塘裡。

等嚴家老夫人趕來的時候，楚亦瑤的人已經被救上來，抬回了屋子裡。

溺了水的楚亦瑤一直沒有醒過來，急忙派人去請了大夫。

嚴老夫人看著孫子，再看看一旁的楚妙藍，拿起拄著的枴杖往嚴城志身上狠狠地打了去。「你這混帳東西，看看你做的混帳事！」

嚴城志一面躲著，趕到的嚴夫人趕緊把兒子護在懷裡，求道：「娘啊，您這是要把志兒打死了。」

「就是妳這樣的娘才養出這樣沒出息的兒子！」嚴老夫人重重地敲了一下枴杖。

屋子裡傳來丫鬟的哭聲——

「老夫人，不好了，少奶奶流血了。」

眾人趕進去一看，只見大夫一面施針，一旁床邊的盆子裡滿是血水，楚亦瑤還昏迷在那兒。

嚴老夫人趕緊讓人去請了穩婆過來，半個時辰過去，一個兩拳頭大小的嬰兒裹在襁褓中被抱了出來。

嚴老夫人只看了一眼便昏了過去，場面再度混亂。

似乎是被外頭的吵鬧聲吵醒了，楚亦瑤悠悠地睜開眼睛，下腹一陣疼痛，她下意識地伸手去摸，腹部平坦，一旁傳來大夫的聲音——

「少奶奶節哀，我現正為妳施針止血。」

銀針扎入的痛已經沒有一點知覺，楚亦瑤怔怔地望著床頂。她還需要節哀什麼，哀莫大於心死。

門外傳來稚嫩的叫喊聲——

「娘，娘。」

楚亦瑤側頭過去看，一個三歲不到的女童，頭上紮著吉祥包，穿著湖藍的小裙子，朝著她奔過來。

「薇兒。」楚亦瑤伸出手去。

嚴家薇乖巧地趴在床沿，看著面色蒼白的楚亦瑤，伸手在她的手心裡摸了摸，糯糯地說道：「娘，娘不痛，薇兒給您呼呼。」

「薇兒乖。采籬，帶大小姐去休息。」楚亦瑤不忍她看到自己這副樣子，吩咐丫鬟帶女兒離開。

嚴家薇不捨地看著她，拉著她的手撒嬌道：「娘，我要和娘睡。」

「等娘好了，娘就可以陪薇兒一起睡了，乖，跟著采籬出去。」楚亦瑤看著她們出去，望著那床頂，心頭的思緒亂成了一團，怎麼理都不順。

很快就有人送藥進來給她喝，丫鬟扶著她喝下了兩碗湯藥，說這是止血養身的，讓她好好休息。其間嚴夫人過來看了她一會兒，至於說了些什麼，她已經記不清楚了，大抵是一些兒子不懂事，讓她這個做妻子的承受這些。

楚亦瑤昏昏沈沈地睡了又醒，睜開眼窗外是一片的黑，腹部的疼痛絲毫未減反而愈來愈烈，楚亦瑤想要開口喊人，門驟然開了。

一個身影慢慢地走了進來，在桌子上點了燈，屋子裡亮了起來。

楚妙藍神情微怯地走到床邊，低頭看著楚亦瑤。

楚亦瑤被這光亮照得難受，閉了下眼冷聲說道：「妳來做什麼？」

「我來聽聽姊姊的臨終遺言呢。」楚妙藍嫣然一笑，全然沒了之前那怯懦的樣子，把燭火挪開了一些，坐在了床沿，那紅光襯著她的神情尤為詭異。

心內一急，楚亦瑤感覺到身下一陣的熱浪淌下，像是生命流逝那般，她的眼前越來越模糊，那張笑靨的臉快要與那燭火重疊在一起。

「楚亦瑤啊楚亦瑤，妳這一輩子活得可精彩？從高高在上的楚家嫡長女變成今天要仰仗嚴家、毫無尊嚴地活下去的少奶奶，妳過去擁有的一切，以後都是我的了，妳是不是很不甘心？」楚妙藍笑得很開心，看著她越來越蒼白的臉色，神情忽然猙獰了幾分。

「二姊妳不用急，很快妳最親愛的哥哥，還有妳的小侄子都會去陪妳，黃泉路上搭個伴，也不算寂寞了。」

楚妙藍的聲音傳入她耳中越來越遠，她想要反抗卻一點力氣都沒有，像是沈入了一個無底深淵中，一直往下沈，而一張張的臉在她眼前飄過，父親的，嫂嫂的，哥哥的，還有薇兒的……

金陵的初春一向比較冷，楚家怡風院內，那幾棵種著的桃樹才剛抽了嫩芽，院子主屋內窗戶開著，一抹俏黃的身影坐在窗前，低頭看著手中的書，頭上戴著一支簡單的玉簪，倘若不是那翻書的手小小的，遠遠地望過去會以為是哪家閨中將要出閣的大小姐在那兒休憩。

一個十二、三歲年紀的丫鬟撩起簾子走了進來。「小姐，二夫人她們過來了。」

楚亦瑤慢慢地合上了書，語氣甚淡地說道：「寶蟾，說了多少遍了，這裡不是楚家祖屋，沒有什麼二夫人。」

「是，楚家二夫人的馬車到了。」寶蟾連忙改口，覺得大小姐的脾氣是越來越難捉摸了。「小姐是不是要出去看看？」

「給她們住的院子可安置好了？」楚亦瑤站了起來，寶蟾走過來替她把椅子挪開，在旁人看來，她不過是十來歲的小姑娘，說起話來卻頗有老成模樣。

寶蟾猶豫了一下，開口道：「小姐，珍寶閣那兒是不是太偏了？」

楚亦瑤回頭涼涼地瞥了她一眼，稚嫩的臉上閃過一抹嘲諷。「派妳去伺候楚二夫人可好？」

寶蟾嚇得跪了下來。「小姐，寶蟾不是這個意思，寶蟾只是覺得珍寶閣那裡給她們住，她們會說小姐的不是。」

「她們要是不滿意，就住到外面去，金陵到處是好宅好府邸。」

楚亦瑤剛說完，簾子再度被掀開了，走進來一個嬤嬤和一個丫鬟。那嬤嬤見跪在地上的寶蟾輕聲說道：「寶蟾，楚二夫人和三位堂小姐過來了，妳去幫著少奶奶，就說小姐人懶得很。」

等寶蟾出去，那嬤嬤看了楚亦瑤一眼。「寶蟾又犯了什麼錯，您要這麼說。」

「奶娘！」楚亦瑤無奈地喊道，看著眼前尚且年輕的奶娘，還有從小陪著自己一起長大的丫鬟寶笙。就在一個月前，她驟然驚醒，卻發現一切都回到了大哥去世半年後。

她好像只是作了一場噩夢，夢中就算再痛苦、再淒慘，她如今都醒了，好像那一切都不是真的，可二十天前，二嬸要帶著她的三個女兒來到金陵的消息傳來，楚亦瑤再也無法欺騙自己，那是自己確確實實經歷過的一場前世。大哥去世半年多後，來楚家幫忙的二叔終於把他的妻子和三個孩子都接過來了。

再活一次，她楚亦瑤怎麼可能讓楚家落入二叔的手中，再被瓜分得四分五裂，為他人做嫁衣裳。

「寶蟾她本來就這個木訥的性子。」錢嬤嬤苦口勸道：「您總不能要求她一下就長進了，這丫頭一門心思就對您好。」

「總要學會開竅，不聰明的難道一輩子就可以不學好了？」楚亦瑤走到床邊靠下，一門心思為她好？但好心辦壞事，她要去怪誰。

「寶笙妳留下照顧小姐。」錢嬤嬤替她蓋上了被子，說完掩上了窗戶，屋子裡一下暗了一些。

寶笙沒有說話，只是替她輕輕地按著腿，良久，楚亦瑤睜開了眼。「二少爺呢？」

「二少爺一早就出去了。」

楚亦瑤一聽，眼底閃過一抹擔憂，如今的楚家還離不開二叔，二哥不成器，侄兒應竹還這麼小，大哥去世後，各大管事不就是看著楚家一時半會兒沒了主心，各懷心思，恨不得能把楚家給拆了，各自拿好處走。

楚亦瑤沒再問，再度閉上了眼，她必須要讓二哥能夠像大哥那樣延續爹留下的家業，即便是不能，至少也要能穩住那些老狐狸，絕不能讓二叔侵吞了爹和娘辛苦一輩子創下的商行。

寶笙按了一會兒，見小姐睡著了，輕手輕腳地拉下了帷帳，走到了外室。

原本在收拾東西的孔雀迎了上來，低聲問道：「小姐睡了？」

寶笙點點頭。

孔雀嘆了口氣。「也好，這些日子以來小姐哪有睡過一個安穩覺。」就是小姐身邊伺候的她們都感覺到小姐的脾氣越發難耐了，大少爺遇難的消息，大小姐雖面上不說，她們也都知道她有多難過。

沒過多久，外頭吵吵鬧鬧了起來，在外室做針線活的孔雀和寶笙趕緊出去看。

楚二夫人肖氏正帶著幾個人浩浩蕩蕩地朝著這邊走來，聲音尤其亮，似乎是對著她身後的人說道——

「我們家放下徽州的生意不管來幫你們，你們倒好，就給我們住這樣的屋子，妳說是亦瑤當家是吧，我倒要看看她要怎麼交代。」

肖氏帶著這麼多人到了門口，寶笙攔住了她。「小姐正在午睡，還請楚二夫人稍後再來吧。」

「怎麼這亦瑤越來越不懂規矩了，侄媳啊，妳這做長嫂的是怎麼教小姑子的。」

喬從安站在她身後並沒上前，她看了寶笙一眼，肯定是亦瑤發了話不准打擾，笑道：「小姑子她一向懂事，不需要侄媳教呢。」

「長輩來了不來迎接，這也叫懂事？真不知道大嫂是怎麼教孩子的。」肖氏不屑地說道，可礙於形象又不能硬闖，寶笙和孔雀兩個死攔，就是不給她們一點機會。

「我娘怎麼教孩子的，就不需要二嬸來評斷了，這大中午的在這裡吵吵鬧鬧，妳們不用做事了？」內室的簾子隨著那聲音被拉了開來，楚亦瑤走出來冷臉看著跟在肖氏身後的幾個楚家婆子，那幾個婆子一聽很快退了開去，肖氏身後就只剩下了喬從安跟楚家三個女兒。

「珍寶閣那兒已經收拾乾淨了，二嬸和三位堂姊妹隨時可以搬進去。」肖氏身後還站著她的三個寶貝女兒，楚亦瑤瞥了那最小的一眼，楚妙藍接觸到她的眼神，怯怯地縮到了姊姊身後。

斂去眼底的一抹厭惡，楚亦瑤抬頭看著肖氏。「二嬸吵吵鬧鬧的，應該不是為了這麼小的事吧？」

「珍寶閣那麼偏讓我們怎麼住，我說亦瑤啊，我們大老遠從徽州趕來幫你們，妳就給我們住這地方，二嬸我也就算了，妳的姊姊妹妹可受不了。」肖氏看了一圈這屋子。「我看那明絮閣不錯，就那兒吧。」

「既然二嬸住不慣，那亦瑤就給妳們去安排外面的酒樓，在金陵玩幾天就回徽州去吧，二叔這麼幫我們，我們不會忘記的，定會對二叔好。」前世她們一到，楚家上下就像迎接貴客似地出去迎她們，還安排了最好的院子給她們住，那時候她們還頗多怨言。

肖氏一聽她這麼說，臉色頓時冷了下來，回頭對喬從安說道：「妳這個做大嫂的也不管管？」

「二嬸，您要住的明絮院那是爹以前給娘建的，娘走了之後就沒再住了，再說這楚府就這麼大，珍寶閣又怎麼會偏呢？二嬸，我們住的也都是這樣的院子，肯定不會故意怠慢了妳們，您若是實在住不習慣，那不如在外頭尋一個滿意的住下吧，畢竟來了還是要住得心裡舒坦才行。」喬從安說話顯得柔順多了，笑盈盈地看著肖氏，初聽覺得舒坦，轉眼一想和楚亦瑤說的就是一個意思。

肖氏身後的楚妙菲略帶嫌棄地道：「那可比徽州的楚家差多了。」

「可不是呢，來人，帶楚家這幾位小姐過去收拾收拾。」喬從安笑著，差人來要帶肖氏她們過去。

肖氏就是再氣也沒法子，楚亦瑤這邊打不進，喬從安那裡又直接給打了太極回來，口中唸著她不懂禮數，只得帶著寶貝女兒們去了珍寶閣。

人散了，怡風院又安靜了下來，喬從安走了進來，伸手摸了摸楚亦瑤的額頭，嗔怪道：「就穿這樣出來，妳也不怕著涼了。」

「裡面厚著呢。」楚亦瑤翻開衣領給她看了一下，因為人纖瘦，裡面填了厚夾襖都看不出來，外頭看著她就是只穿了單薄的衣服，羸弱得很。

「鬼丫頭！」喬從安敲了一下她的頭。「珍寶閣那兒該添置的都別缺了。」

楚亦瑤點點頭。「是該添置的不會少，多的也不會，大嫂妳放心吧！二嬸沒有把三個寶貝女兒嫁到這金陵，她是不會回去的。」徽州的楚家自然比金陵的大，可徽州那是什麼地方，在金陵購一座大宅子在徽州一樣的都可以買三座了，楚亦瑤倒是希望她們有骨氣地住外面，眼不見為淨。

送走了大嫂，楚亦瑤叫了寶蟾回來，讓她出去打聽二少爺到底在哪裡，轉而進了大哥楚暮行的書房，若是二哥一時半會兒改不過來，她就要先把那群老狐狸給穩住。

從小隨著母親學這些，包括在嚴家的那些年，楚亦瑤相信自己也能夠拿得起這些東西。女子又如何，母親當年隨著父親闖金陵的時候，不也是一個弱女子嗎？

把關於楚家這些年所有的往來，和經營的貨物書籍統統搬回了怡風院，楚亦瑤讓孔雀把外室邊上的廂房給收拾出來當作書房。

寶蟾回來得很快，說是有人在城內月牙河邊的春滿樓下看到了楚家的馬車，還看到了二少爺的貼身小廝。

楚亦瑤抬頭看了一眼天色，好一個白日宣淫。「寶蟾，去備馬車，我們去接二少爺回家。」

第二章

月牙河岸是金陵城中最為奢華的一片地，有數不清的酒樓，白天和黑夜對那一帶來說沒有區別，而來往的路上，有條貫穿的集市每天都很熱鬧。

楚亦瑤從馬車窗口看向那集市，到處是小販的吆喝聲，在金陵城裡，隨處可見就是商販，他們白天做生意，晚上就去月牙河附近消遣，周而復始著這樣的日子。

「小姐，到了。」寶蟾在馬車外說道。

楚亦瑤一身男裝打扮走下了馬車，抬頭一看，春滿樓的牌子在傍晚餘輝地照映下閃閃發光，二、三樓那打開的窗戶裡，一些女子正朝著大街上的人肆無忌憚地打招呼、嬉鬧。

只消看一圈，楚亦瑤就發現了二哥的馬車，小廝阿川坐在車尾正朝著夕陽已經在那兒打瞌睡了，楚亦瑤走了過去，示意寶蟾叫醒他。

阿川一個激靈險些從車尾上摔下來，擦了一把嘴角，張大眼睛看著眼前有些眼熟的小少爺，越看越熟悉，這臉要是扮上女裝和大小姐簡直一模一樣。

「看夠了沒有！」

耳旁傳來大小姐的喝斥聲，阿川即刻清醒了。「大……大大小姐，您怎麼在這兒?!」

「二少爺在哪個房間？」

「大小姐，這裡您不適合進去吧，二少爺不在這兒，二少爺去碼頭了。」阿川躲躲閃閃地說道。

寶蟾在一旁好心提醒了一句。「阿川，碼頭離這兒有好幾里路呢。」

阿川頓時垮下了神色，在楚亦瑤的注視下慨慨地說道：「二少爺來找鴛鴦姑娘了。」

楚亦瑤理了下衣服，淡淡說：「帶路。」

到了春滿樓門口，楚亦瑤被一個老鴇模樣的婦人攔在了門口。

「喲，這是哪裡來的小哥，長得這般俊俏，可惜年紀小了些，小少爺，可得等幾年再來呢。」那老鴇一看她就知是女扮男裝的，不過誰知道她會是什麼身分，老鴇也就沒戳穿，喊著她年紀小，不讓她進去。

「我們來找人。」寶蟾拿出一錠銀子放入了那老鴇手中。「楚家二少爺在哪裡，麻煩帶個路。」

那老鴇又看了楚亦瑤好幾眼，難道是楚二少的冤家找上門來了？也不太像啊，這麼小的年紀。

「這，您看我們也不能壞了規矩，這裡頭哪一位咱這春滿樓都得罪不起啊，您就別為難我了。」老鴇把銀子推了回來。

寶蟾又拿出一錠加在她手中。

那老鴇猶豫了一下，抬頭看了一眼二樓，如今這時候春滿樓裡客人也少，與其等著這小姐晚上來鬧，不如讓她現在上去。

心中一合計，老鴇心安理得地收起了銀兩，喊了一個小丫鬟過來帶她們上去，囑咐道：「去天寶閣。」

楚亦瑤跟著那小丫鬟上去，阿川和寶蟾跟在後面，到了二樓繞過了迴廊，兩旁都是取名雅緻的閣間，那小丫鬟把她們帶到了一扇門前，便站在一旁守著不動。

楚亦瑤走近了幾步，沒有急著開門，而是側耳聽了一下。

過了沒多久，不等敲門，楚亦瑤直接把門給推開了，屋子裡的樂聲戛然而止，一個身著紫紗長裙的女子坐在古琴邊怔怔地看著她們。「你們是什麼人？」

楚亦瑤沒有看她直接走進去，在女子對面的床邊軟榻上正靠著兩個男子，同樣是詫異的神情，尤其是在看到她出現的時候。

「亦瑤？」其中一個男子終於認出了她，不可思議地看著她。「妳怎麼穿成這樣？」

「我來這裡看看是什麼讓二哥留戀得連家都不回了。」楚亦瑤看著鴛鴦，春滿樓花魁，果真是美人一個，難怪從登臺至今才短短一年的時間就把春滿樓的薔薇姑娘給擠了下去。

「妳在胡說什麼，快回去，這裡豈是妳一個姑娘家可以來的。」楚暮遠起身把楚亦瑤拉到了一邊，視線還往鴛鴦姑娘那兒看，生怕在她面前落下了形象。

「你跟我回去。」如果她沒記錯，一個月之後就是這鴛鴦姑娘的及笄日，而一及笄的鴛鴦也會迎來第一個恩客，無論如何她都不會讓二哥再重蹈覆轍，贖這樣一個女子回去。

「亦瑤，不要胡鬧！」楚暮遠低喊了一聲。

原坐在榻上的王寄霆也下榻走過來了，他和楚暮遠相差不過兩歲，兩家走得近，關係也不錯，見到平日裡就很嬌蠻的楚家小妹居然直接闖春滿樓，一同過來勸她。

「寄霆哥，你來這裡，滿秋姊知道嗎？」楚亦瑤抬頭瞥了王寄霆一眼，他頓時止了聲。

「行了行了，我們回去。」再好的興致也被她給消磨沒了，楚暮遠此刻心裡就剩下一團晦氣，好不容易鴛鴦姑娘同意見他，這才半個時辰的工夫就被打攪了。

看到門口躲躲閃閃的阿川，楚暮遠瞪了他一眼。

楚亦瑤推著他出去，笑著道：「二哥你們先出去，我還有話和鴛鴦姑娘說呢。」

裡面插門反鎖之後，楚亦瑤回頭看著鴛鴦姑娘，也沒再客氣。「我知道鴛鴦姑娘不甘心留在這春滿樓中，不過我們楚府地小，容不下妳，還請妳另求他人。」

「楚小姐說笑了，這裡的姊妹們哪一個不想要有安定的生活。」琴聲響起，鴛鴦一手輕輕地撥弄著琴弦，抬頭笑看著楚亦瑤。

「所以鴛鴦小姐得瞧得仔細些，年華易老，難抵歲月侵蝕，妳對我兄長來說，太老了。」楚亦瑤稚嫩的小臉上綻放一抹甜笑，說得誠懇。

離開了春滿樓，楚暮遠臉色沈凝，和楚亦瑤同上了一輛馬車，沒等他說什麼，楚亦瑤掀開了簾子吩咐阿川去碼頭，車上兩兄妹皆是無語。

到了碼頭，有不少船隻正在卸貨，天色漸暗還能清晰地看到各家的旗幟掛在上面，楚家的船在九號碼頭，來來往往不少工人，一行人到了楚家商船的停靠處，幾個管事看到楚暮遠的時候皆露出了詫異的眼神。

「二少爺。」幾個管事紛紛打招呼。

楚暮遠懶懶地回著，跟著楚亦瑤往裡走，裡面的船都是卸了貨的，最裡側還停靠著一艘廢棄的楚家商船，上面的商行旗幟已經破敗不堪。

「二哥，你還記得這艘船否？」楚亦瑤抬頭看著那高高的船身，這艘已經有些年歲的船身上布滿了青苔，還蛀了不少地方。

「這是楚家當年的第一艘商船。」楚暮遠再不理商行裡的事，也不會不知道楚家當年打拚的第一艘商船。

楚亦瑤伸手摸了摸古舊的船身，散發著木頭的發黴氣味，但怎麼樣都掩蓋不去它昔日為楚家所作的貢獻。

「二哥，爹和娘走了，大哥也走了，我們只剩下你了。」楚亦瑤喃喃道，耳畔還有浪拍打岸邊的聲音。

「二哥你還記得嗎？當年這艘船剛剛下海的時候，爹娘帶著大哥和你上船。」楚亦瑤回頭看他。

楚暮遠笑了。「那時候妳還沒出生。」

「二哥，如今大哥不在了，難道你還要繼續不聞不問嗎？」楚亦瑤看著他身後走來的人，輕聲說道：「還是你認為，這裡的人會等著應竹長大了，心甘情願地把商行交給他。」

「暮遠啊，你怎麼過來了？」沒等楚暮遠開口，背後就傳來了朗聲的叫喊，二叔楚翰勤大步地朝著這裡走來，身後跟著兩個管事。

「二叔，我和二哥來看看，再怎麼說這也是自己的生意，怎麼能全部勞煩給二叔。」楚亦瑤走到楚暮遠身邊，一手伸到他身後腰上掐了一下，笑道：「二哥正有事請教二叔您呢。」

楚暮遠皺了下眉頭，低頭看妹妹笑意裡帶著的警示，遂說：「二叔，這一批我們卸的是什麼貨物，好像來來回回好幾天了。」

「我說這怎麼這麼眼熟，亦瑤啊，妳可別蒙妳二叔，怎麼穿成這樣過來？」楚翰勤一怔，隨即笑道。

楚亦瑤見他這般轉移話題，親暱地上前挽住了他，撒嬌道：「這樣穿方便嘛！二叔，如今開春之際，滿秋姊上次還說大同的瓷器他們的都到了，為什麼我們家的還沒有到呢？」

楚翰勤沒料到她會問這個，臉上的笑險些掛不住，不明白怎麼平日裡從來不管商行事的侄子和侄女竟會過來碼頭。

楚翰勤身後的一個管事替他回答道：「大小姐，大同的瓷器太貴了，咱們選了別處的，過幾天船就可以到了。」

楚亦瑤心中冷哼了一聲，面上眨眼疑惑地問道：「為什麼啊，大同的瓷器才漂亮呢！換了別處的不好看，會沒有人要啊？二叔。」

楚翰勤看不斷撒嬌的楚亦瑤，略微尷尬，過去楚家商行確實和秦家一樣都是要大同的貨，但是大同的瓷器貴，這賣出去的價格再從中一兌賺的就不見多了，丘嶽的瓷器比起大同的在價格上就便宜了很多，就算多了幾天航程，這其中的利潤也是多的。

但對商行而言，忽然更換一種買賣的貨物也存在著風險，這件事本應和楚暮遠他們商量，但他不插手商行的事，楚翰勤就自己作主，如今他們問起來，倒不好回答。

楚翰勤想了一下，笑呵呵地對楚亦瑤說道：「如今金陵生意不好做了，幾十家商行都是從大同運的貨，換了丘嶽的，說不定能另外闢出一條路來，你們也知道，暮行出事的那條船，上頭還損了不少東西。」

楚亦瑤眼底閃過一抹嗤笑，這不就是在提醒她和二哥，商船出事後，不僅大哥沒了，商行還損了一大筆的銀子，買不起貴的就買便宜的，總不能生意都不做了。

聽聞至此，楚暮遠也微皺了眉頭，金陵做生意的有哪一個是閉著眼睛的，通通雪亮得很，好的、極好的他們一眼便知，以次充好就是他這個外行人都知道行不通。「二叔，商行的都是些老顧客。」

「暮遠啊。」話音剛落，楚翰勤嘆了一口氣，臉上有些惋惜。他走過來拍了拍楚暮遠的肩膀。「你長大了，二叔也不能瞞你們了。」

楚翰勤把他們帶到了楚家正在卸貨的船附近，天色已暗，兩旁船沿邊上都掛了燈，甲板上來來去去的都是工人，碼頭這兒搭起來的棚子內放滿了楚家的貨物。

楚翰勤指著這船對楚暮遠說：「按理說，你爹這麼多年努力下來的東西，二叔不能說什麼，不過這麼久以來你也看到了，楚家在金陵雖有一席之地，但比起金陵四大家來說，還是相差甚遠，其中很重要的一點，你爹和你大哥都不肯打破以往的方式，十幾年來不管是貨運還是合作的商戶，都是老的那些，你爹在世的時候肯定常說吧，生意做熟。

「十幾年來就這麼些個做熟的，永遠也做不大，而且都是老商戶了，你爹和你大哥也不好意思多賺人家的錢。暮遠啊，你說這做生意的，哪能這麼宅心仁厚。」

二叔字裡行間透露著對爹和大哥做法的不贊同。

楚亦瑤安靜地站在一旁，看著從甲板到碼頭上下的人，這些話，若是第一次聽到，她也許會覺得爹和大哥真的做錯了，當初十幾年來楚家商行合作的夥伴，有不少賠本要倒閉的，爹都援助過，甚至是貨到了，銀子都沒付就送給人家去賣來周轉，這樣一來，楚家這邊勢必也要受到不少影響，受到牽連，一樣是賠本破產的結局。

過去她不信，但在楚家最艱難的那段日子裡，也就是那些爹曾經伸過援手的人給了幫助，儘管對當時的楚家來說已經沒有多大的作用，但此刻的她明白，這些都是爹娘堅持的穩中求勝得來的。

看著二叔侃侃而談的神情，其中藏了多少二叔的野心，徽州老家不是二叔可以掌控的，而如今的楚家，不正好拿來給他展現所謂的拳腳。

「二叔也知道這麼做很冒險，但是暮遠啊，這險中求勝的道理，你不會不明白的。」楚翰勤幾聲嘆息止住了楚暮遠的疑問。

楚亦瑤回頭看棚子裡越堆越高的貨物，佯裝隨意地問道：「二叔，若是我們家原來的客人都不喜歡丘嶽的瓷器，這些東西您要賣給誰啊？」

楚翰勤看向楚亦瑤，眼底閃過一抹詫異，隨即笑道：「亦瑤啊，若是之前的客人不喜歡，自然會有別人想要的，妳還是個孩子不懂。」

「二叔不說怎麼知道我不懂，我娘當時幫著爹可多了，對吧？二哥。」楚亦瑤咧嘴一笑，無害地看著楚翰勤。

一旁的楚暮遠也覺得妹妹這些日子對商行的事似乎關注得很多，打趣道：「妳什麼時候這麼好學了，都想跟著二叔管商行的事。」

楚亦瑤回頭朝著他扮了個鬼臉，嬌俏道：「那可不，二哥你學，那我多替應竹學著點，回去好教他。」

「得了吧，妳教他？」楚暮遠眼底閃著一抹寵溺，伸手摸了摸她的頭。

楚亦瑤不甘示弱地瞪了回去，一旁的楚翰勤笑看著，卻瞧不清他眼底的真實……

回到楚家已經天黑了，過了吃晚飯的時辰，寶笙守在門口，聽到院子門口的動靜聲，命丫鬟去小廚房把熱好的飯菜拿過來，自己則快步走到了門口迎向了楚亦瑤。

「那邊怎麼樣了？」楚亦瑤走進屋子，孔雀早就準備好了衣服，換下了男裝出來，外面已經布好了碗筷，楚亦瑤喝了一小碗湯才開始吃飯。

寶笙在一旁說道：「已經收拾妥當了，如今這時辰楚二夫人和三位堂小姐也已經用過飯了。」

楚亦瑤微抬眉，這麼安安穩穩地能把飯給吃了沒鬧事，還真不是二嬸的風格，想罷，寶笙又補充道：「堂三小姐似乎是因為趕路匆忙，有些小恙，飯後少奶奶差人請大夫去瞧了。」

楚亦瑤放下碗筷，並沒有答話。

孔雀見此，命平安把東西撤下去，自己則去泡了一壺花茶來給小姐喝。

半個時辰之後，楚亦瑤靠在躺椅上，黑長的秀髮垂在那兒，底下是一個炭盆，燒著炭不斷地冒著熱氣上來。楚亦瑤手執一本帳冊，穿著寢衣，身上蓋著毯子。

寶笙一綹一綹地梳著她的長髮，在炭盆子上烘乾，那灰炭堆裡還隱約可見花瓣，屋子裡散發著一股月季的清香。

「小姐，您不去看看妙藍小姐？」寶笙把炭盆子挪開，在髮梢上抹了一些香髮散。

楚亦瑤放下帳本，擱在一旁的桌子上，起身穿了鞋子，淡淡道：「無須我去看，指不定明天她就過來了。」

寶笙拿過外套給她披上，楚亦瑤走到了自己擺放一些小玩意的架子旁，這個比她高了許多的架子上放滿了好東西，十年來都是爹娘和哥哥們送給自己的，不少都很貴重。

楚亦瑤踮起腳從上面拿下一個藏青色的盒子，裡面是一塊橢圓的翡翠，沒有額外的加工，就只是磨成了拳頭大小的橢圓，是大哥去大同時給自己尋的，那時他還笑話自己，說她這麼愛玉石，他這做大哥的，就給她尋個最大的。

前世為了彰顯楚家對二叔、二嬸到來的歡迎，楚妙藍問她要這個，就算她多捨不得也給了，後來，這裡大多數東西都招了她們三姊妹的眼。

楚家不是一瞬間被霸占的，而是慢慢地被蠶食乾淨，她力量微薄，現在和二叔他翻臉讓他們回去，楚家靠著她和二哥也撐不下來，但若是放任二叔這樣下去，很快前世的事又會重蹈。

楚亦瑤定定地看著這翡翠石，沒注意喬從安走了進來。

喬從安站在她身旁，輕輕說：「妳大哥當時還說，這麼大的翡翠，才能配得上我們的寶。」

楚亦瑤一怔，嘆了一口氣把翡翠石放了回去，回頭看她。「大嫂妳怎麼過來了，應竹睡了？」

「傍晚沒看到妳，鬧了一下，早早睡了。」喬從安把她拉到了一旁，輕點了一下她的額頭，嗔怪道：「妳啊，怎麼能去那種地方，也不怕敗壞了妳女兒家的名聲，將來可怎麼說親。」

「是二哥和妳說的，對不對？哼！我就是要把他帶回來，看那個鴛鴦把他迷的。」

楚亦瑤微噘了下嘴，拉著喬從安說著春滿樓中發生的事，喬從安始終笑盈盈地看著她，說到後來，楚亦瑤就扯到了大哥去世後楚家被辭退的幾個老管事。

「大嫂，明天我想去找忠叔。」

「恐怕他不願意回來。」喬從安摸摸她的臉頰。相公的船出事之後，那幾個有關的管事都自動請辭了，說是對不住楚家。

「他會回來的。」楚亦瑤搖搖頭，傾身靠在喬從安的懷裡。

忠叔自責自己沒跟著大哥一起去，若是由他掌舵的話就不會出事，她相信忠叔一定不會眼見著楚家要毀了還不回來的……

第三章

第二天一早楚亦瑤就出門了，帶了寶笙和寶蟾兩個人，馬車出了金陵往西七、八里路就到了一個小鎮，楚忠離開楚家之後就到這裡住下，一住就是大半年，未曾回過金陵。

寶蟾在外面喊道：「小姐，到了。」

楚亦瑤下了馬車，映入眼簾的是一個不大的小院落，三間齊排的瓦房，從院子外看進去，裡面還種著幾棵樹，正是抽芽的時候。

門微開，寶笙推門進去，楚亦瑤看到了那個熟悉的身影，弓著背坐在小矮凳上面，手裡拿著木匠的工具，在刨著木片，旁邊放著做了一半的小船。

聽到動靜聲，楚忠回頭看了一眼，他頭髮都有些花白了。

「忠叔。」楚亦瑤微哽咽地喊了一聲。

「大小姐。」楚忠放下手中的工具站了起來，看她的眼神裡閃過一抹激動，隨即掩蓋了去，轉而抱歉地看著她。

「忠叔，我來接您回去了。」對於她來說，豈是大半年不見，自前世算起來應該是十幾年。

爹年輕的時候忠叔就跟著他了，忠叔為楚家操心太多，整個楚家，沒有人比他更關心他們兄妹幾個。但那時候她不懂事，大哥出事之後，她還責怪過忠叔沒有上船，用了個年輕的舵手才會頂不過風浪出事。

「大小姐，忠叔老了，楚家有二少爺和二老爺在，一定會好的。」楚忠搖了搖頭，他心裡的愧疚比誰都深，再回到金陵楚家，他無顏面對老爺和夫人的在天之靈。

楚忠話音剛落，就看到楚亦瑤走過來，直接在他面前跪了下來。

「忠叔，亦瑤年幼無知，當初說了不該說的話，惹得忠叔和各位管事叔叔傷心，您和爹相識多年，平日裡對我與哥哥們都視如己出，大哥的離開，您心裡的苦不會比我們要少，亦瑤當初不懂事，說了這麼多惹您難過的話，亦瑤在這裡給您賠不是！」

「大小姐，萬萬不可！」楚忠趕緊把她扶了起來。

楚亦瑤不肯，拉著他的手，眼中漸漸蓄了淚，委屈地說：「忠叔不肯原諒亦瑤，不肯跟亦瑤回去，亦瑤不起來。」

「大小姐。」楚忠無奈地喊了一聲。「您這又是何必？」

「忠叔，如今楚家遠不如您當初離開的時候那般平靜，二哥和我插手不進商行的事，應竹年幼，那些管事們倚老賣老不說，私底下究竟獨拿了多少好處也不清楚，您若是不回來，這個家恐怕是撐不到應竹長大了。」楚亦瑤說得難受，淚水不斷地往下掉，一想到前世楚家最後所遭遇的，她心中一萬個後悔、一萬個心痛。

楚忠嘆了一口氣，有些事，稍微打聽一下也能知道一些，只是他當初打定主意不想再回去，所以才寧願睜一隻眼、閉一隻眼。萬萬沒想到的是，大小姐會親自來求他，當初大少爺出事的時候，大小姐又哭又鬧，責怪自己沒有一起跟過去。

「大小姐，您先起來。」

楚亦瑤見他鬆口，扶著寶笙的手起來，擦了眼淚跟著他進屋，屋裡放滿了大大小小的小木船，有些已經打磨光滑上了樹漆，散著一股淡淡的味道。

「大小姐，您喝茶。」楚忠燒了一壺茶出來，楚亦瑤沒有坐下，只是在諸多的船模間看著，伸手摸著那細小的船舷，在碼頭看到的大船隻，到了這兒顯得幾分可愛。

楚忠有一手好木工，小時候在家裡她玩的許多東西、騎的小木馬都是出自他之手，而他的一些小工藝品，放在鋪子裡賣也都是上乘。

「忠叔，您還做這個呢。」楚亦瑤從架子上找到了一隻可愛的木雕小鳥，翅膀都是另外的木片安上去的，唯妙唯肖，她過去也有一個，後來被小侄子應竹拿去玩，摔了兩下就壞了。

「街口那家鋪子裡說要，還剩下這麼一個。」楚忠看著她滿臉的笑靨，想起了五、六年前老爺夫人還在的時候，沒人陪小姐玩，她坐在花園裡哭著，丫鬟們怎麼哄都哄不好，當時他拿了一個和這個差不多的木雕小鳥給她，她拿在手中糯糯地對自己說謝謝，這才有了笑靨。

楚亦瑤怔了怔，他離開楚家因為愧疚什麼都沒帶走，現在還要靠這個維持生計，看著楚忠髮絲間的蒼白，她微顫著手拿起那個木雕，頭微垂。「忠叔，等會兒您就跟著我回楚家去吧，這裡的東西讓人來收拾也可以。」

沈默了良久，楚亦瑤聽到了楚忠長嘆了一口氣，抬頭，他臉上帶著一抹後悔。

「大小姐，我是過不去心裡頭這道坎啊！若是當日我與大少爺一起去，就不會發生這樣的事情，再如何，好歹也能活條命。」

「若是當日忠叔您也去了，那麼今日，亦瑤就不知道再找誰幫忙了。」再來一世，她也想得通透，金陵這出事的商船還少嗎？海上的風暴若是這麼好避及，也不會損了那些人命。

「忠叔，前些日子我作了個噩夢。」楚亦瑤放下手中的木雕。「我夢見應竹還沒長大，二哥對商行的事不聞不問，楚家被二叔霸占，所有的管事都不聽我們的話，後來，二哥失蹤了，嫂子和應竹被趕出了楚家，那些人當著我的面衝入楚家，打翻了爹和娘的牌位，把楚家給洗劫一空。」

楚忠聽聞眼底一抹詫異，陷入了沈思，屋裡安靜一片，楚亦瑤沒有再繼續說下去，她可以成熟卻不能成熟得太多，超乎一個十來歲孩子該有的，會引來不必要的麻煩……

下午馬車才回楚府，門口迎面而來的就是匆忙要出門的二叔，楚亦瑤甜甜地打了招呼。

楚翰勤似乎沒有預料到她這麼快回來，神情一怔，朝著她的身後一瞥，隨即笑道：「是亦瑤啊。」

「二叔這麼匆忙，是要去哪裡呢？」

「碼頭上的貨到了，二叔去看看。妳二嬸剛剛才提起過妳，她們初來乍到，對這金陵還不熟悉，還要妳帶她們多出去走走看看。」楚翰勤走過，摸摸她的頭，轉而就出了大門。

楚亦瑤回到了怡風院，不過短短半日，孔雀就攔下了兩回珍寶閣那兒的到訪。淨過面後，楚亦瑤讓寶蟾把順路買回來的東西送去給大嫂，才歇息一會兒，外面就傳來楚妙藍細細柔柔的聲音——

「二姊可回來了？」

接著，門口那出現了楚妙藍的身影，七、八歲的姑娘還未長開，生得不像二嬸那般，卻透著一股天生的柔弱，穿著一身粉色的小夾襖，略有怯意地走了進來。

楚亦瑤看著她的裝扮微皺了眉頭，不是昨日身子不適，穿這麼少過來，回去又病了豈不是她這裡的錯？

「寶笙，去找適合妙藍小姐穿的披風來。」

寶笙離開。楚妙藍坐到了她的對面，衝著她笑了笑。「二姊，我不冷。」

「楚妙菲才是妳二姊，妙藍堂妹別喊錯了。」前世她也是這麼喊自己的，重生這世，楚亦瑤可不願意再被這麼喊。

楚亦瑤見寶笙把披風拿來了，示意楚妙藍的丫鬟給她披上。「我這怡風院裡冷，妳還是穿上吧！免得身子弱受了風寒，二嬸來說我的不是。」

楚妙藍本要脫下的手頓了頓，最終放了下來，拿起桌子上的茶杯小口地抿著，視線偶爾在房間裡轉一圈，顯得拘束。

「亦瑤姊，那是什麼？」半晌，楚妙藍伸手指向放在屏風旁的架子，回頭看楚亦瑤，眼底帶著一絲好奇。

「架子而已，妙藍妹妹妳不會連這個都不認識？」楚亦瑤心中冷哼了一聲，嘴上說得淡然，小手輕輕摸著杯子。楚妙藍直接下了坐榻，走到了架子旁邊。

她人矮，搆不到上面，卻十分好奇地對楚亦瑤說道：「亦瑤姊姊，這裡面放著什麼，能給我看看嗎？」

楚亦瑤順著她的視線一看，果然是換個地方都逃不過被她發現，那正是翡翠石放的盒子，墨色的盒子在整個架子上並不起眼，卻被她一眼相中。

「沒什麼，不值錢的小東西罷了。」楚亦瑤擺擺手。

楚妙藍袖子底下的手悄悄握緊了幾分，幾分煞白的臉上牽出一抹無害的笑，有些委屈地說：「我只是想看看，不是問亦瑤姊討的。」

就是這無害的神情惹得她像個罪人，稍再說兩句重話那就是罪該萬死了。楚亦瑤坐在那兒沒有動作，她不開口，身旁的寶笙更不可能去架子那裡拿下盒子，楚妙藍就是再厚的臉皮，總不能自己動手。

「妳這麼站著不累嗎？」良久，楚亦瑤喝下第二杯茶，好心開口。「要不我派人讓二嬸來接妳，怡風院離妳那兒也不少路呢。」

楚妙藍這才有了欲哭無淚的神情，話題也帶不回這架子上的東西，她確實站得腿有些發瘦了。

楚亦瑤見此，也沒等她回什麼話，直接吩咐孔雀去珍寶閣通報，站起來把楚妙藍拉到了坐榻邊。

沒多久，楚妙菲就受了自己娘親的命令過來接妹妹了，她倒顯得直白很多，和楚亦瑤在徽州見面的時候也沒有多對盤，更何況在這裡。

楚亦瑤如今回憶起來，這個二堂姊反而顯得可愛多了，過去在楚府的那些日子，她任性，楚妙菲也任性，兩個人幾乎到了相看兩相厭的地步。

「二姊，妳來了。」楚妙藍看到楚妙菲彷彿多了一些底氣。

「誰讓妳來這裡的，要吃藥了都找不到妳人。」楚妙菲長著一張和肖氏很相像的臉，就是這頤指氣使的模樣和肖氏也神似。

「我來這裡看看亦瑤姊，我想她一個人在家一定會無聊的，我還有姊姊們作陪呢。」楚妙藍一掃剛剛的委屈，反而說得很貼心，一手拉著楚妙菲，十足表達了對楚亦瑤的問候關切之意。

那幾乎是同時響起來的哼聲，不過楚亦瑤是放在心裡，楚妙菲則是哼了出聲，低頭看著楚妙藍。

「我看她才不需要妳來陪，走了。」楚妙菲說完，拉著楚妙藍往門口走去。

「寶笙，送堂小姐們出去，路上小心。」楚亦瑤起身，隨著她們走到了門口，看著她們繞過迴廊消失在轉角處，臉上的笑意淡了下來。

夕陽的餘暉灑入了走廊，帶著幾抹金黃，懶懶地映照著，幾聲鳥鳴叫著早春，楚亦瑤在樓廊下站了一會兒，不遠處傳來了腳步聲。

寶蟾送完東西回來了，楚亦瑤又讓她去了一趟二哥的院子，意料之內，二哥不在家，楚亦瑤走進書房內，執筆看著信紙一會兒，蘸了墨開始書信。

不消多少時間的工夫，她把信遞給了寶蟾。「送去秦家給秦滿秋小姐。」

二哥素來和王家二少爺關係不錯，春滿樓的事沒有王寄霆從中周旋她才不信，既然她不方便出面，就只好拜託秦姊姊幫忙了。

楚暮遠回來的時候天色微暗，走進屋子正要換衣服，看到坐榻上的人嚇了一跳，楚亦瑤不知道什麼時候坐在那兒，低頭看著幾本冊子，一旁燭火閃耀。

「什麼時候過來的，也不出個聲。」楚暮遠的聲音裡帶著一絲埋怨，開玩笑地摸摸她的頭髮。

楚亦瑤伸手撥了開去，把冊子推到了他的面前。「今天碼頭那丘嶽的貨到了，二哥你這麼晚回來，是不是跟著二叔一塊兒去看了？」

楚暮遠臉上一抹赧然，抬頭看妹妹臉上的揶揄，一下就明白過來，這是故意這麼說自己的，伸手再想去摸摸她的頭髮，被楚亦瑤一手擋了回來，直接把冊子要往他臉上按。

楚暮遠深知這妹妹從小到大就是個沒耐心的，接下冊子翻看了一下。「這麼久以前的東西怎麼也翻出來了？」

「也就是前幾年的，我從大哥書房裡找來的，這是楚家這幾年有相關的商戶。」楚亦瑤拿起一旁的竹籤指著冊子上幾個名字。「這幾個是爹曾經幫助過的，你看，還有這幾個。」

燭火映襯著她的臉頰緋紅，楚暮遠抬眼就看到妹妹專注的樣子，應是稚氣的臉上透著一股沈穩，好像在她面前，他才是小好幾歲的那個。

「妳找這些人做什麼？」楚暮遠對商行的事是半點沒有興趣，或許是楚父和楚家大哥太能幹了，楚暮遠作為次子，從小就不用去接觸這些，漸漸地也就懶得去理會，忽然間兩個至關重要的人都走了，讓他再花心思去關心，卻已晚。

「既然爹曾經對他們伸出過援手，若是我們需要幫助，他們也不會袖手旁觀的。」楚亦瑤指著另一本冊子道：「這是大哥那時候跑大同的幾家瓷器店，和我們應該也合作許多年了。」

「妳看這些做什麼，商行的事不是有二叔在，教好了應竹，將來都是他接手的。」

楚亦瑤哼笑了一聲，別人家的都是爭著搶著要家產、要商行，他們家的倒好了，推著說不要，就想做個甩手掌櫃，樂得清閒。

「二哥是不是覺得，等到應竹長大了，二叔和那些管事們會心甘情願地把商行的事都交給應竹來作主。」

「這是楚家的基業，他們能奈何！」楚暮遠隨意地看著，並沒有對楚亦瑤的話有多大的反應。

楚亦瑤微嘆了口氣，不怪二哥，當初她也是這麼信心十足地以為，不管那些管事做什麼，這還是楚家的商行，誰都奪不走，到最後是奪不走，留下個空殼加無數的債務給他們。

「金陵藍家也是自己的基業，為何三年前藍家商行說倒閉就倒閉，藍家還有老太爺守著，我們楚家呢，二哥你守得住？」

聽著妹妹語氣裡淡淡的諷刺，楚暮遠心中便有些不豫。「不是還什麼問題都沒有，妳盡擔心這些有什麼用，難道現在去商行會有人聽我不成！」

「我把忠叔請回來了。」半晌，楚亦瑤說道：「你是楚家的二少爺，現在就是商行的大當家，你若是對這家業不感興趣，那就等應竹長大，再交給他，現如今，楚家的一切，半點都不得落入別人的手中，包括二叔！」

楚亦瑤最後的話透著厲聲，楚暮遠詫異地看著她，從大哥去世後沒多久，妹妹就像變了一個人似的。

「妳不信二叔？」

「他又不是楚家的人，我憑什麼信他。」楚亦瑤很快斂去眼底的恨意，狀若無意地摸著手腕上的鐲子。「我只要確保應竹長大了，楚家還沒四分五裂。」

良久，忽然響起楚暮遠的笑聲，楚亦瑤抬起頭，瞧楚暮遠笑得眼角都快有淚了。

他伸手揉了揉她的頭髮。「亦瑤，妳最近是看了什麼話本子，怎麼都想著別人的不好，二叔從徽州過來也是我們請他的，若不是他，大哥去世後這家還不得亂成什麼樣子。」

「我沒有否認二叔的功勞。」若不是經歷過那一遭，楚亦瑤也不信二叔會這樣子，更不信那些年爹這麼誠心以待的管事竟會如此對楚家。

「等二哥都學會了，二叔自然也能夠回徽州忙自己的事，到時候自然會對二叔言謝，難道二哥打算讓二叔幫我們十幾年吧，那這楚家就真成二叔的了。」

楚暮遠剛想說她開玩笑，看到她認真的眼神，再也笑不出來了，楚亦瑤的眼神裡透著堅持，臉上沒有半點笑意，而對他而言，妹妹所說的這些是他從來沒想過的。

良久，楚暮遠的口中冒出了這麼一句話——

「那就讓忠叔去教應竹，不是更有效？」

楚亦瑤定定地看著他，並不言語。

屋子裡一下安靜了，屋外的阿川看著自己對面毫無表情的寶笙，他感到緊張，小姐院子裡的丫鬟，除了那個寶蟾可愛一點，其餘的一點都不好相處。

「應竹這個年紀，可能服眾?若是讓二哥誠服一個奶娃娃，二哥可願意?」儘管猜到沒能這麼快勸服二哥，楚亦瑤心中還是失望了。「還是二哥如今有更重要的事情去做，所以連這個都顧不著？」

楚暮遠不語，起身要離去。

楚亦瑤看了一下天色，正是掌燈時候呢。

「二哥，你信不信，一旦你身無分文，她就是連看你一眼的氣力都不會給你。」

楚暮遠頓了頓，邁腳走了出去。

楚亦瑤深吸了一口氣，勸慰自己，要改變二哥的想法是不能一蹴可幾的，操之過急，反而會把他逼得反彈……

第四章

幾天後，肖氏終於是待不住了。

一早，楚亦瑤才剛剛起來用過了早飯，珍寶閣那兒就派了人過來，說是難得的好天氣，要出去遊玩踏青一回，目標也直指香山。

香山和桐山是金陵遠近聞名的兩座山，每到初春秋後的時節，前來踏青看楓葉的人不少，而香山最頂上，還有一座姻緣廟，不是所有人去了都能夠有機會解籤的，遠近聞名的解籤大師神龍見首不見尾，能夠遇到他解籤出來的姻緣，通常都很靈驗，而他一天一共只解十籤而已。

太多人想要做這個有緣人，但大都是失望而歸。

半個時辰後，馬車到了香山腳下就需要步行而上，爬上山頂的道路很多，沿路還設有不少亭落，寬敞些的路邊還有不少攤販，上面放著各式各樣的荷包香囊，甚至還有神棍在那兒算著，解籤大師今日會出現在香山哪一處。

楚亦瑤不若她們有興趣，慢慢地走在後面，肖氏帶著三個女兒則興奮得很，她來金陵所為何事，最重要的就是三個女兒的終身大事，如今大女兒已經十四歲了，當初她硬著心腸拒絕了徽州的好幾門親事，就是要把女兒嫁到金陵的大家來。

「亦瑤啊，不是二嬸說妳，這麼些路妳就累了，這身子將來嫁人了可得遭婆家的不喜歡。」

肖氏拉著小女兒走了一會兒，回頭一看，楚亦瑤已經落下了一大截，頗有些意見，嗓門不輕不重，剛好讓路過的人聽見。

楚亦瑤見旁人投過來的目光，笑咪咪地回道：「二嬸若是急著求籤，妳們先上去就是了，這風景極好，我走慢一些，過會兒去廟裡尋妳們。」

「這哪行，來，妳走前頭給我們帶路。」肖氏乾脆停在那兒，等著她慢悠悠地走上來。

楚亦瑤笑著道：「那二嬸可別催我，我還想走慢點，多看看呢。」

肖氏臉色微變，她哪能不急，去晚了就是找到了那個解籤的人，要是十支解完不就白來了？想罷，她示意楚妙菲上前去挽著楚亦瑤走快點，楚妙菲卻不樂意。

肖氏瞪了楚妙菲一眼，親自走了上去，拉住了楚亦瑤的手，親切地說道：「來，走累了不要緊，二嬸帶著妳。」說完加快了步伐往上走。

楚亦瑤見她這著急的樣子，被她拖著走了兩步。「哎呀」一聲，腳下一個踉蹌，左膝蓋跪倒在了階梯上，肖氏一鬆手，楚亦瑤就狼狽地趴了下去，寶笙趕緊跑了上來。

「二嬸，您怎麼鬆手了？」楚亦瑤捂著膝蓋，眼中委屈得很。

大庭廣眾總不能拉開她的裙子去看究竟傷得多嚴重，看她捂著膝蓋淚眼汪汪的樣子，肖氏站在那兒走也不是，留也不是，一面還著急地往山上看，這上山的人越多，可就越沒機會了。

「娘，我在這裡陪著亦瑤姊姊，您帶大姊、二姊上去吧。」楚妙藍先出了聲，走到了楚亦瑤身邊要扶她，楚亦瑤愣是抱著膝蓋不肯騰出手來給她扶，沒等她開口拒絕，肖氏就把她的意思給說了——

「妳堂姊有丫鬟陪著就是了，妳跟娘上去，好不容易來一趟。」

肖氏拉起楚妙藍，對楚亦瑤柔聲說：「亦瑤啊，妳不是要看風景，我看那個亭子視野挺好的，寶笙啊，還不快扶妳小姐過去，在地上坐久了，該受涼了。」

寶笙把楚亦瑤扶到了一旁，看著她們上去，過了一會兒，楚亦瑤不再弓腿直接站了起來，動了下腿，即便是膝蓋上綁了厚厚的棉墊，剛才那一下磕得也怪疼的。

「我們過去。」寶笙扶著楚亦瑤去了一處沒人的亭子。

楚亦瑤把棉墊子拿了下來放在一旁，從這裡可以看到山頂姻緣廟的一角，這一回她不跟著去了，她們是不是還能如前世遇到那個解籤的大師，若是遇到了，不知那籤是不是會改變？

楚亦瑤估摸著她們不會這麼早下來，從寶笙手中接過一本書，靠坐在亭柱旁，一手扶著欄杆，一手舉書翻看著。

寶笙見她看得認真，怕她餓著，從身後的小包裹中拿出一碟的糕點，又拿出水果在一旁剝著皮給她吃。

山坡上的風在陽光普照下帶著一絲暖意，楚亦瑤看了一會兒，把書擱在了腿上，拿起寶笙剝好的柑橘，耳旁傳來一陣嬉鬧聲，抬眼一看，上方的亭子裡有著幾抹俏麗的身影，似乎是聊到了興致上才笑得這麼開心。

其中一個回頭過來，正巧和抬頭的楚亦瑤打了個照面，對方只微微一笑，繼而回頭又和亭子的人說笑了。

楚亦瑤收回視線，初一看沒認出來，再細想一下，那不就是水家大小姐年輕時候的模樣，前世見到這位盛名的沈夫人已經是她嫁人之後的事了，當初金陵兩大家的聯姻可熱鬧上了好一陣子。

「小姐，巳時將過，堂小姐她們還沒回來。」寶笙一看這天色，再晚一些午飯的時間都過了，這香山也沒有大到需要爬這麼些個時辰的。

「隨她們去吧。」楚亦瑤不在意地搖搖頭，二嬸肯定是要找到那個解籤的大師，前世她們可是足足饒了姻緣廟兩回才找到……

而那邊的姻緣廟內，肖氏帶著三個女兒，手裡拿著三支求好的籤文，開始要找那個解籤大師，楚妙菲已經有些不耐煩了，這天氣走的路多了，身上還沁出了薄汗，悶熱地就覺得後背微癢，求籤完出來又覺得有些涼颼，怎麼站都不舒坦。

肖氏則卯足了勁，仔細聽著、看著周圍，但凡聽到有關解籤大師的任何言語，她就聚精會神地聽著，還真讓她知道了些消息，帶著三個女兒，肖氏沒半點猶豫就朝著那地方找去。

有些事即便是楚亦瑤不出現還是不會改變，肖氏帶著三個女兒找了兩圈之後，在姻緣廟一個小巷進去，在廢棄的亭落裡看到了解籤大師。

五十多歲的人自有風骨，加上那一身的道袍，更顯著些不食人間煙火之氣，肖氏見他一個人坐在那兒，石桌上放著一個四方地盤子，盤子中有紙筆，於是笑著拉著女兒們過去了。

因為替人解姻緣籤無數，他也得了一個姻緣大師的美名，肖氏先是奉上厚厚的紅包一封，那道人只是看了一眼並沒有伸手接，反而是看向了肖氏身後的三個女兒。

肖氏趕緊讓長女楚妙珞先把籤文拿過來，四周安靜得很，就看著那大師看著籤文一會兒，執筆在一旁的紅紙上寫下了些字，交還給肖氏之後，接下來就是楚妙菲。

肖氏寶貝似地拿著那兩張紙，輪到楚妙藍的時候，那大師卻不動了，只是先看了她一眼，擺了擺手，起身，手附在背後，離開了亭子。

「唉，大師，我們還有一個沒有解呢，您等等先。」肖氏想要伸手去攔，也不知道藏在哪裡的兩個小道士閃身出來攔住了她。

「這位夫人，大師今日十籤已解滿，夫人請回吧。」小道士說道。

肖氏哪裡肯，下一回還不知道能不能遇到呢，人都說這裡靈驗，怎麼就小女兒沒這緣分呢？想著趕緊把紅包往那兩個小道士手中塞，一面訕笑著說：「既然今日遇到了也算是緣分，大師能不能把我這小女兒的籤也給解了？」

姻緣大師回頭，一抹那鬍子，定定地看了楚妙藍一眼，開口朗聲說：「規矩不得廢，夫人請回吧。」說完那大師頭也不回地走了。

肖氏這紅包都塞不進，嘟囔了一句。「多一個人都不肯，還真是。」

肖氏剛說完，對面的小道士神色就不對了，看著肖氏語氣不善地說：「還望夫人戒口！師父解籤本就屬天機，若是來您一個就要開先例，這香山之上求籤的人這麼多，師父不得日夜忙著。」

肖氏被哼了個愣，這小道士脾氣來得急，等她回神過來，幾個人都不見了，也不曉得從哪裡出去的，唯有身後的楚妙藍，手中那寫著籤文的紙快要被她給捏碎……

等到肖氏她們，已經是一個時辰之後的事了，楚亦瑤懶懶地坐在那兒，看著她們從上面的階梯下來，那神情是喜憂參半。

寶笙扶起楚亦瑤，膝蓋還受傷著呢，不過肖氏此時關切不到，她忙著安慰小女兒。

楚妙藍的神情很委屈，那大師最後看她的眼神，如今想想都覺得有些怪異。

「下次娘帶妳一個人過來，一定能求到的。」肖氏摸摸女兒的手細聲安慰道。

楚妙藍微嘟著嘴，面色顯得一些蒼白，輕輕點了點頭，柔弱得令人心疼。

「二嬸，這姻緣廟裡還有個說法，您恐怕還不知道。」楚亦瑤走在後面看著她的背影，嘴角揚起一抹笑，語調平和地說：「若是見到了姻緣大師，求而不得，那便是有緣無分，這手中求的，可就作廢了。」

姑娘家一輩子最重視的就是「姻緣」二字，嫁得好不好，順不順，下半輩子可就全賭在未來夫家上了，若是在這一關遇上這樣的事，聽著都顯得不太吉利。

楚亦瑤這話一出，楚妙藍原本就不太好的臉色一下又白了幾分。

肖氏瞪了她一眼。「呸呸呸，亦瑤，妳哪能這麼咒妳妹妹。」

楚亦瑤在寶笙的攙扶下慢慢地走下去，誠懇道：「二嬸，我可沒有半點這意思，不過這姻緣廟裡啊，就是這麼個理，您來的時候也該打聽清楚，一天一共也就十籤，您這就占三個，能解到是不錯了。」

在她們眼裡，她楚亦瑤一向都是這麼壞心眼，就愛欺負人，她嘴角揚著笑意，看楚妙藍那委屈的模樣，這一天的心情一下就好了許多。

下山後上了馬車，本來還打算逛上一逛的肖氏也沒了心情，一行人回了楚家。

楚亦瑤去了大嫂的院子，喬從安正陪著兒子寫字。

楚亦瑤才進去到門口，楚應竹聽到響動，眼尖地就瞧見她了，糯糯地喊了一聲姑姑，仰頭看喬從安，等到喬從安點頭了，這才咕嚕著一下從椅子上下來，邁著小短腿往她這裡跑。

楚亦瑤蹲下身子一把抱住了他，好幾天沒見了，楚應竹也想姑姑，在楚亦瑤臉上蹭了蹭，左臉頰親了一口，右臉頰又親了一口。

「這麼快從香山回來了？」喬從安示意丫鬟去端吃的。

楚亦瑤點點頭，想要握著楚應竹的腋下把他舉起來，使了三下才把他給抱起來到了坐榻上，楚應竹抱著她的脖子不肯下來了。

「哪能不快，只解了兩個籤，妙藍的沒有解。」楚亦瑤大略地說了一遍經過。

喬從安從小就在金陵長大，對姻緣廟的事也瞭解得清楚。「三個全求了？妙菲和妙藍不是還小，何不等過幾年？」

「二嬸若是能像大嫂一樣想，這可就不是她了。」

楚亦瑤逗著楚應竹，鼓著臉假裝抱不動問道：「告訴姑姑，你最近是不是胖啦，姑姑都抱不動你了。」

小傢伙想得極其認真，歪著腦袋思考了一下，楚應竹奶聲奶氣地回她。「今早吃了一碗雞絲粥，中午吃了一大碗飯！」

「喲！一大碗啊，那讓姑姑摸摸你的肚子，是不是要鼓出來了。」楚亦瑤笑著要去摸他的肚子，楚應竹怕癢，躲躲閃閃地格格笑著。

喬從安臉上浮現一抹溫柔，從楚亦瑤手中接過兒子。「午飯都沒用吧，快把這羹吃了。」

丫鬟端上一盅燉好的羹，盛了一碗出來，楚亦瑤拿起勺子吃著，偶爾還舀起一勺餵給楚應竹。

「大嫂，忠叔回來之後，妳和應竹也要出面一下。」吃完後，楚亦瑤有些懶地靠在後墊上，和喬從安商量著楚忠回來的事宜。

「如今這商行的總管事是二叔帶來的，也不能直接就換了。」

「那就還讓他當著，如今還得靠著二叔，忠叔可以先做分鋪的管事，也能在楚家教一下二哥和應竹，這件事我不便出頭，還要二哥他去主持才行。」楚亦瑤說著自己的想法，儘管人是她請回來的，但這出面還是要二哥去，她是個女子，就算是姓楚，在他們看來將來也是要出嫁的，作不得主。

「亦瑤，妳是不是和暮遠嘔氣了？」喬從安忍不住問道，底下的人都在說二少爺進出臉色都不對，這楚府之中，能讓楚暮遠這樣的也就亦瑤一個人了。

「哪裡有這工夫和他嘔氣。」楚亦瑤哼了一聲。「不過是知會了帳房，不能給他額外支取銀子罷了。」家中自有用度，一月五十兩早就夠用的，不過若是去春滿樓的話，這五十兩，恐怕給鴛鴦姑娘買一件拿得出手的禮物都不夠。

想罷，楚亦瑤不放心地又和喬從安說：「大嫂，二哥若是來找妳討要，可千萬別給他。」她倒要看看，一次、兩次那鴛鴦姑娘肯，多了恐怕那老鴇都不肯，妓院又不是慈善堂，就算是大少爺，也得拿出點實際的東西來。

喬從安笑了，這兩兄妹，哥哥比妹妹顯得孩子氣了些，不由感慨。「亦瑤啊，若妳是個男兒，這家也就容易多了。」

楚亦瑤聽著微微一怔，隨即笑了，她若是個男兒，這也許又是另外一番光景。

喬從安懷裡的楚應竹聽著姑姑和娘說話，開始打起了哈欠，喬從安吩咐丫鬟帶他下去午睡，楚應竹離開前還不忘和姑姑揮揮手。

看著楚應竹那酣然的模樣，上輩子那樣的結局，今生是再也不會降臨在這個孩子身上，這個楚家，她會用盡全力替大哥去守護，誰都不能夠阻擋。

回了怡風院，孔雀遞上了今日收到的秦家小姐的信，回得晚了些，但結果令楚亦瑤滿意，她清楚二哥不從楚家支取銀子，也會有別的法子，而這個心甘情願無條件支持的人就是王寄霆了，王家和秦家之間有著千絲萬縷的關係，只要滿秋姊願意幫忙，二哥就不能再從王寄霆這裡得到去春滿樓的銀子。

楚家不行，王家不行，至少如今的二哥不會做出什麼鋌而走險的事情吧。

楚亦瑤想著，把信撕了，扔在盆子裡燒了乾淨，出去了大半天有些乏了，等寶笙進來的時候，楚亦瑤靠在躺椅上睡著了。

寶笙拿過小被子給她蓋上，關小了窗子遮去陽光，到了屋外院子裡，孔雀帶著兩個丫鬟，懷裡抱著小竹籃子，在那揀新茶。

「小姐睡了？」孔雀放下竹籃子問道。

寶笙點點頭，問她：「寶蟾呢？」

「去了珍寶閣後就沒影了。」孔雀朝著院子門口看了一眼，只有守著的婆子在那裡有些睏意地靠著。

寶笙微皺了眉頭。「小姐何時吩咐她去珍寶閣了？」

「剛剛小姐去少奶奶的院子，珍寶閣那兒就來人找小姐，說是有東西要給小姐，寶蟾就過去拿了。看，回來了。」孔雀一指，寶蟾手裡抱著一個木匣子正走了進來。

寶笙瞇眼看著，也不說什麼，轉身就進了屋子。

「妳怎麼去了這麼久！」孔雀一看寶笙這樣就知道她是生氣了，拉過寶蟾看那沒什麼出彩的木匣子。「楚二夫人那兒就拿了這個，不是說有要緊的事？」

「沒什麼要緊事，楚二夫人給小姐的，說是從徽州帶回來的，前些日子匆忙沒來得及。」寶蟾臉上還帶著一抹笑意。

孔雀直接從她手中拿過了木匣子，打開一看，臉色也不好了。

「我說寶蟾，妳是不是傻了，這東西能叫徽州帶過來的！」孔雀指著木匣子中那幾個簪花和兩支簪子，其中一支拿起來瞧，簪尾那不曉得是做工不好，還是戴下來舊的，掉漆色了！

寶蟾低頭看了一眼，給的時候她也沒仔細看，送給小姐的她也不能每個拿出來檢查好壞，不免有些委屈地說：「堂小姐都說是徽州那兒帶的，這總不會騙的。」

「我看妳是真傻了！」孔雀恨鐵不成鋼地戳了一下她的額頭。「堂小姐說是徽州的，妳就覺得不會騙了，妳到底是小姐的人還是珍寶閣的人！」

「我……」寶蟾越發地感到委屈，她也不知道去了是為這事，還以為有什麼重要的。

「扔了。」寶笙不知道何時走出來的，瞥了一眼那木匣子，這裡頭的東西，小姐是一個都看不上。「她們是楚家的客人，不是楚家的主人，怡風院的人是她們能隨便差使的？」

「不是來報有急事嗎？」寶蟾反駁道。

寶笙冷冷地瞥了她一眼。「有急事會找妳一個丫鬟去，這楚家上下是尋不得人了？更何況小姐和少奶奶都在家，妳怎麼不好好想想。」

「這也是我的不對，我該攔著她的。」孔雀在一旁勸道，她也是沒怎麼注意，等回過神來覺得不對，寶蟾已經過去了。

「妳別替她說好話，我們一同來的怡風院，伺候小姐這麼多年，她什麼脾氣妳不清楚？就算是不清楚，這沒頭沒腦的事妳也不想清楚，珍寶閣那兒若是想給小姐送東西，還至於咱們親自去拿的？」寶笙看著小自己兩歲的寶蟾，忽然明白了當初小姐說的，寶蟾留不得。

「若是不去，真有急事，豈不是顯得小姐無禮了？」寶蟾囁囁地說著，聽著全是為了楚亦瑤考慮，可這話連一旁的孔雀聽了都有些詫異。

一個丫鬟，哪能自己認為是什麼樣，就是什麼樣去做，看著寶蟾臉上那些委屈，她大概還覺得，她應該替楚亦瑤分憂，把珍寶閣那四位和小姐的關係搞好。

「寶蟾，她們是楚府的客人，把客人當主子看了，妳這可就大錯特錯了。」寶笙微嘆了一口氣，誆騙過去拿這麼個東西過來，小姐看到了就不只罰得這麼輕了。「小姐的意思就是妳的意思，以後別再擅作主張，不然錢嬤嬤都保不住妳。」

寶蟾身子一縮，顯得無辜委屈，她並不覺得自己做的事過分了……

等楚亦瑤醒過來，寶笠還是把這件事和她說了一下。

楚亦瑤聽著，哼笑了一聲。「二嬸還真是客氣。東西扔了？」

「是，已經扔了。」寶笠在一旁給她穿上了外套。

楚亦瑤低頭摸著袖口上的絨毛，繼而淡淡吩咐道：「罰她半年的月餉。」

寶笠眼底閃過一抹詫異，罰這麼輕，看來小姐今後是不會用寶蟾了。

楚亦瑤出去的時候，寶蟾還跪在門口，錢嬤嬤知道這件事後狠狠地責罵了她一頓，小丫頭有些醒悟，卻還模糊得很，一個丫鬟主意就這麼大，可又不夠聰慧，最終還是會壞事。

她斷然不會把丫鬟送去珍寶閣伺候那幾個人，不過這世道總是講究禮尚往來，讓寶笠去挑了幾樣差不多的東西，又讓寶蟾給送了回去。

用過了晚飯，沒等楚亦瑤派人去二哥那兒，楚暮遠就先過來了。他走進小書房裡，楚亦瑤正在練字，看到哥哥進來了，抬頭笑看了他一眼，低頭繼續寫。

楚暮遠多少有些尷尬，尤其是看到妹妹這樣笑著，回來的時候他也去過大嫂的院子，最後迫不得已，還是到了妹妹這裡，對於一個十四歲的少年來說，被自己妹妹擺了一道，又得折回來求的滋味，委實不太好受。

「我手頭上有些急用，帳房那兒說額外銀子的支取如今都得經妳這兒過？」想了一下，楚暮遠還是打算從源頭說起來。

楚亦瑤點點頭。「二哥你也知道，如今這銀子花一分少一分，還是要多做打算的好。」

「我得買個東西，手頭上的不夠，妳再支個二百兩給我。」

「二哥要買什麼？」楚亦瑤瞥了他一眼，二百兩的銀子，去首飾鋪子，也夠買兩件上好的首飾物件了。

「書院裡要使的東西，妳不懂。」楚暮遠略顯不耐煩。「急得很，妳快點支給我。」

「書院用的東西還是春滿樓用的東西？」楚亦瑤執筆輕輕一撇，一個「承」字躍然紙上。「空手而去的滋味並不好受吧？」

楚暮遠被她堵了個滿懷，說得並沒有錯，但那都是春滿樓的老鴇沒給自己好眼色，鴛鴦並沒有因為這個露出一點不喜，也正因為如此，楚暮遠才對此執著不放。

「鴛鴦姑娘如此欣賞二哥，一定能體諒如今楚家的境遇，畢竟大哥走了後，商行裡人也走了好些，若不是二叔幫忙，光靠我們這家也就癱了。」

「一個姑娘家成天口中掛著春滿樓成何體統！」楚暮遠底氣不足地教訓了一句。

楚亦瑤放下了筆，似笑非笑地看著他。「忠叔過幾天就回來了，到時候大嫂也會在，這事還得二哥你出面。」

「妳想做什麼？」楚暮遠聽出了她話中的意思，臉色不甚好看。

「忠叔是我去找的，但得你出面說讓忠叔回來，南塘市街那裡的分鋪不是剛好走了掌櫃，就讓忠叔先去那裡，大嫂會帶著應竹一同出面，當著這麼多管事和二叔的面，二哥你可得把這事給落實了。」

「就說這些？」楚暮遠聽著倒不覺得難。

楚亦瑤搖頭。「忠叔當初是自己走的，再者，這走的緣故，必定有人會阻撓，你按照我說的做，他們若是這麼說的話，你就……」

第五章

三日後，楚家商行總行內，清早還未開門，大堂內站滿了人，楚暮遠站在最前面，旁邊站著忠叔，忠叔身後跟著幾個他帶來的人，喬從安帶著兒子和楚亦瑤一起站在楚暮遠身後。

「今天開始，南塘市街的分鋪就由忠叔接手，忠叔過去在楚家十幾年，對商行的事也清楚得很，大夥兒都是為楚家辦事的，楚家好了，自然也少不了各位的好處。」楚暮遠看了一圈神色各異的人，直接把話給說了。

楚忠當初走的時候帶走了幾個人，如今也都跟回來了，而在大家看來，楚忠過去可是楚家商行的總管事，如今屈就一個分鋪管事，可會願意？

這其中最擔心的，莫過於如今的總管事肖景百了，他是楚翰勤從徽州帶來的，如今楚忠回來了，論資格自己都不夠啊，現在楚忠是做個分鋪管事，誰知道哪天會把自己給擠下去。

肖景百看向了楚翰勤這個妹婿，楚翰勤看了一眼楚忠，對這個十幾年跟著大哥的人，雖第一次見面，但聽聞的確很多，這樣一個人，為誰所用都是一大利處啊，但若是和自己作對的話……想到這裡，楚翰勤眼神一瞇。

楚暮遠見大家都不說話，繼續說：「既然大家都沒有意見，那這件事就這麼定了！」

「二少爺，這楚忠可是犯過錯的。」話音剛落，那管事群裡就有人先發聲質疑了。

楚暮遠懶懶地瞥了過去，那人便噤了聲，他今日穿的這身衣服還是楚亦瑤精心挑選的，墨黑的主色下勾著白色的邊，顯得沈穩，再配上略顯涼意的神情，確實是把這一群管事給鎮住了不少。

楚暮遠看了他們一圈，沈聲道：「忠叔十幾年來一心為楚家，何錯之有？大哥的事純屬意外，若是今後還有人拿這來尋事，那他就可以自己收拾收拾，離開楚家，咱們商行也不留這樣的人。」

幾個管事面面相覷，似乎對楚暮遠說的話抱有遲疑，楚忠原來就是商行的總管事，如今屈就一個分鋪管事，到底還是二少爺自己請來的人，他們若是跟隨他，那勢必不能和如今的總管事好好相處，若疏遠了，那就和楚家不好交代。

「暮遠啊，此事是不是操之過急了？楚忠兄也才剛剛回來，立刻要接手南塘市街恐怕會忙不過來，要不先讓他在總行一段日子。」半晌，楚翰勤出聲道，笑呵呵地建議。

楚暮遠微皺了下眉頭不語。

楚翰勤那笑漸漸地凝住了，自己來楚家半年了，也沒見侄子這麼插手商行的事，一來就這麼硬氣，半點都沒和自己商量過，就只是打了個招呼而已。

楚暮遠靜默了一會兒，開口說道：「不必了，忠叔過去就是從南塘市街那裡過來的，那裡魚龍混雜，太久沒有管事也不是辦法，二叔您平日裡忙，恐怕也是顧不過來的。」

「也好，那楚忠兄有什麼不明白的，儘管來問我。」楚翰勤說道。

楚翰勤到底還是想把人先放在自己眼下看著，不過楚亦瑤料想到他會這麼做，留在總行裡學著，不就是個打雜的，好控制又不用擔心忠叔知道太多，說起來，忠叔的資歷可比眼前任何一個都要來的高。

「既然大家都沒意見，也不用介紹，忠叔你們也都認識，等會兒南塘分鋪的夥計把事情和忠叔交代清楚，忠叔您下午就可以過去了。」後面那句話，楚暮遠是回頭和楚忠說的，臉色緩和了不少。

楚忠點點頭，並沒有別的話。

如今掌管商行的二老爺都沒有說什麼，那些管事們更不好說什麼了，其中和楚忠相熟的，上來說兩句照面話，其餘的，也都不曉得說什麼。

楚亦瑤也知道人心各異，爹去世的時候，那些管事因為大哥年輕也曾鬧騰過一回，若不是當時大哥手段凌厲，後又有忠叔和幾個管事頂著，也不會這麼快壓下來。

如今她仔細想了，上一世的楚家早在二叔來了沒幾年就已經遭到了換血，只是當時的他們誰都沒發現……

回到了楚家，楚亦瑤直接讓寶笙把兩百兩的銀票給二哥送過去了，不管是不是勉強著讓她推上去說這番話，二哥今日的言詞在這些管事及二叔心中都留下了不小的影響，楚家的二少爺不是只會吃喝玩樂的人。

「小姐，楚二夫人一早剛剛去過帳房，這會兒應該已經去少奶奶那兒了。」孔雀在她身旁道：「說是為了月銀的事。」

光顧著商行的事，楚亦瑤倒是把這事給忘了，前世為了能讓二叔真心幫著楚家，二嬸她們過來的時候又是住好的院子，不用她們自己開口都先安排好了月銀，如今這些都沒了，她倒是沒有預料到，二嬸自己上門來討了。

「去備茶，過會兒就該到這裡了。」大嫂那兒過不去的，二嬸肯定還得到怡風院來，人心不足蛇吞象這句話，用在二嬸身上那是再貼切不過的了。

不出所料，也就那一炷香的時間，肖氏臉色慍怒地到了楚亦瑤這裡，這回身邊沒帶一個女兒，走進來對楚亦瑤就是一頓批評——

「這月的月銀為何都沒有到珍寶閣裡，派了丫鬟去領怎麼都不能領回來，亦瑤妳這家是怎麼管的！」

「月銀為何要送去珍寶閣，二嬸這是說笑呢！」楚亦瑤自顧著倒茶，也替她斟了一杯。

肖氏看這個比自己二女兒大一歲的侄女，總有種錯看了她年紀的感覺。

「咱們住在楚家難道就不用花銷了？這每個月的月銀，妙菲她們按照妳的分例來就好了，至於我的，就按照妳大嫂的來。」肖氏一屁股坐下來，對這一個月五十兩的銀子可眼饞得很，在徽州的楚家可沒這麼高的月銀，不愧是金陵，什麼事手筆都不小。

「那也是二嬸自己的事，和我們又有什麼關係？若是二嬸妳們住在楚家，這所有的花銷就要我們擔著，那二叔的年俸就不用給了，左右妳們都是歸我這兒管的。」楚亦瑤說得在理，珍寶閣上下四個主子，還不算二叔，加上那些個帶來的丫鬟婆子，這些人簽的又不是楚家的契，她何必花這冤枉錢給她養人。

「妳二叔大老遠的來這裡幫你們，丟下徽州的生意不管，妳倒好，這點銀子都不捨得出了，要不是妳二叔幫忙，妳還能這麼安安心心地坐在這裡喝茶、繡花的，你們楚家早就被搶空了。」肖氏是打心眼裡覺得楚家就算給一半家產都不為過。

為什麼？

沒有她老爺到這裡來幫忙，這楚家還會像樣嗎？瞧瞧這不長進的二少爺，再瞧瞧只是奶娃娃的楚應竹，就算楚家有繼承的人，那群底下的管事能這麼安分地把東西都交出來？

她家老爺就是楚家的救命恩人，所以這楚家就是應該供著她們母女四人，好吃好喝的，哪能像現在這樣，這月銀的分例都得自己來討，還討不到！

「按照二嬸這麼說，我該把楚家給你們，這才算是對得起二叔的辛苦前來是不是？」楚亦瑤低著頭，聲音逐漸冷了下來。「二嬸，我待妳們是客，可您也別把自己當成是這楚家的主子。」

「妳這說的是什麼話！」肖氏尖聲說道，瞪大著眼睛滿臉的不置信。「妳這孩子怎麼這麼說話的，這楚家妳還真是要抓著不放了，妳大嫂那兒都做不得主。」

「二嬸，您也別怪我話說得不好聽，從妳們來楚家開始，我和大嫂可有苛待妳們？珍寶閣住的可有比妳們徽州的屋子差了？每月另外撥了一百兩銀子給做急用，可您呢？來了沒幾日就要和我論這月銀的事情，在徽州楚家住的客人可也有這待遇？」楚亦瑤見她這樣，乾脆也就攤開來說了。

「二叔來到楚家開始，我們可是開了三分紅的來給他，二嬸您這是來做客，不知道的還以為您這是要長住在金陵了，若是如此，楚府確實不方便妳們常住下去，畢竟二哥到了說親的年紀，而妙絡姊又是到了婚嫁年紀，說出去都不太好聽，不如擇日我和大嫂商量一下，給妳們在金陵選一處地方搬出去住吧，免得損了她們的聲譽。」

楚亦瑤的話字句帶刺，卻又不是沒有道理，頂多是對肖氏無禮了些，肖氏那一口氣憋在那兒，罵也不是，打也不能，生生給脹得通紅。

自己這把年紀還說不過一個十一歲的小丫頭，眼前這麼落下風，肖氏胸口起伏著，此刻是半句話都駁不出來，只是瞪圓眼看著楚亦瑤，單吐出了一個「妳」字。

楚亦瑤放緩了聲音，慢慢說：「至於這月銀的事，二嬸帶來這麼些人，理當是自己為她們準備好的，不必按照我們楚府的來，徽州的怎麼給就怎麼放，有些東西還是算清楚些得好，畢竟咱們是兩家人，混作一家人的話，二叔這可就不叫幫忙了。」

肖氏連著呼吸好幾口，這才平息了一些，她心裡清楚得很，自己若是拿這件事去找老爺，保不准還要被老爺說不是，可她就是憋不下這口氣，這和她心裡的打算落差太大了。

「妳這可對得起妳爹娘，妳是要出嫁的姑娘，手裡抓著楚家不放，這成何體統！」肖氏想了半天，這才又從別處要揪楚亦瑤的不是，這庶務的事本來應該交由長媳的，楚亦瑤這般，就有些越俎代庖的意思，小姑子抓著管家權不放，也說不過去。

「這就不勞二嬸操心了，應竹還小，大嫂一心把他培養成人，再者離我出嫁還早著呢，我這閒著也是閒著，多管管家事，將來去了夫家也不會手忙腳亂，丟了楚家的臉。」楚亦瑤淡淡地說道。

肖氏卻不這麼認為，這女兒家應該重針線活，三從四德才是最重要的，這相公的心抓牢了，還有什麼是要緊的？學這些庶務的事，再精通也只能眼見著自己相公去了別人的院子。

至此，她不免又要教育起楚亦瑤來。「這妳就不懂了，嫁了人妳要是這麼快想要握著管家權，妳婆婆還不樂意，妳娘走得早沒能教妳，這嫁人啊，首先得抓牢妳相公的心，他的心若不在妳身上，別的又有什麼用。」

肖氏這番話說得真心實意，這嫁人就是一輩子的事，過得好不好，可不得指望那個嫁的男人，他都握不住，別的再厲害，對一個女人來說，都沒有用處。

楚亦瑤看著她越說越來勁，嘴角揚起一抹嘲諷，所以她就是這麼教導幾個女兒，到了楚妙藍身上，這才把「抓住男人的心」這一觀念體現到了極致。不過二嬸似乎是忘了教，抓的得是自己男人的心，別人的相公，可不在這範圍之內。

肖氏總算是找了個臺階給自己下，說完了這些，這才略舒暢地離開了怡風院，因為楚亦瑤的這番話，月銀的事沒再提起了，珍寶閣那一下安分了許多。

一入三月，天氣就暖和了不少，院子裡桃樹開花，散著淡淡的香氣，楚亦瑤抬頭就能看到那掛在枝頭上的粉紅，偶爾還會有幾隻鳥兒停駐在那兒，人一來便飛走了。

寶笙敲了門走進來，手裡是一盅剛剛燉好湯，開蓋給她舀了一碗，寶笙看著那一疊厚厚的帳本，催促小姐先喝湯。

楚亦瑤幾乎是看帳本一眼，喝一口，寶笙心疼得很，別人家的小姐都舒舒服服的，唯有她家的小姐，除了那些女兒家該學的，還要另外處理這些，這幾本帳，本來應該是送去二少爺院子裡，轉而又到了小姐這裡。

這都連續著兩天了，小姐幾乎沒能合眼，寶笙勸道：「小姐，您該休息一下了，這些擱一會兒再看也可以啊。」

楚亦瑤再舀勺子，發現碗裡已經空了，自己也有些哭笑不得，揉了揉眼睛，那帳本上的數字都有些花了，合上專心吃完了燉湯。

楚亦瑤輕嘆了一聲，忠叔來了半個月，南塘那鋪子的問題就查出了不少，但如今要伸手去別的鋪子尚且過早，更別說總行的，偏偏二哥不願意常常去商行，否則這事會容易得多。

「那湯送了幾日了？」楚亦瑤眼底染上一抹堅定，再慢也是成效，只要和過去的不同了，都還有機會。

「有七、八日了，二少爺身邊的丫鬟說二少爺如今極容易犯睏，經常是睡下去了也不容易叫醒。」楚亦瑤滿意地點頭，還有兩日，那大夫的藥可神奇得很，她前一世可親身體會過。

再過兩日就是春滿樓鴛鴦姑娘的及笄日，還沒及笄就已經有花魁的名聲，當日去的客人肯定很多，這及笄夜價格也不低。

楚亦瑤原本以為克制了家裡的銀子支取，和秦滿秋說過之後，二哥不會再想著用別的辦法去籌集大筆的銀子，但她錯估了那個鴛鴦在二哥心中的地位，二哥竟然向地下錢莊借了大筆的銀子要為鴛鴦贖身。

她只能用更狠的方式，讓二哥徹底斷了這個念想。

兩天後，梧桐院內，楚暮遠喝下飯後的湯藥之後，走入內室從櫃子裡拿出了早就準備好的一萬兩銀子，加上他自己所存，寄霆兄答應過他，若是還差一些，他也會幫忙。

無端冒上來的一陣睏意讓他有些乏了，最近也不知道怎麼了，一入夜就容易犯睏，看了一下天色，距離春滿樓掌燈還有個把時辰，楚暮遠將銀票貼身放好，囑咐了丫鬟到時辰再喊他，自己則靠在床沿想要眯一會兒養養神。

這一閉眼，卻是沈沈地睡去了。

天黑了，楚府內掌起了燈籠，楚亦瑤到了梧桐院，門口的丫鬟一看是她，推開門讓她進去。

就著微弱的燭光，楚亦瑤看到二哥躺在床上，手中還不忘捏著一個精巧的小荷包。

楚暮遠睡得沈，楚亦瑤就算是推他兩下都沒有要醒的跡象，她抽了一下他手中的荷包，荷包面上繡著「鴛鴦」二字，娟秀得很。

「二哥，抱歉亦瑤只能用這樣的方式，等過了今晚，一切就都會結束了，鴛鴦這個人，從此再也不會出現在楚府，不會出現在你的將來。」

當年楚暮遠花了大筆銀子把鴛鴦從春滿樓贖出來，給她最好的，可在楚府落魄了之後，那女人走得卻比誰都還要決絕，正是因為如此，楚亦瑤才這麼不屑二哥口中的真情，若真有情，哪會如此。

又看了一會兒，楚亦瑤轉身走出了屋子，吩咐守著的丫鬟，到了時辰就把藥塗上。

楚暮遠作了一個很長很長的夢，乍然夢醒，窗外已經是黑夜一片，唯有屋簷下的燈籠散發著微弱的光。

楚暮遠掙扎地從床上起來，抹了一下鼻下的一些濕潤，沒什麼氣味所以也沒在意，急忙穿好了鞋子打開門要出去。

靠在門外睡著了的丫鬟忽然一個驚醒，看著他從屋子裡衝出來，急忙喊道：「少爺，您這是要做什麼去？」

「現在什麼時辰了？」楚暮遠靠在門邊問道。

那丫鬟有些迷糊，想了一下才說：「亥時過半了……唉，二少爺，您去哪兒啊？」

那丫鬟剛說了一半，楚暮遠即刻朝著門口去了，喊都喊不應。

楚暮遠到了楚家大門口，阿川已經靠在馬車上會了周公一回了，楚暮遠野蠻地踹了一下馬車，阿川一個沒靠穩，直接從馬車上摔了下來跌在地上。

「少……少爺，您來啦。」阿川捂著磕疼的腦袋急忙爬起來駕車。

楚暮遠心裡全是春滿樓的事，瞪了他一眼，直接讓他快馬加鞭去月牙河。

月牙河岸的夜市猶如白晝，人多，兩旁都是小攤，馬車入了集市就跑不快了，楚暮遠乾脆跳下馬車直接往春滿樓趕去，阿川駕車在後面跟著，不由得哈欠連聲。

春滿樓附近的幾家酒樓都很熱鬧，楚暮遠趕到的時候，門口排列著無數的馬車，裡面更是人聲鼎沸，好不容易擠進去了，那四處招呼客人的老鴇看到他，熱情地扭了過來。

「喲，這不是楚家二少爺嗎？今兒個來得可晚了，咱這裡的姑娘可都好幾個過去了，來來來，這裡坐，您啊，今晚也好好看看，說不準吶，帶一個喜歡的上去，也就在咱這兒過夜了。」老鴇擠眉弄眼地拉著他往裡走。

楚暮遠抬頭一看，搭起來的臺子上不知道是哪一位姑娘在跳舞，楚暮遠站在了樓梯口拉著老鴇問道：「鴛鴦姑娘呢，是不是還沒上來？」

那老鴇指著這來來往往的姑娘，笑盈盈地說：「哎喲！我說楚少爺，您怎麼只惦記著鴛鴦，來來，如娟啊，好好服侍著楚少爺。」

「鬆開！」楚暮遠冷聲喝斥抱著他胳膊的姑娘。

那姑娘輕輕呿了一聲，鬆開道：「您要找鴛鴦啊，來晚了，鴛鴦早就跟著曹公子走了。」

楚暮遠一下就把她給拉了回來，抓緊她的手臂厲聲問道：「妳再說一遍！」
「哎呀！您這人怎麼這樣啊，媽媽啊，妳看他，痛死我了。」楚暮遠一鬆手，那姑娘就躲開了。
老鴇尷尬地笑了笑。「我說楚少爺，對姑娘可不得這麼野蠻。」
楚暮遠看向她，寒聲道：「妳不是答應了我，還和我商量了價錢，怎麼人就被帶走了？」
「人家曹公子可是出了兩萬兩的銀子把鴛鴦帶回去的，這一夜過後指不定還要贖身，我說楚公子，咱們這可是春滿樓，不是慈善堂，還得做生意的，再說了，鴛鴦也是自願跟著曹公子走的，這曹家可比你們楚家來得有權有勢，這長眼睛的都知道選誰了。我說楚公子，您啊也別難過，咱這春滿樓裡好的姑娘到處都是，您看這個，再看看那個……」
老鴇的話傳不到他的耳中，四周的喧囂也漸漸地消散了開去，整個世界彷彿只剩下了他一個人，楚暮遠望著老鴇那濃妝豔抹的臉，心生厭惡，而臺上那身著寸縷，不斷扭動腰身賣弄風情的女人更是讓他感覺噁心。
他還是來晚了，而她也沒有等他到來，那些她說的願意，難道都是假的？
最刺痛他的話，莫過於老鴇說的那句，鴛鴦也沒有不情願，但凡她有一點被逼的，他都願意相信啊。
渾渾噩噩地從春滿樓出來，阿川才把馬車趕到了春滿樓附近，看到少爺在人群中這麼遊魂似地晃過來，阿川趕緊上前去扶住了他。

楚暮遠看了他一眼，一把推開了阿川，阿川撲倒在了地上，似乎是洩憤一般，楚暮遠踢了他好幾回。「明知我晚了，為何不進來喊我，為什麼！」

阿川被踢地疼了，小聲說道：「少……少爺，您不是囑咐我好好在外面待著，不要到處亂走，等您出來嗎？」後來他是有想過進去叫少爺，不過靠在那馬車上一會兒，覺得睏了，就睡著了，哪裡知道一覺睡醒都這麼晚了。

楚暮遠不理他，拐進了一家酒樓，熟門熟路地走上了二樓的一間包間，一看裡面有人，就這麼站在門口森冷冷地盯著他們。

那兩個普通書生打扮的人被他盯得慌了，趕緊收拾東西扔下銀子從他身邊出去了，楚暮遠再盯著夥計清理乾淨了，開口叫了幾罈酒，直接坐在位子上，從這兒望下去，不遠處就能看到春滿樓掛的燈籠。

阿川見他坐下了，想溜回家找大小姐稟報，才剛一邁腿，就讓楚暮遠喝斥住了。

「你敢回去試試！」

「少爺，您餓不餓，我去給您叫些吃的上來。」阿川縮了回來，討好地看著他。

楚暮遠沒說話，只是喝著酒，眼底的落寞不言而喻。

第六章

楚府怡風院內，楚亦瑤還未睡，看著窗外的明月發著呆。

在二哥出去之前她就知道曹家公子帶走鴛鴦的事，本來曹公子未必這麼有興趣，肯花大錢下去，不過這公子哥之間最喜歡的就是比較了，別人喜歡的女子，若是到了自己手中，這其中的得意和暢快遠高於得到的這個女子是誰，二哥越失意，他便越得意。

不過這樣也好，她只是拖延了一下時間罷了，倘若是真愛，結果也不會是這個樣子……

事情過去了一月有餘，四月底至，楚亦瑤再去打聽鴛鴦的事時，她已經是曹家三少爺院子裡的一個妾室了，受寵程度還算高，不過這曹三少爺院子裡可不止鴛鴦一個人，前前後後納的美妾無數，有些來歷比鴛鴦還不光彩。

但曹三少爺有個極疼他的祖母，疼得沒了章法，這些個不光彩的事，多了也就尋常了。

楚暮遠出去的日子一樣多，不過多的是找王寄霆他們喝悶酒，常常是喝得醉醺醺地回來，楚亦瑤知道這都是有段時期的，可一個月過去，還是那樣子，心想這過渡期未免也太長了！

入夜微涼，楚亦瑤推門進去二哥的屋子，一整個沖天的酒味就冒了過來，裡面兩個丫鬟手忙腳亂地要幫他換衣服，可楚暮遠就是不配合，硬是把她們推開了，臉頰上掛了彩，滿身酒氣地靠在床上。

「阿川呢，去叫來！」楚亦瑤吩咐寶笙去把阿川叫過來，自己則指揮門外進來的兩個婆子把二哥架起來。

比起弱小的丫鬟，兩個婆子可絲毫沒有客氣，直接把楚暮遠從床上架了起來，手勁之大直接讓他掙扎不得。

楚亦瑤看著他一臉的頽廢樣，高聲道：「春喜，把床單換了；春暖，妳去備水；孔雀，替二少爺脫衣服！」

比起楚暮遠自己的丫鬟，孔雀下手可就沒這麼溫柔了，按照小姐的吩咐，三兩下就把二少爺的外衫給脫了下來，加上裡襯的衣服，直接就只剩下一件裡衣，臉不紅、心不跳地處理完畢，等著春暖抬來熱水，直接讓婆子把人往浴桶裡一丟。

一冷一熱，楚暮遠酒醒了一半。

楚亦瑤到了外室，阿川戰戰兢兢地跪在那裡，都不敢抬頭看楚亦瑤。

楚亦瑤往椅子上一坐，問道：「少爺今天和誰去喝的酒，怎麼臉上還有傷？」

「少爺今天和王少爺去喝酒了。」阿川如實說道：「在酒樓裡少爺喝醉了之後說了些鴛鴦姑娘的事情，讓隔壁兩個少爺聽到了，說了幾句，少爺就和他們要打起來，但是少爺沒站穩，自己摔在了地上，撞了下椅角。」阿川越說越小聲，怎麼都覺得這比打起來掛了彩還要丟臉。

「誰家的少爺？」楚亦瑤微瞇了眼，自己撞傷，還真是丟人。

「是……是金家少爺和嚴家大少爺。」阿川抬頭看了一眼小姐，很快又垂下去，他就知道，等少爺醒過來，這遭罪的又該是他了。

「嚴城志。」楚亦瑤慢慢地唸著這三個字，隨即說：「是那金少爺開的口吧？」

「是，是，那金家是曹家的表親。」阿川忙不迭點頭，一面眼帶崇拜，小姐真是料事如神，連誰說的都知道。

「他們說了什麼？」

「那金少爺說，在曹府見過那鴛鴦姑娘，也不過如此，靠個美色上位的女人，他曹表哥有的是，居然還有人當她是寶。」阿川說得汗淋淋，抬頭卻看到了小姐臉上的認同，瞬間便有了說下去的勇氣，巴拉著把金少爺和嚴少爺的對話一字不漏地給交代完了，順便還附贈了二少爺當時聽完這些話的全程反應。

半晌，楚亦瑤失笑道：「阿川，你不去說書，可惜了。」

阿川看著小姐臉上綻放的笑容，傻傻呆呆地看著竟有些挪不開眼，直到一旁的寶笙提醒，這才急忙低下頭去。

屋子裡的孔雀出來說二少爺清醒了，楚亦瑤進去。

楚暮遠還趴在浴桶裡，只是眼神清醒了不少，抬頭看了她一眼，問道：「妳怎麼來了？」

楚亦瑤從孔雀手中接過了傷藥，坐在了浴桶旁邊，打開罐子挖了一點往他臉上塗去，楚暮遠下意識地縮了一下，見她瞪著自己，又湊近讓她塗藥，清涼的感覺從臉頰上傳來蓋過了疼痛，這才舒服了一些。

「什麼時辰了？」

「戌時了。」楚亦瑤放下了藥罐，抬頭看著那淡了一些傷口，放緩了聲調。「還疼嗎？」

楚暮遠捂住了傷口搖搖頭，在妹妹面前這樣，顯得有些不好意思。

楚亦瑤起身淡淡地說：「下回記得贏了再回來，楚家的男人，怎麼可以三言兩語就被人家給激到了。」

楚暮遠一臉詫異地看著她，楚亦瑤平靜的臉上忽然綻開了一抹笑意，示意身後的丫鬟給他穿衣服，自己則走到了窗邊背對著他道：「你若是贏了，我和大嫂就去金家給你登門道歉，但絕對不會是你現在這樣子。」

楚暮遠心間對她的話震撼不已，任由丫鬟替他換好了衣服。

寶笙送來解酒的湯藥和一些粥食，楚亦瑤和他對坐了下來，替他舀好了粥，推到他的面前。「吃一些，再喝解酒藥。」

「妳不怪我？」楚暮遠此刻心中不知怎麼地，忽然堵得厲害，就像是做錯事的孩子，他清楚地知道這件事的後果，家人會發多大的脾氣，可事實卻完全出乎了他的預料，誰都沒有生氣，沒有人對他這些日子的言行教訓指責，反而是溫柔地照顧他。

「怪你什麼，怪我二哥還沒和他們打起來就輸了？那確實該怪，金少爺那身板，二哥你居然還會輸。」楚亦瑤抬頭略顯俏皮地說道，後半句還帶著些遺憾，彷彿楚暮遠這輸得是天理難容。

原本沈著的氣氛因為她的這句話忽然變得輕鬆了許多，楚暮遠伸手摸了摸她的頭髮，嘴角揚起一抹無奈，這連道歉的話都說不出口，卻讓他心中覺得更愧對了她們。

兄妹之間前些日子那些芥蒂就這麼化解了過去，楚亦瑤看著二哥低頭喝粥，眼底終於有了一抹舒然，人都是叛逆的，更何況過去就一直不太受管教的二哥，嫂子說得沒有錯，用這樣的方式，更容易走近一些。

楚亦瑤也不想趁此機會再和楚暮遠說起有關商行的事，陪著他吃完了飯，楚暮遠把她送到了院子門口，楚亦瑤帶著寶笙和孔雀回去了。

入睡時已經很晚，楚亦瑤看著床頂，再聽到那個人的名字，她心中還是起了波動，嚴城志在她前一世的生涯中留下了太多的回憶，以至於楚亦瑤此刻都想不起來當初看上他究竟是何原因。

這一世開頭都變了，他們之間，再不會有情感上的糾葛，而嚴城志這個人在楚亦瑤心中，如今半點資格都及不上……

轉眼五月初，原本就熱鬧的金陵此時更加繁華，到了每年的遊河季，五月初的天氣不冷不熱，沿著金陵流淌而過的月牙河上，到處都是大大小小的船隻，從這頭到那頭，更有大家下豪本，用自家的商船供給家裡的少爺小姐們遊玩著用。

本來只是金陵人自己每年的一個遊玩，自從五年前皇貴妃遊過金陵之後，這月牙河同香山一塊兒出名了，來這裡遊玩的外城客人都有許多。

楚家並沒有安排船隻，楚亦瑤受了秦滿秋的邀請，本來是要一個人去的，可珍寶閣那四位「貴客」在，她如何能拋下不管，於是又去書信給秦滿秋，帶上了楚妙珞她們，肖氏原是想去，但這場合，她好歹得年輕一半的歲數。

比起河中的眾多遊船，秦家的只是很普通的，堪堪載了五、六位，從岸邊出發的時候，旁邊正巧開過了曹家的船，一陣悠揚的琴聲傳來，楚亦瑤也只來得及瞥見甲板上那架起來的紗棚，裡面隱隱約約有幾個女子在彈奏。

「那個風騷。」秦滿秋站在楚亦瑤身後輕輕唾斥了一聲。

楚亦瑤回頭，後者很快又是一副溫柔婉約的樣子，彷彿剛剛那句話，完全是聽錯了。

「不愧是曹家，好大的船。」楚妙藍小臉上帶著一絲興奮，對著旁邊的楚妙菲道：「二姊，妳看到沒，船上好多人呢。」

「大驚小怪。」楚妙菲不屑地說，可眼底的羨慕卻掩飾不了，真的是好大的手筆。

「妳們若是想去，等會兒中途上岸，也是可以的。」秦滿秋聽到她們的話，抿嘴輕笑著。「我家的遊船是小了些，也只是自家人在，肯定要比那裡的無趣。」

好在楚妙菲她們還知道輕重，心裡羨慕著，嘴上說著不用，若真去了，那和曹家船上那一群賣藝的有何區別。

「滿秋姊，妳那千秋圖呢？」楚亦瑤喜歡極了人少的感覺，看了一眼曹家的船，不用猜都知道上面的是誰，滿秋姊說得一點都沒錯，金陵之中，除了他還有誰這麼風騷，保不准這一船的全是他的妾室，也沒見哪家的少爺，正妻未定，妾室都要擠破後院了。

「妳別和我提這個！」秦滿秋剛說了半句，急忙又放緩了聲調，調整了一下神情，緩緩道：「亦瑤妳真是壞心眼，明知道我最煩這個，還和我提。」

「煩就能不繡了？」楚亦瑤險些沒有笑出聲來。

秦滿秋長嘆了一口氣，語帶哀怨。「早知道就不喊妳一塊兒來了，盡拿這事來折騰我。」說完頓了頓又補充了一句。「算了，即使妳不說，這事也在。快繡好了，就怕不能交差。」

「別人家是卯足了勁想和上頭攀關係，怎麼到了妳這兒，反倒是急著躲了？」楚亦瑤被她這神情逗樂了，秦家這一層白王府側妃娘家的關係不知道羨煞了多少人，可這當事人卻一副苦瓜臉。

「她愛怎麼討好怎麼討好，自己去繡不就完了，做什麼還往家裡推。」秦滿秋這是一肚子的怨氣，楚亦瑤一提，直接忘了怎麼裝一個大家閨秀的模樣，有什麼說什麼了。

對於金陵眾多商戶來說，有一天能結識洛陽的達官貴人，那也是一件值得炫耀的事情，而能和皇家攀上關係的，更是讓人羨慕得很。

秦家雖然不是直接和皇家攀上關係了，但白王爺的名號可不容小覷，能讓他看上入了白王府做側妃，同樣是一件很榮耀的事情。

可秦滿秋從小對這件事就深惡痛絕，她和那側妃堂姊並沒有多交好，兩個人年紀差得多，她懂事的時候，堂姊早就出嫁了，可家裡人總喜歡拿這件事來做比較，為此秦滿秋很不樂意，按照她的話來說，側妃也是妾，不過是說得出口的妾，白王府中王爺健在，世子早立，能有什麼好稀奇的。

而最讓秦滿秋看不慣的，這堂姊還是個不安分的主，自從生下白王府三少爺之後，她就老想博個好名聲，可她就光長了一張傾城的臉，別的什麼都不會，不會也就算了，還想充什麼都會，做不好了就書信回來要秦家幫忙。

恰好秦滿秋有個絕活，她的繡品還是金陵說得上名號的，於是她就成了接這單子活最多的人，在楚亦瑤的印象裡，這千秋圖，應當是第四回了。

「難道這一回不是老王妃那兒要？」楚亦瑤笑著搖搖頭，她這麼不屑有什麼用，秦家可當這位生了兒子的白王府側妃當寶。

「若是這樣，丟人也就算了，那千秋圖可是要送進宮賀壽的。哎！妳說這生了孩子的女人是不是想得都不順當。」秦滿秋轉過身來問道：「大伯和大伯娘還一臉的開心，我都快愁死了。」

這回連楚亦瑤都有些錯愕了，送進宮？除非是白王爺不帶側妃進宮去，否則萬一宮裡的主子一個心血來潮，讓她現場展現一下，豈不是直接露餡了。

「亦瑤姊，妳們在說什麼呢？」

楚亦瑤正想安慰幾句，身後傳來楚妙藍的聲音，三姊妹坐在那兒，確實顯得無聊了些。

秦滿秋收起了剛剛那埋怨的神情，指著不遠處的河岸。「馬上就到湖中亭了，那兒的景緻很美，等會兒我們下去小坐一會兒。」

楚妙藍點點頭，抬頭看向不遠處，湖中亭那裡已經停靠了不少船，其中還有曹家的船隻，楚亦瑤這個角度恰好看到了她臉上的期待，嘴角揚起一抹不屑，果然是小船容不下大佛，才這麼點時間就迫不及待想要下去。

湖中亭的位置很奇特，本來是長長貫穿的月牙河，到了那個位置分了岔路，中間就是湖中亭，月牙河的水繞過了這湖中亭一圈後又彙聚在一起，從上往下看，那就是坐落在河道中央的小島，五年前皇貴妃遊月牙河的時候，下船在這小島上留了半個時辰，她離開之後很快島上就建起了無數的亭落假山，還有幾座閣樓，遠遠望過去，就像是一座沒有圍牆的大花園。

秦家的船很快靠了上去，因對這裡不熟悉，楚妙藍她們也只是跟著楚亦瑤慢慢地逛著，這幾座閣樓中早就有了人，秦滿秋帶著她們到了一個視野還不錯的亭子，指著湖中亭過去的河岸。「等會兒我們出發去那兒，到了碼頭出去就是南塘市集，我借花獻佛，去我家的酒樓吃個飯，之後我們再回去。」

隨行的丫鬟很快把一些果點拿了上來，加上煮茶的器具，零零散散也放滿了一桌子。

一旁的楚妙菲看著有些詫異。「出遊一趟帶的東西竟這麼多。」

「這還算少的了。」恢復了心情的秦滿秋抿嘴笑著，指了指坐在那邊看風景的楚亦瑤。「妳們還不知道吧，這位才是多的呢。」

楚妙菲微癟嘴。「還真是浪費，徽州那兒可不這麼麻煩，廚房裡做些方便帶的就可以了。」

秦滿秋笑了笑，對她的話並沒有多作解釋，別說是她了，就是亦瑤，每回出來都是帶齊了東西，這金陵的哪家小姐會隨便做些方便的帶出去，寧願是帶齊了人、帶齊了東西，想吃什麼就有什麼的。

「那是徽州，這裡是金陵。」楚亦瑤回頭懶懶地解釋了一句。

楚妙菲最受不得的就是楚亦瑤這樣子，不屑道：「洛陽的官家小姐都沒有這樣的，這不是顯擺是什麼？」

「這句話妳說對了，不過要是整個金陵都這樣，就不是顯擺了。」楚亦瑤也不惱，比奢華比富裕，金陵都能排到第一。

洛陽的官家小姐確實沒有這樣，唯有家底殷實的才可能這般陣仗，而金陵這邊，像楚亦瑤這樣過日子的，在洛陽城可以及得上世家小姐。

這其中還是可以追溯到很久遠，過去的商賈在大遼國一點地位都沒有，而金陵也只是個貧瘠之地，後來海航發展，商賈每年大量貢稅的上繳，逐漸讓皇家意識到了這些人的重要性，沒多久，這一群在洛陽人眼中的最不濟的商賈，如雨後春筍一般，在金陵中紮根發展了起來。

金陵發展的速度令人嘆為觀止，一些早一步發展起來的大戶就開始想和為官的打交道，最直接的方式就是嫁娶，可這倒是遭到了那些讀書人的嫌棄。

這也不打緊，先天不行，後天補上，自此之後，金陵城中出來的少爺閨秀們，所接受的教育和所享受的都是按照洛陽城上層家族來對待的，洛陽城一般官員家小姐們的生活，和她們的根本沒法比。

「得了，妳這是王婆賣瓜。」秦滿秋不客氣地往楚亦瑤嘴裡塞了顆果子，笑著招呼楚亦菲她們。「金陵自然和洛陽不一樣了，拿朝廷俸祿的總是比我們這兒要少一些，妳們這樣來一趟玩些日子就回去的，自然不習慣。」

「那滿秋姊姊多和我們講講這金陵的事，也許我們要長住在金陵呢。」楚妙藍一下就捱到了秦滿秋身旁，狀似親暱地挽住了她的手。「要是有什麼地方給說錯了，可就鬧笑話了。」

「妳們不是來楚家做客的嗎，還要長住啊？」秦滿秋不動聲色地抽回了手，這麼忽然來的熱絡她一點都不想習慣，乾脆站了起來到亭子邊上，狀似驚訝。「要長住的話，妳們可得趕緊購置宅子，畢竟住在一塊兒也多有不便。」

楚妙藍臉上閃過一抹尷尬，隨即也站了起來走到楚亦瑤的旁邊。「這還得看爹娘的打算呢。」

「秦姑娘，那裡是何處？」一直未曾開口的楚妙珞忽然問道，伸手指向位於湖中亭偏南方向的一座三層閣樓，那兒樹蔭環繞，只露出了三層的頂，比起這島上的任何閣樓還要高，卻不見人過去。

「那原本只是島上唯一的一座小亭子，五年前皇貴妃來過之後，就翻建了這閣樓，閣樓上的牌匾還是皇貴妃當初親自寫的字，楚小姐要過去看看嗎？閣樓的景緻也不錯的。」秦滿秋接話道。

楚妙珞點了點頭。「那就麻煩秦姑娘帶路了。」

「喜鵲，妳先帶三位小姐過去，我過會兒就來。」秦滿秋示意丫鬟先帶她們過去，留了兩個下來在亭子裡，見她們走遠了，拉起楚亦瑤碎唸道：「我看都得我給妳做臉了，妳也不怕她們去告妳二叔，說妳不待她們好？」

「我哪裡不待她們好了？」楚亦瑤似笑非笑地看著那三個背影，視線有些迷茫了起來，口中喃喃道：「應該給的，我都給了，不該給的難道我也給？」

「別說和二叔告狀，恐怕她們在二叔面前提都不會提上一句。」轉眼楚亦瑤回頭笑嘻嘻地看著她，眼底滿是自信。

秦滿秋笑著掐了她一把，她比楚亦瑤還要大上四歲，很小的時候兩個人就認識了，楚亦瑤的嬌蠻和不講理幾家相熟的都很清楚，但就這半年而言，在秦滿秋眼中，這個過去只知道蠻橫的小妹妹長大了很多。

「妳二叔就不疼她們？」兩個人走在後面，秦滿秋看了一眼那三姊妹，柔柔弱弱的可遭人疼。

「疼啊，怎麼不疼，可是我也沒欺負她們呢，我這脾氣，楚家上下誰不曉得。」若說她楚亦瑤待她們不好，她們還能哭鬧一下，就這言語上的話，整個楚家誰不知道大小姐不好惹，拿這些事去煩二叔，到時候受教訓的肯定不會是她楚亦瑤，二叔的脾氣，二嬸和三位堂姊妹可比她清楚多了。

「妳啊，就是嘴硬，看以後怎麼和程少爺相處。」秦滿秋戳了一下她的額頭。

楚亦瑤的神色一下就變了，秦滿秋以為她這是氣這麼久了程邵鵬都沒來找她，正要說什麼安慰時，身後就傳來了叫喊聲——

「亦瑤姊姊，我可找到妳了！」

一個嬌小的身影朝著她小跑了過來，身後跟著兩個丫鬟。

小丫頭跑到楚亦瑤面前，還氣喘吁吁的，小臉紅撲撲地看著楚亦瑤，伸手就抱住了她，委屈地說道：「亦瑤姊，妳怎麼都不來我家了。」

「小藝琳啊，妳哥呢？」秦滿秋把這小身影從楚亦瑤懷裡拉出來。

小丫頭一拍腦袋，大叫了一聲。「哎呀，都怪我記性不好，亦瑤姊妳可千萬別生哥哥的氣，哥哥他，哥哥他去了洛陽，都去了半年，所以才沒有來楚家找妳，妳看我，都給忘了。」程藝琳嘟著嘴在那可憐。

楚亦瑤摸摸她的頭笑道：「不礙事，現在說也來得及。」

「可是哥哥都快回來了，他要是知道我這麼久都沒告訴妳，肯定會說我的。」程藝琳拉著楚亦瑤的手撒嬌道：「好嫂子，妳可別告訴我哥。」

「小藝琳啊，嫂子可不能亂喊，妳亦瑤姊還沒嫁入程家，讓人聽去了可不好。」秦滿秋把她拉到了一邊小聲囑咐道，這私下玩笑一句不打緊，這來往的人多，讓有心人聽去了還不得怎麼傳，兩家也就是訂的娃娃親，也沒正式下聘，沒到那日子，都不作數。

楚亦瑤嘴角掛著笑沒有開口，到底親不親，各自心裡清楚，都過了半年了，程家大少爺去洛陽的事難道還需要一個小丫頭來轉告自己，到底是他們覺得楚家沒了主心骨不如意了，原本比秦家還要親密的兩家人，如今可避得快，生怕她楚亦瑤拿這婚約的事去找程家的老太夫人。

上輩子她還多期待呢，希望這個程家哥哥能夠再等她幾年，等她長大了，就可以在一起，結果呢，前邊還有個大堂姊捷足先登了，穿著娘為她準備的嫁衣，直接嫁給了和自己有十幾年婚約的程邵鵬。

程藝琳略微有些委屈，很小的時候在家裡自己這麼喊，娘都不曾說什麼，直到去年開始娘不許自己這麼叫的時候，她就奇怪呢，怎麼現在連秦姊姊都不讓自己喊了。

「還在這裡站著做什麼，我們去那兒。」秦滿秋見一個笑而不語，一個委屈，於是她一手拉一個，直接往那閣樓處走去。

身後的丫鬟跟了不少，楚亦瑤回神，看程藝琳的眼神裡多了一抹無奈，縱使一個小丫頭再熱情，她也擰不過程家。

楚妙珞她們在閣樓外已經等了有一會兒，附近的人不多，因進不去，大夥對這裡也就看看而過，秦滿秋倒是發現了一處不錯的地，繞過閣樓走一個水臺階，那裡有一個小亭子，亭子造得別致，除了那水臺階外，四周圍都是河水環繞著，亭子下和河水相間的地方又栽了許許多多不知名的花草，到了春季，花開葉茂，就像是被花叢烘托在上的亭子，遠遠看過去就很漂亮。

水臺階旁是掛了繩索扶手，兩旁的水面上飄著荷葉，水面下隱隱可見漁網，是怕有人不慎掉落，防止溺水。

楚亦瑤不怕水，但是湊得太近，她心底總是透著股寒意，那亭子也擠不下這麼多人，乾脆她留著寶笙在身邊，讓秦滿秋帶她們上去坐坐。

楚妙藍猶豫了一下，想要陪著她一塊兒留下來，不過程藝琳嬌小的身影搶了個先，她直接拉住楚亦瑤的手，對楚妙藍倒是客客氣氣地道：「妳們以前沒來過這湖中亭吧，由我陪著亦瑤姊姊就好了。」

小丫頭霸道得很，再加上年紀最小，楚妙藍笑著點點頭，也沒再說什麼，跟著兩個姊姊就小心地走水臺階去了。

楚亦瑤看了一會兒，低頭見程藝琳還委屈呢，失笑道：「行了，我不會告訴妳哥的。」

「我才不是為這事呢，我好久都沒見到姊姊了。」程藝琳小臉一紅，跺腳否認道：「哥哥那裡我才不怕。」

程藝琳拉著她就開始說起程邵鵬離開之前對自己的關照和囑咐，小丫頭記性不錯，自己大哥對她做了哪些事都一一清楚，也難怪她會黏著自己，兩個相差五歲有餘，程藝琳出生的時候，楚亦瑤剛剛過了那個「這是我的、那是我的、什麼都是我的」階段，對這個粉粉嫩嫩的小東西自然很喜歡，有好的也不忘記給她，程藝琳記事開始就很黏著她。

前一世，直到楚妙珞嫁過去之後，也許是因為她當時恨著程家，做出過一些不太理智的事情，才把這個小丫頭越推越遠，以至於後來，程藝琳嫁得好，都沒對她伸出過任何援手。

「亦瑤姊，哥哥很快就回來了。」程藝琳說著說著又提到了程邵鵬。

楚亦瑤眉頭微蹙，喜歡程藝琳不假，但是多聽到有關於程邵鵬的事，她難掩不耐。

「今天是程家的船過來的？」於是楚亦瑤直接把這話題給扯開了。

程藝琳也沒在意，又說起了來時的事，話說到一半才輕呼了一聲，看著楚亦瑤無辜地說：「我把齊姊姊給忘了。」

「剛剛和齊姊姊說我就在這兒走一圈，她在碼頭那邊等著我上船去呢。」程藝琳說著瞪了一眼身後的丫鬟。「妳們怎麼也不提醒我！」

兩個丫鬟被罵了，都低著頭。

楚亦瑤摸摸她的頭，笑道：「那妳快去吧！別讓齊小姐等急了。」

程藝琳猶豫地看著她，不能讓齊姊姊久等了，可是好不容易遇到亦瑤姊姊一次，回了家娘肯定又不讓她出來了。

「亦瑤姊姊，那妳下回可得來看我。」程藝琳嘟著小嘴委屈著。

楚亦瑤點點頭，也沒開口答應，程藝琳這才三步一回頭地喊著讓她別忘了，慢慢走過去了。

看著她蹦蹦跳跳走遠的身影，楚亦瑤長嘆了一口氣，自己在她那個年紀的時候，也是這般無憂無慮，天真得很。

轉身從另一頭繞著閣樓散步，楚亦瑤聽著不遠處亭子中傳來的笑聲，和自己這周遭靜謐的環境相比，倒顯得她這兒寂寥得很。

寶笙跟在她身後慢慢地走著，楚亦瑤打量這為皇貴妃建的閣樓，一時間想不起來是哪家出資的，仔細一瞧，這一磚一瓦比湖中亭其他的閣樓都要用心得多，這裡還有專人在打理清掃，外面傳言很多，說是裡面富麗堂皇得就像是皇宮中的閣樓建設，饒是她走了半圈，也開始好奇裡面究竟是怎麼樣豪華。

楚亦瑤踩上臺階，面對著做工精緻的門戶，忽然耳邊傳來一陣急促的腳步聲，回頭一看，幾個人匆匆在她面前經過，看這穿著和湖中亭碼頭上站著的一排護衛一樣，那幾個人一面在閣樓周圍找著，好像是在尋人。

後到的護衛看到楚亦瑤問道：「這位小姐，請問您是否有看到一個男的闖入閣樓，大概這樣的身高，穿著一身白色的衣服。」

楚亦瑤搖搖頭，他上前去和另外幾個低聲說了話，幾個人又分頭找了起來。

有人闖入閣樓裡了？楚亦瑤下意識轉回去看，這閣樓靜悄悄的，四周的門窗又都上了鎖，怎麼會有人進去？

視線在門窗上掃了一遍，楚亦瑤的目光定在了那個轉角處的門上，仔細一看，比起其他關緊的門，這似乎向內了一些。

示意寶笙在此守著，楚亦瑤走了過去，那門上的鎖看起來是架在一起的，實際上鎖扣根本沒合起來，只是搭著而已，而門微微向內推了一些，露出一小條縫隙。

她只是輕輕推了一下，那鎖扣竟直接掉了下來，在門檻上撞了一下，直接摔在了青磚地板上，發出一聲悶響。

屋子內似乎傳來一陣動靜，楚亦瑤一怔。

寶笙正要上前把小姐拉回來，那門忽然拉開了，就是這麼一瞬間的事情，她看著一隻手伸出來直接把小姐拖了進去，隨即門快速地闔上了。

第七章

「小姐，小姐您怎麼樣了！」

寶笙趕緊上前拍門，剛剛楚亦瑤開的時候還鬆的門，一下子緊閉著，怎麼推都推不開。

寶笙喊了幾聲，裡面是一點回應都沒有，窗門緊閉的屋子光線極差，就是透著窗子看進去，裡面亦是黑漆漆一片，寶笙退下來往剛剛那幾個護衛走掉的地方一看，那幾個人早就不見了。

寶笙站在原地看了一眼閣樓，一跺腳還是朝著秦滿秋她們那兒跑去找人了。

而屋子內，楚亦瑤被人捂著嘴壓在柱子上，半點聲音都發不出來，耳旁傳來帶著急促的呼吸聲，鼻息間僅是屋子久不見陽的黴重氣味，還帶著家具油漆的味道，嗆人得很。

屋外傳來寶笙拍門的聲音，楚亦瑤掙扎了兩下想要出聲，那人便捂得更緊，楚亦瑤心猛跳不止，在這幽暗的環境裡，一股懼意從腳底開始蔓延而上，席捲了全身。

直到寶笙不再喊了，那人始終沒有對她做出別的行為，只是壓制著不讓她出聲，屋外的腳步聲遠去，楚亦瑤瞪大著眼睛盯著他的胸膛，身子上方傳來一個好聽的男子聲音——

「妳不要怕，妳答應我不出聲，我就鬆開。」他說話的語氣裡帶著一絲緊張。

楚亦瑤點了點頭，那人微鬆了一下手，卻沒有全部放開，似乎是怕她忽然出聲引來了別人，楚亦瑤保持著沒動，好一會兒那手才從自己臉上挪開。
那人後退了一步，楚亦瑤身前一空，當下提腳就朝著他踹了過去，怒罵了一聲。「混蛋！」
那人躲避不及，膝蓋的地方就遭到了一記，悶哼了一聲，不可思議地看著她。
楚亦瑤這才瞧清楚了那人的樣子，微弱的光線下一張姣好的臉上帶著吃痛的神情，十四、五歲年紀的模樣，一身白色衣裳，不就是剛剛路過那幾個護衛口中說在找的人。
「我說不喊人，可沒說不打人。」楚亦瑤看他這打扮和模樣也是個公子哥，便少了些懼意，說得無辜。
沈世軒靠在她對面的柱子上摸了摸膝蓋，顯得狼狽，這丫頭下手還真不是一般的狠，若不是自己側了一下，誰曉得她會踢到哪裡！
兩個人相互盯著看了好一會兒，門外忽然又傳來了響動聲，沒等楚亦瑤反應過來，沈世軒衝過來拉起她就朝著她身後的盤旋梯子上跑去，好幾步她都踩了空，要不是前面他拉著，估計都要從樓梯上滾下來了。
空著的一隻手胡亂地朝著他抓過去，楚亦瑤也沒注意，一看有東西在自己眼前晃過，伸手一拉，一塊冰涼的玉珮握在了手中。
沈世軒拉著她直接跑上了三樓，這才氣喘吁吁地鬆開了她。
楚亦瑤幾乎是要趴在扶梯上面，這回是真沒力氣打他了，乾脆直接坐在樓梯口喘著氣，視線往他那處一看，他也好不到那裡去，直接找了椅子坐下來，靠在那兒比她狼狽多了。

偷偷溜進這閣樓裡面，自然是要被那些護衛追了，只是楚亦瑤好奇，他哪裡來的鑰匙。

樓下的秦滿秋嘗試著推門，同樣也推不開，這也不能硬闖，這裡的東西不是她們這身分可以直接砸的，秦滿秋當即派丫鬟去島上找護衛，那其中肯定有人知道怎麼進去。

而三樓內，沈世軒看著剛剛還懼怕的小丫頭，如今正拿著自己的玉珮翻看著，嘴角揚起一抹笑意，也不知道是誰家的小姐，膽子倒不小。

「吶，還給你。」楚亦瑤轉身把玉珮扔給了他，也不知道身上沾了灰塵沒有，伸手拍了拍衣服，準備下樓。「我要出去了。」

沈世軒一算這時間也差不多了，也沒攔著她，看著她走下階梯，自己直接走到了一扇窗戶門口，先是開了一點虛掩著觀望了一下，見著底下沒人，這才打開了窗子。

快走到一樓的楚亦瑤只聽到樓上樓下都傳來了響動聲，緊接著就是兩個護衛開門闖了進來，看到了樓梯上的楚亦瑤，側身讓她下來，什麼都沒說，直接衝上去找人了。

沈世軒鬆開了繩子，閃身貼在了屋簷下躲避三樓那兩個護衛的尋找，挨著門窗走了一段距離，對面的樹叢中出現了一抹身影，沈世軒估摸著樓上的人要下來了，很快跑到樹叢內，不遠處傳來驚呼聲，匆匆一瞥，只看見了被自己拉進來的那個丫頭的側臉，似乎還在安慰別人。

「少爺。」接應的隨從比他要緊張多了，手裡拿著一個包裹，視線在四周看來看去，生怕忽然衝出一群人就把他們倆給圍堵了。

「衣服呢？」沈世軒朝著隱蔽的地方走進去，繞進一座假山，從隨從手中接過了衣服，小心地從懷裡拿出一個金色錦袋，換好了衣服又把袋子藏了回去，確保外面看不出什麼異常。

「檢查一下，沒什麼東西留著就扔了。」讓隨從處理掉白色的外衣，沈世軒從假山裡出來。

看了不遠處走著的人，沈世軒側身繞進小路，又從小路出去，正好和那群人打了個照面。「大哥，終於找到你們了。」

沈世瑾懷裡抱著女兒沒說話，倒是一旁的田氏溫和地笑道：「我們還在說呢，剛剛一起下船的人，怎麼一會兒就不見了？」

「少爺，我可找到您了！」正說著時身後那隨從便追了上來，氣喘吁吁的，看到眼前的人又急忙行禮。「大少爺，大少奶奶。」末了微抬頭看，總覺得氣氛不太對，也就低垂著頭到了沈世軒的身後。

「二叔抱抱。」沈世瑾懷裡的孩子打破了這一僵局，奶聲奶氣地說著，伸手向著沈世軒要抱抱，沈世軒看了大哥一眼，才從他手中接過孩子，小孩子的腳恰好踩到了藏在懷裡的東西，沈世軒身子微縮了一下，把她高舉了一下，聽著她格格地笑著，心裡的這塊大石，這才落下。

那頭的楚亦瑤來來回回被秦滿秋檢查了一通，後者看著那兩個護衛兩手空空的出來，擔憂道：「真有賊闖進去了，妳沒受什麼傷吧？」

「沒事，好好的呢，他把我拉進去之後就跑了，我跌了好一下，暈乎乎的，這才沒有回寶笙的話。」楚亦瑤示意了一下膝蓋上的灰塵，那都是被那人拉著跑上去在樓梯上沾的。

「亦瑤姊，那賊人沒對妳做什麼吧？」楚妙藍上前關切。「我們聽到的時候嚇了一跳呢，以為妳這是被什麼人拉進去了，要是有個閃失，都不知道回去怎麼交代。」

楚亦瑤眼底閃過一抹嘲諷，抬頭笑看著她反問道：「他能對我做什麼？」

「自然是什麼都沒做的好，否則這……」楚妙藍欲言又止，好像她楚亦瑤被拉進去那會兒已經是受了莫大的委屈。

楚亦瑤雙手拳頭一緊，身旁的秦滿秋沈聲開口。「楚小姐，話可不能亂說，讓妳這麼一說，傳出去了別人還以為亦瑤她有了什麼損失，女兒家的名聲可禁不得妳這麼胡說。」

秦滿秋算是幾個人當中最年長的，她這麼忽然板下臉孔說話，倒顯得幾分威嚴。

楚妙藍聽著身子一怔，臉上頓時浮起一抹受傷，囁嚅地退回到了楚妙珞身邊。「我不是這個意思，我只是擔心而已。」

「賊都沒找到，該不會是妳自己想進去看看的吧？」楚妙菲不屑地說道，把妹妹護在身後，那幾個護衛進進出出什麼都沒找到，這裡門窗緊閉，怎麼偏偏她楚亦瑤經過的時候就遭賊了。「也不知道裡面丟了什麼沒有，該都搜個身才對。」

「楚妙菲，妳這心思，就不能想點別人好的。」楚亦瑤不客氣地回道，也懶得多看她一眼，直接帶著寶笙要回去秦家的船上。

楚妙菲頓了頓正要反駁，人已經走遠了。

閣樓門口兩個護衛已經把門鎖起來了，其中一個站在那兒守著，另一個走到她們身邊，冷冷地說道：「請各位小姐先行離開，此處不許再入。」

楚妙菲沒好氣地瞪了那護衛一眼，三個人這才匆匆趕了過去，畢竟還是坐別人船來的，再看不爽、不樂意，總不能游回去。

到了碼頭上，此時停靠的船比她們來的時候多不少，楚亦瑤一望過去，最顯眼的還是曹家三少的船，就連上面飄著的那紗幔都快要遮著隔壁的船隻。

開船之後楚亦瑤便沒再和她們說過話，她是在閣樓裡跑得累了，也懶得搭理她們，乾脆讓寶笙抬了椅子到甲板上，曬著暖暖的太陽，瞇上眼休息。

楚妙珞她們卻覺得還玩不盡興，至少來這一趟，可沒和任何一戶人家的小姐打上照面攀談上，更別說誰家的少爺。

另一艘船上，沈世軒從船艙裡出來，身後的隨從跟著他到了甲板上，他站在船頭望著這沿路過去的河岸，一手不經意地放在懷裡，那藏著他從閣樓裡帶出來的東西。

也許這東西真的能改變他們二房的命運，也能改變他的命運，無須像上輩子那樣，眼見著大伯和大哥做的這些決定卻都無能為力，其實金陵沈家也不過如此，最奇蹟的也就是太爺爺那些年創下的基業，爺爺之後到了大伯這裡，就只剩下守業了。

船艙內傳來一陣笑聲，沈世軒嘴角揚起一抹諷刺，低頭一看，視線落在對面船上的甲板，一個姑娘躺在躺椅上，似乎是睡著了，身旁不遠處守著一個丫鬟，仔細一瞧才覺得那姑娘有些眼熟。

不就是被自己拉進閣樓裡的丫頭嗎？此刻卻睡得酣然，絲毫沒有在三樓的時候那張牙舞爪的模樣。

「這是誰家的船？」沈世軒回頭問身後的隨從。

「好像是秦家的船。」那隨從看過船上的幡子之後說道。

「秦家？」沈世軒看著楚亦瑤，口中重複了這兩個字，那船便超過了沈家的船漸漸遠去。「去查一下，今天秦家的船上有哪些人。」

回到楚家天已經暗了，孔雀早早就吩咐下去燒了水，楚亦瑤一回屋子就先泡了澡，一盞茶的工夫過去，那疲倦才驅散了一些，屏風後都散著熱氣，楚亦瑤睜開眼，想起了程藝琳說過的話，程邵鵬快回來了。

那前世這一場場的好戲，不是得繼續上演？

「小姐，珍寶閣那兒送來了東西，說是給小姐壓壓驚。」寶笙在外面稟報。

楚亦瑤從木桶裡站了起來，一旁的孔雀服侍她穿了衣服，從屏風後出來，楚亦瑤披著還濕漉漉的長髮瞥了一眼。「什麼東西？」

「是一支野山蔘。」寶笙打開盒子讓她看了一眼，笑了。「看來近年徽州的山蔘都被挖光了，這麼一小支二嬸都藏著拿來送人。」

「小姐，這年份也不久，可以燉雞湯、補身子呢。」寶蟾拿著食盒進來布桌，她們跟在小姐身邊這麼多年，這滋補品的好壞還是略微知道一些，眼前這樣的山蔘，若要燉湯的好，起碼也要一支下去。

「我是不敢喝。」楚亦瑤半開玩笑地說：「妳們幾個拿去煮湯喝了，補補身子也好。」寶蟾看了一眼寶笙，也不敢動，倒是孔雀拿得快，笑嘻嘻地把盒子拿了過去，對楚亦瑤福了福身。「多謝大小姐賞賜。」

楚亦瑤失笑，低頭用飯。

除了寶笙在楚亦瑤旁邊伺候之外，寶蟾跟著孔雀走了出去，直到出屋子走了不少路，寶蟾這才喊住了她，語氣裡有些猶豫。「孔雀姊，這拿著不好吧，這可是楚二夫人給小姐的。」

孔雀回頭定定地看著她，良久，嘆了一口氣。「寶蟾，妳到底是為誰著想的？」

「我自然是為小姐著想啊，所以要是楚二夫人知道小姐把這東西給我們了，到時候鬧了彆扭可不好。」寶蟾抬頭說得誠懇，正是因為楚二爺幫著楚家，小姐不是更應該好好相處？

「東西既然小姐收了，想賞賜給誰那是小姐的事情，楚二夫人來那是客，不是我們楚家的主子。寶蟾，妳可知道妳這麼想就是要小姐和少奶奶低聲下氣地去討好她們，還是妳沒看清楚，這楚家作主的究竟是誰！」孔雀有些無力，好像和寶蟾怎麼就是完全說不通似的。若說寶蟾不忠，那也不對，可這忠，似乎比不忠更讓人覺得怕。

「錢嬤嬤的話妳忘了嗎？寶蟾，妳我只是丫鬟，小姐與珍寶閣那兒的事，不是我們想管能管的，難道妳還想左右了小姐的想法不成？寶蟾，妳這心，可就太大了。」

寶蟾驀地抬頭，撞上了孔雀那洞悉的眼神，眼底閃過一抹慌亂，背後無端地起了一陣冷汗，孔雀將這一切看在眼底，輕輕搖了搖頭，本來她還不信，如今看來，寶蟾的心是在楚家，可未必都放在小姐身上。

「妳把這個拿去小廚房，告訴平兒，是小姐賞的給我們燉湯喝，她自會處理。」孔雀把盒子塞到了寶蟾手中，推了她一把，又看著她繞過了迴廊，這才回去屋子裡。

楚亦瑤已經吃完了飯，孔雀把剛剛迴廊裡發生的事和她說了一遍。

楚亦瑤並沒覺得什麼意外，寶蟾這個人夠忠心，卻不夠聰明，容易被旁人左右想法，自己的主意卻不小，這樣一來太容易被人當槍使反過來給她添堵。

「她的心啊，比妳們誰都要大。」若不是經歷過那麼一回，她也不敢相信，這個怡風院裡的傻丫頭，居然想要的這麼多……

又過了幾日，楚亦瑤收到了秦滿秋的來信，程邵鵬回來了。

楚亦瑤收到秦滿秋書信的時候恰逢桃子採摘，還附帶送了一簍子過來，都是新鮮採摘的，楚亦瑤讓寶笙把這些桃子分到各院子裡去，看著秦滿秋信中對程邵鵬那一筆帶過的意思，大約所有人都覺得，她楚亦瑤怎麼可能會是最後一個知道消息的人。

「小姐，楚管事來了。」孔雀進來道。

楚亦瑤點點頭。「帶去書房裡，去沏些好茶送過來。」

楚亦瑤走進書房，楚忠帶著一個夥計正把兩個偌大的木盒子放在桌子上，打開來一個裡面是花瓶，另一個則是一套擺設的瓷具。

楚亦瑤拿起一個瓷具，上頭的雕文很漂亮，器具的底座上都鐫刻了雕花，瞧上很不錯，但拿在手中卻缺了些什麼。

楚亦瑤摸了摸那個花瓶亦是這樣的感覺，於是她叫了孔雀進來，拿了自己屋子內的一個錦盒，打開來同樣是一套擺設的瓷具，但手感卻差了很多，楚亦瑤遞給楚忠。

楚忠點點頭。「大小姐，您這個是上好的瓷具，握於手中當有如脂如玉的感覺。」

「這是大哥去大同的時候帶回來的，說是那裡出窯的時候特別送的，就算是上好，過去大同那兒送回來的，也不會比這個差多少啊。」忠叔帶來的這兩件，光看外面的樣子確實好看，擺設也不錯，但是內行人細瞧就知道這並不算好。

「這是丘嶽那兒送來的，而這兩件，半個月前客人買的，昨天拿回來退，說是和以前買的不一樣。」

商行賣出去的東西，幾乎都沒有退的，若是來退也是東西受了損，像現在這樣直接拿原來的退說質量不佳，還是頭一次。

楚亦瑤和楚忠對看了一眼，伸手拿起那個花瓶當即扔在了地上，嘩啦一聲花瓶脆骨一般在地上碎裂開來，拿起其中碎片看了看，瓷器燒得好不好，且看它燒製出來的成品，還有如今這摔碎後的碎片，立刻就能夠分辨一二。

應該是嚴絲合縫瞧不出一點問題的碎片交合處，竟然有著細細的小孔，楚亦瑤懂得不多，但看忠叔的神情她就知道這個很嚴重。

「大小姐，看來和這同一批的貨，賣出去的都得收回來了。」半晌，楚忠嘆息了一聲說，抬頭看著楚亦瑤，眼底有些無奈。

楚亦瑤壓下心中的怒意。「忠叔，那就得麻煩您把南塘那兒的貨都先收起來，我去找一下二哥，至於碼頭那邊剩下的，我會讓二哥去找二叔的，商行的事，您多費心了。」

楚忠帶著夥計出去了，楚亦瑤在原地站了許久，看著地上那些碎瓷片，原來前世就是因為這些東西，導致楚家資金周轉不靈，被迫關了數家商鋪之後，還要二叔「好心」幫忙籌集銀子才度過難關。

也正因為如此，二叔真正插手了商行的事，也占據了楚家三分之一的產業用來抵那些籌集的銀子。若不是忠叔，商行裡那一群管事，有哪一個會來楚家告知這些事，沒有人來提前告知，這不是仍舊和上一世一樣了？

如今距離那些商戶討伐也不到一個月的時間了，若是這一次躲不過，豈不是一切都徒勞無功！

楚亦瑤不由得驚出了一身的汗，從那些碎瓦片上踩了過去，直接去了梧桐院，守在門口的丫鬟一看是大小姐來了，正要提醒，楚亦瑤已經推門進了屋子裡，楚暮遠躺在躺椅上，臉上蓋著一本厚厚的帳冊，睡著了。

楚亦瑤手扶著門框，深吸了幾口氣。「二少爺什麼時候睡的？」

「二少爺剛剛睡著沒多久，上午楚管事來過了，午飯後少爺一直在看帳。」身後的丫鬟一五一十地稟報著楚暮遠一天的作息。

楚亦瑤臉上的神情緩和了一些，輕輕地走了進去，伸手拿開他臉上的帳本，翻看了一下，那是前些年商行裡的帳務，大約是忠叔讓他從頭開始學。

「妳怎麼過來了？」帳本挪開沒多久楚暮遠就醒了，看到坐在對面的妹妹，撐起身子揉了揉眼，伸了個懶腰這才站起來。

「有點事要和你商量一下，忠叔見你在休息，這才去我那兒說的。」楚亦瑤把碎瓷片拿了出來，將楚忠過來說的事重複了一遍。「如今忠叔已經回去把從南塘商鋪裡賣出去的都收回來，但他那只包括了商鋪裡賣出去的，向我們拿貨的那些商家是不是也都賣出去了都還得查，不知道碼頭上還剩下多少。」

「妳是說丘嶽那批貨不好，如今以次充好賣出去了，人家拿來退？」楚暮遠還有些沒睡醒的樣子。「二叔進貨的時候應當是有數的，雖說沒有大同的好，但也不至於差這麼多，原樣退貨還是頭一回。」

當初楚老爺能在這個滿是商行的金陵立足下來，憑藉的就是楚家商行的信譽，而這些信譽也是楚老爺當年一點一點攢起來的，絕不賣次等品，也絕不以次充好，不會欺負你不懂就拿不好的貨賣給你，也不會故意抬價。

而這些好不容易積攢下來的東西，禁不起一點毀損，楚暮遠不信二叔會想不到這些，把楚家往絕境上走。

楚亦瑤接過孔雀手中的一個擺設瓷器碟子，直接往地上一摔，在楚暮遠詫異的眼神下撿起一塊，拿給他和之前的對比。「二哥，這些東西你比我懂，這個瓷器碟子是大同的燒窯買來的，你自己看看。」

一比較之下，這差異才體現明顯，楚暮遠反覆看了幾回。

楚亦瑤開口道：「二哥，金陵這些年來屹立不倒的只有哪幾家，其餘的起起落落根本算不清楚，其中經營不好的，還是被吞併的許許多多，若是換做以前這樣一船東西對商行影響不大，但現在不能了，如今的楚家禁不起半點這樣的事。」

楚暮遠似乎對這個一時半會兒還有些接受不了，沈默了良久，開口道：「我去找二叔讓他把貨都收回來。」

第八章

楚家商行總行二樓，楚翰勤猛地一拍桌子，站在對面的肖景百身子一抖，訕笑地抬起頭看他。「妹……妹、妹夫，我看這未必不是一件好事。」

「好事?你還說這是好事?」楚翰勤拿起桌子上的筆架子朝著他扔了過來。「我怎麼和你說的，丘嶽那裡的東西，第一回拿要好一點的，你呢，拿這種貨色回來，你看看!」楚翰勤拿起一個瓶子扔在他腳下。「你說，你這回到底私了多少銀子!」

肖景百往後退了一步，戰戰兢兢地伸手比了個兩字。

「好好好，你這是不想在這裡混了是不是!」楚翰勤怒極反笑，忽然走到他面前揪起了他的衣領，低聲吼道：「兩千兩你都敢吞，這一批貨一共也就三千兩銀子，你竟然私了兩千兩，你這是在丘嶽自己燒了一船回來是不是!」

「妹、妹夫，你先別急，那銀子我一千兩給了妹妹，你也知道的，底下還有一群人要打理，我看這貨和大同的也沒區別，你看便宜了這麼多，樣子還好看多了，也就幾個不識貨的來退了。」肖景百討好地說。

「繡花枕頭稻草包，你睜大狗眼看清楚，這一船的貨，八百兩都沒人要，你一千還以為揀到什麼便宜!」楚翰勤拿起瓷片直接扔在他臉上。

肖景百吃痛了地接住，手往臉上一抹，一道血痕。

「妹夫，這不是前來退的就幾個，說明別人都還不知道，這……」話沒說完就被楚翰勤瞪了回來。

「你真以為我不知道，南塘那兒已經退了好幾個，還有北市的，你怎麼就不長點腦子，這麼急著要賺這銀子，一次賺夠了是不是。」

「妹夫，你不是一直想要楚家的家產？」肖景百抽了自己一下改口道：「不是，你是想要替你大哥好好經營楚家商行，不過如今這怎麼看都名不正、言不順，這回正是一個好機會啊！若是那些人都趕上門來討說法，咱們就把二少爺推出去，這楚忠不也是他找回來的，到時候按照原價退了銀子，妹夫你就可以幫他們一把，這順勢……」

肖景百眼珠一轉，露出偏黃不齊的牙齒，嘿嘿地笑著。「妹夫，你就能好好替你大哥經營商行，楚家也得感謝你，那你今後什麼事還不能拿主意的？」

「你以為楚忠是你。」楚翰勤微沈凝了神色，肖景百的話和他心中所想的八九不離十，大侄子還能有作為，可惜人走得早，這二侄子一眼就能看通透，這楚家早晚是他，但是現在這楚忠回來了，雖沒有處處作對，但很多事手腳都顯得不方便。

「這還不容易，跟哪個主子有前途他還不清楚，如今這楚家，除了妹夫你，還有誰可以主事的？」肖景百笑得諂媚，心裡還打著那些銀子的主意，落入他口袋的，斷然沒有拿出來的道理，就讓楚家自己去賠好了。

楚翰勤揪了他一眼，哼笑了一聲。「蠢貨！」若是這麼容易能把楚忠拿下，還用得著他來出主意。

「咱們只需要推波助瀾一下，要是有人來鬧了，就讓他鬧再大一些。」肖景百覺得自己的主意棒極了，到時候楚家扛不住，那個楚忠就是再有能耐有什麼用，要是不肯聽就直接讓他滾。

他正說得得意時，門口傳來管事的聲音——

「二爺，二少爺來商行了，說是有急事找您。」

楚翰勤剛剛緩和一些的神色頓時又凜了起來，外面的走廊已經響起了腳步聲。

楚暮遠看著那個通知的管事，示意他開門。

那管事猶豫了一下，還是伸手推開了門，裡面的肖景百剛剛撿完了地上的碎片，臉上還掛著彩。

「暮遠啊，有什麼急事要和二叔說。」楚翰勤對他的到來感到意外。

肖景百哈腰和楚暮遠打了招呼，想要直接離開，楚暮遠也沒回答楚翰勤的話，對著肖景百說：「肖總管請留步，還有事要請教你。」

「二少爺說笑了，什麼請教不請教的，您有什麼事儘管吩咐。」肖景百悻悻地站了回來。

楚暮遠看了一眼他臉上的傷。「丘嶽的那批貨，發去那些分鋪的統統收回來，至於那些商戶運過去的，還請肖掌櫃把帳目去拿來。」

楚暮遠直接提起了丘嶽的貨，一旁的楚翰勤臉色一變，剛剛兩個人還商量如何把這件壓制到最低，這邊楚家的就已經知道了。

「還不快去！」楚暮遠見肖景百還愣著，低喝了一聲。

肖景百看了他身後的楚翰勤一眼，轉身下了樓。

屋子裡只剩下楚翰勤和他兩個人，楚翰勤壓下心底的眾多疑惑，笑著說：「二叔正打算回去和你說這件事呢，沒想到你先過來找二叔了。」

第二天，楚家的所有分鋪就把擺在商鋪裡的丘嶽瓷器都給收了起來，包括碼頭上那些也統統封存了，可更大的問題是那些已經被商戶們買回去的大批瓷器。

肖景百以過去楚家瓷器的價格把這些瓷器賣給商戶們，得來的錢一部分中飽私囊了，另一部分用於商行的運作，若是大批量收回來，商行裡一時拿不出這麼大一筆銀子去填補，再者貨物收回來，還得給予一定的賠償。

楚亦瑤翻看著手中的帳本，和大嫂對看了一眼，碼頭的貨物囤積不賣，商行裡就沒有收入，如此一來銀子依舊是周轉不靈，喬從安看著那些數字就有些驚心，過去相公鮮少和她說商行的事，但以楚家現在的情況來看，要拿出這麼一大筆的銀子來，肯定是不可能的。

「大嫂，家裡的事就先交給您，我去一趟秦家。」一想到這銀子周轉不靈帶來的結果是什麼，楚亦瑤就坐不住了，不管用哪種方式，她都不可能再讓二叔伸出援手，這銀子的空缺比上輩子的已經少了很多，她一定可以想出辦法來的。

楚亦瑤帶上寶笙出門前往秦家，商行裡有二哥和忠叔在，肖總管私吞的那些銀子，她不僅要他交出來，還要他從總管事的位置上下來，動不得二叔，也要卸了他一條胳膊。

葛管家親自陪她去了秦家，馬車跑得急，一盞茶的時間就到了秦家。

楚亦瑤收拾了一下行頭，從馬車上下來，站在門口等家僕進去稟告。

她這一回要來拜訪秦滿秋的父親。

秦家內秦滿秋的父親排行老二，而秦滿秋口中白王府側妃堂姊的父親就是秦家的長子，外人也許不知，實際上秦家商行的大小事務都是由秦滿秋的父親來打理的，倒不是秦家爭這商行，而是秦家大伯是個只喜歡追求修行的男人，而他膝下也就兩個女兒，並不能幫忙。

「老爺剛回來，請楚小姐在偏廳稍等片刻。」家僕帶著她到了偏廳。

楚亦瑤心中有些緊張，不由得捏緊懷裡的帕子。

一旁的葛管家看在眼裡安慰道：「大小姐，老爺和秦家有多年的交情，您放心吧。」

楚亦瑤搖了搖頭。「葛叔，您說得我明白，可人心難測。」

葛管家嘆了口氣，人心難測這四個字，從老爺走了之後，他是看得清楚，可他老葛不過是個老爺當年好心撿回家的跛子，什麼忙都幫不上。

「是亦瑤啊。」秦老爺一進來就朗聲喊道：「一聽下人來報，我還以為是聽錯了，來找滿秋的都報到我那兒了。」

楚亦瑤站了起來，朝著秦老爺福了福身。「秦伯伯好。」

「亦瑤啊，妳今天來找秦伯伯，有什麼事？」秦老爺命人上茶，看著眼前的楚亦瑤，不由有些感慨，自家的姑娘都到了要出嫁的年紀，楚家當年那個走路蹣跚的小丫頭，如今也長大了。

「秦伯伯，亦瑤今天是替楚家有要事懇請秦伯伯幫忙的。」

聽她開口慎重，秦老爺笑咪咪的神色也嚴肅了起來。

楚亦瑤握了握袖下的拳頭，把年初丘嶽貨物的事說了一遍。

良久，秦老爺看著楚亦瑤，神色中有些許不忍，長嘆了一口氣。「難為妳了。」

簡單的四個字像是數顆小石頭墜入了楚亦瑤的心海裡，瞬間泛起了無數的漣漪，楚亦瑤的眼底漸漸蓄積起了迷霧，重生之初到如今這般，一切她都要算好了去做，不能讓人家看出太多的端倪，卻又不得不反覆操心那些即將發生的事情，她的難為，她的委屈，無從訴說。

她也想一次把二叔他們趕走，讓二哥能夠真正管理好楚家，讓楚家不再有上輩子那樣的遭遇，可這一切都不是她想達成就能夠立即達成的，一旦二叔離開，這個家有忠叔在也沒有用，她和二哥如今根本無法讓楚家在金陵立足，多少人虎視眈眈地看著他們一家子孤兒寡母。

「秦伯伯。」楚亦瑤微哽咽地喊了一聲，努力把淚水收了回去，牽出一抹笑靨。「二哥正在努力學，總有一天能像大哥一樣把商行管好，若是這一次秦家願意幫忙，秦伯伯的大恩大德，亦瑤永生難忘。」

秦老爺是個商人，一個商人首先考慮到的就是商行的利益，楚亦瑤想要秦家在大同買的瓷器回去替換那些，勢必會對自己家的生意有所影響，每年來去大同也就春秋二季，航船也要一月多的時間，如今臨近夏季，海上多暴風雨，再去買肯定是不行的。

秦老爺想了許久，這才開口道：「亦瑤，替換那些瓷器，秦伯伯恐怕是幫不了妳。」

楚亦瑤眼底閃過一抹失望，笑了笑正要說，秦老爺繼而道——

「不過妳說的要從商戶手中收回那些貨，缺少的銀子，秦伯伯倒是可以幫妳一把。」

楚亦瑤有些不敢相信他的話，秦家願意借錢給他們！腦海中閃過眾人覬覦的楚家數家分鋪，楚亦瑤微低著頭，小手揪著那衣角有些無措道：「可是秦伯伯，我們家沒有東西可以拿來給您抵那些銀子。」

「把你們丘嶽那些貨拿來抵押吧。」秦老爺也接得快，似乎是看出了她臉上的猶豫。

楚亦瑤抬頭看他，似乎有些不置信，那批貨可不值錢啊。

「傻丫頭，難道秦伯伯還要你們楚家的家產不成。」秦老爺笑嘆了一口氣。「這大同的貨秦伯伯確實沒法替給妳，不過那些缺的銀子，秦伯伯可以給妳替上，算是和妳爹的私交，這忙秦伯伯也得幫。」

秦老爺的意思楚亦瑤明白，銀子的事，秦老爺完全可以拿自己的借給她，但這貨物的事牽扯到整個秦家商行，秦老爺一個人作不了主。

「亦瑤妳來了也不找我。」門口那兒傳來秦滿秋的聲音，剛跨進偏廳，秦滿秋撞上秦老爺的眼神，忽然聲音就柔了下來。「爹。」

秦老爺不忍直視地轉過臉去，大約也只有夫人才覺得，女兒乖巧伶俐，溫柔可人。

「爹，您說了什麼，亦瑤眼睛都是紅的。」秦滿秋拉起楚亦瑤低頭一看，眼眶那微紅得像是剛哭過，仰頭問秦老爺。

「聊了妳楚伯伯的事，亦瑤啊，妳說的我過兩天差人給妳送過去，妳們聊。」

「秦伯伯慢走。」

「爹，您慢走。」秦滿秋一看秦老爺走了，馬上拉起她就要往外走，一面說：「程邵鵬有沒有去找過妳，他都回來有一陣子了，我哥都遇過他有幾回了。」

楚亦瑤微怔了一下，這兩天擔心商行的事，哪裡還記得程邵鵬，她這麼一提她才想起來，搖頭道：「沒呢。」

秦滿秋回頭看了她一眼，嘟囔了一聲。「奇怪，沒道理回來不找妳的。」這幾家的孩子從小也熟，程邵鵬對亦瑤上不上心她還是清楚的，如今離開大半年回來，怎麼可能還沒去楚家。

「也許程家的事多忙，抽不出時間。」楚亦瑤笑了笑，秦滿秋還想說什麼，楚亦瑤反拉著她往秦夫人的院子裡走去。「好啦，妳不惦記著寄霆哥，怎麼老惦記我的事，好久沒來看伯母了，帶我去看看吧。」

「開玩笑，我惦記他做什麼。」秦滿秋滿不在乎地說，帶著她一起去往秦夫人的院子。

從秦家出來天色微暗，楚亦瑤心中輕鬆了不少，比想像中容易得多，雖然沒能直接借了貨過去，但秦老爺還是伸援手把銀子的事解決了。

楚亦瑤知道，借貨的話楚家就能夠維持住和這些商戶的往來，只要再賠償一些銀子，這些楚家還拿得出，但對秦家來說，一旦借了，他們自己那裡勢必要流失一些客人，相比之下，秦老爺自然是要考慮秦家商行的利益。

不過這樣也好，楚家這一回的損失，怎麼說都得有人出來承擔不是。

幾天後，商行內楚翰勤帶著眾多管事商量起了關於商戶賠償的事情，楚暮遠在一旁聽著，說到最後，就是從商戶手中原價收回那些貨物，還要另外賠一些銀子做補償。

但是商行裡如今拿不出這麼多的銀子，楚翰勤見眾人都沈默著，和肖景百對看了一眼，對楚暮遠開口道：「暮遠啊，銀子不夠不要緊，二叔這回來帶了，先墊上就成了。」

「那怎麼行，這麼大筆銀子。」楚暮遠搖搖頭。「二叔是過來幫忙的，怎麼能夠讓您破費。」

幾個管事竊語了起來，其中一個開口說：「二少爺，有句話不知道當不當講。」

楚暮遠一看，也是商行的老管事了，於是點了點頭。

那老管事看了楚忠一眼，穩聲開口道：「二爺也算是楚家的人，還是二少爺您的親叔叔，若是二爺出了這些銀子，二少爺可以讓二爺一起管理楚家商行。」

楚暮遠定定地看著他，似笑非笑。「不知這一起管理楚家是何意思，二叔如今不就幫著管理商行的事。」

肖景百忙給他解釋道：「二少爺，這王管事的意思是，以前這二爺只是來幫忙的，出了這銀子之後，今後就是正的與楚家同甘共苦了。」

王管事點頭稱是，那些個管事各自低聲說起了意見。

楚暮遠抬頭看了楚翰勤一眼，這是軟刀子架在脖子上，殺不死也能弄傷了，倘若他不答應，那這些收回貨的銀子就沒法籌了，變賣商鋪和家產是下下策，但是讓二叔插手入楚家來，同樣也不是什麼好計策，楚暮遠就算是再不明白，也懂一個果子分著吃，誰都吃不飽的道理，總有一方最終會吞了整個，而另一方只能餓死。

正當大夥等著楚暮遠開口，門口那傳來了楚亦瑤的聲音——

「這就不勞王管事費心了。」

楚亦瑤一身俐落的紅色裹身裝顯得幾分英姿，她手捧一個大木匣子走了進來，仰頭看著那幾個管事，後者們給她讓了道，楚亦瑤帶著寶笙直接走到了楚暮遠身邊，把匣子往桌子上一放。「銀子的事已經辦妥了，二哥，你可以吩咐去把那些貨都收回來。」

「亦瑤啊，這裡可是在議事。」楚翰勤低聲勸道：「妳看這都在商量事。」

「我知道，二叔，別忘了我也楚家的人，還是楚家的大小姐，這楚家商行，說不定有部分還是我的陪嫁。」楚亦瑤扶著桌子朝著那些管事看了一圈，清亮的聲音裡透著些冷意。

「所以說，這商行要是不好了，我今後的嫁妝可不得少了許多，我要是不好好的看著，那我可虧大了呢，您說是吧，二叔。」說到最後，楚亦瑤回頭看楚翰勤，笑得極甜極甜。

楚翰勤一時語噎，大哥的遺囑是什麼他不知道，楚家的家產如何分配與他也沒什麼關係，若是這大哥當初走的時候確實為亦瑤準備了一份，那今日她說的話也不無道理。

「大小姐，話是這麼說，可妳一介女流，怎麼懂這商行裡的事。」王管事語氣裡透著些不信，彷彿在看小孩子鬧過家家。

楚亦瑤扭頭看著他，笑意越漸濃。「王管事，本小姐一介女流都籌到了這些銀子為楚家解難，你說我夠不夠資格站在這裡！」

「啪」地一聲，楚亦瑤打開了木匣子，裡面是一疊厚厚的銀票，皆是面值五百兩，王管家那神情瞬間就好像被塞了鴨蛋似的發不出聲。

「忠叔，還得麻煩您把這些商戶的貨和銀兩唸一唸。」楚亦瑤直接坐在楚暮遠的旁邊，一手搭在桌子上，指尖輕輕地叩著桌子，那架勢，簡直就像是楚老爺的翻版。

楚忠一臉正色地拿起帳本，將從楚家商行裡拿貨走的十來家商戶都唸了出來，原價退還後楚家還需要支付一筆不少的賠償金，商鋪裡東西空了，沒有東西賣了，那些商戶的損失也不小，為了留住他們今後還與楚家商行合作，這筆賠償金勢必低不得，還得好聲好氣的賠禮道歉，否則今後的生意就難持續。

眾人聽楚忠唸著那一筆一筆的銀子，神色各異，他們說歸說，要是這銀子要從他們口袋裡掏出來那也萬萬不可能的，直到楚忠唸完最後一筆，楚亦瑤把木匣子裡的銀子拿了出來。

「這裡有兩萬兩銀子，忠叔，還差多少？」

「大小姐，還差三千兩。」楚忠在算盤上一打，報給她聽。

楚亦瑤點點頭，轉頭看向肖景百。「肖總管，丘嶽的貨是您負責的對吧？」

「是……是我負責的。」肖景百此刻背後早已經汗淋淋，想撇清了也不行，他是商行的總管事，哪一筆貨不是他負責的。

「那好，肖總管，這其餘的三千兩就由您補上吧。」楚亦瑤此話一出，肖景百的臉色就煞白了。

肖景百抬頭看了一眼楚翰勤，說：「大小姐，這商行裡的貨都是我負責的，但這銀子的事，怎麼能算到我這裡？」

「亦瑤，妳先告訴二叔，這銀子從哪裡來的，兩萬兩可是一筆大數目。」楚翰勤看著那些銀票，就這短短幾天楚家怎麼可能湊的出來，侄子和楚忠一直在商行裡，侄媳婦也在楚家呆著，就算是變賣東西也不可能一點動靜都沒有。

「二叔，您掛心這銀子的來去，不如先解決了眼前的事，放心，亦瑤一不偷、二不搶，不犯事！」楚亦瑤笑咪咪地回答他。

楚翰勤耐心地循循善誘道：「亦瑤啊，妳還小，很多事妳不明白，這麼大筆銀子若是人家肯借給我們，肯定懷著不好的心，妳告訴二叔，這銀子是誰借給妳的。」

「二叔，天底下沒有吃白食的道理，就連二叔出銀子來也不是白給的，更何況是別人呢？所以不如先把這貨的事解決了，我們再談。」楚亦瑤打定主意不先說秦家的事，她就是要讓二叔此刻心中有所顧忌，猜一猜楚家背後到底有什麼大家。

楚翰勤意識到再問這個好像是要護著肖總管，於是也順著點頭。「這肖總管雖負責商行所有的貨，但這出了事銀子讓他背也不妥。」

「本來這銀子的事和肖總管是沒有多大關係，不過這三千兩的銀子買來的東西，實際價格可不值。」楚亦瑤也懶得多說，直接把丘嶽那家燒窯賣的東西價格扔在了桌子上，那也不是什麼多保密的東西，有些商行進的貨好，自然有進的差的，要找哪家燒窯裡的只要出去打聽一下就知道了。

若是肖景百買的是丘嶽那兒燒窯裡最好的，今天也不會發生這樣的事，楚翰勤早就知道這些東西不值錢，事到如今還維護，就是連他自己都拉下水了，於是楚翰勤拿起那冊子神情顯得很不置信。

「這，竟然只值這麼多。」楚翰勤放下冊子，抱歉地看著楚暮遠他們。「這件事也是我的錯，本來想試試丘嶽那兒的貨，也有別的商行說和大同的一樣，沒區別，價錢還便宜了，沒想到運回來竟是這樣。」

「這件事也怪不得二叔，若是這點小事都要二叔時刻盯著，二叔您豈不是要累死。」楚暮遠接收到妹妹的眼神，順著嘆氣道：「二叔啊，不是侄子拆您的臺，這肖總管坐這總管事一職，恐怕是不行。」

才半年多的時間就捅這個大樓子，瞞得過去自然是萬事大吉，該撈銀子的繼續撈銀子，但是揭發出來了，眾人自然是能躲的躲，誰也不會傻到說自己頂著去說好話，把這錯往自己身上引，楚翰勤也一樣，對他來說，肖景百就是個會拖累人的，成事不足，敗事有餘。

侄子的話他也聽出來了，銀子要賠，最主要地就是走人，否則這事沒人頂，到時候去各商戶道歉的時候，也沒說法，再者肖景百留在商行裡也就這點日子，本來坐總管事的位置就不穩，如今這樣一來，更是沒法繼續坐了。

這事他還有些肉疼，肖景百是他從徽州帶來的，還是自己的小舅子，再笨都是他的人，這商行裡頭人心各異，要找全心為自己的很難。

「二少爺，我沒有功勞也有苦勞，剛來的時候這商行裡一團亂著，我跟著二爺忙前忙後的您也看在眼裡，丘嶽那兒的事我是真不知道，我也是別人說了才買的，這事也不能全賴我頭上，這銀子……」肖景百一看楚翰勤不替他說話，開始急了，三千兩銀子他怎麼拿得出手，更何況他還給了妹妹一千兩。

肖景百越說越心急，楚暮遠略顯不耐地打斷了他的話。「肖總管，你作為楚家商行的總管事，這麼大的事情，你也只是聽別人說了就去買，事先不做任何的打聽，這等魯莽的行徑，如何能擔此大任，又怎麼放心把這些事交給你來打理。」

肖景百臉色蒼白地癱坐了下來，說錯了話又做錯了事，這總管事的位置是保不住了。

楚翰勤棄兵保帥，到最後肖景百削了總管事的職位，又拿出了一千五百兩的銀子這才算了事，總管事的位置暫時懸空，楚暮遠作主，暫由自己和忠叔頂著，等有合適的人再安放也不遲，楚翰勤在這件事上自覺理虧，並沒有提出異議。

第九章

楚亦瑤站在馬車外，看著碼頭上那一箱箱貨被搬上秦家馬車，視線落在了楚家的商船上，要趕緊想別的辦法填補這缺貨的空缺才行，否則，秦伯伯這銀子，都不知道何時才能夠還清楚。

正看著，遠遠地傳來了叫喊聲，楚亦瑤回頭，寶蟾跟在阿川後頭往這邊跑過來，臉上帶著些欣喜，氣喘吁吁地說道：「小姐，程家大少爺來看您了。」

跟在寶蟾身後一抹身影出現在楚亦瑤的視線裡，程邵鵬一身湖藍的外裝，遠遠地望著她，臉上帶著一抹溫暖的笑意。

楚亦瑤神情微怔，很快恢復了神色，嘴角揚起一抹笑，帶著些疏遠叫了一聲。「程大哥。」

許久不見，程邵鵬眼中的楚亦瑤彷彿成熟了許多，楚家出事的時候他剛好離開金陵，來不及至楚家看望，這樣算起來，兩個人將近有一年的時間未曾見面，一年的時間似乎能夠改變很多東西。

「程大哥，你怎麼會來這裡？」楚亦瑤朝著他走近了幾步，瞥了一眼阿川，後者心虛地低下頭去。

程邵鵬眼底盡是溫柔，伸手想要摸摸她的頭髮，楚亦瑤身子微側躲閃了開來。

程邵鵬渾然不知覺，再度伸手在她的劉海上摸了一下。「我去妳家找妳了，妳嫂子說妳在這裡。剛回來家裡事多，來不及看妳，妳可別生氣。」

在旁人眼裡，這是怎麼樣一副寵溺的情形，程邵鵬的眼底此刻也只有她一個人，楚亦瑤低垂著頭心中卻無法感觸太多，眼前的人對於她來說，曾經是百般依賴過的，卻也是狠狠傷害過她的，即便是重來一世，她也沒有辦法忘記那些事。

「沒有呢，程大哥，我該回去了。」楚亦瑤仰頭朝他笑了笑，微紅的臉頰帶著一抹羞澀。

程邵鵬微怔了一瞬，隨即要扶她上馬車，寶笙卻快了一步。

程邵鵬緊接著道：「我隨妳去楚家，給妳帶了些洛陽的小玩意兒，也許久不見暮遠兄了。」

楚亦瑤點點頭，隨即入了車內，程邵鵬臉上的笑意淡下去了幾分，他知道自己爽約太久了，亦瑤生氣也是應該的，楚家發生這麼大的事情，他卻沒有一刻陪在她身邊過。

「程少爺，您請上車。」寶蟾請他上了來時的那輛馬車，一前一後朝著楚家而去。

「小姐，到了。」迷迷糊糊地聽到寶笙的叫聲，楚亦瑤睜開眼，馬車已經停了。

程邵鵬在外面等著，看到她半帶酣然地下來，笑道：「又睡著了？」

楚亦瑤微燙著臉笑得不好意思，下了馬車進楚府之後先回怡風院，讓阿川帶著程邵鵬去了前院偏廳坐著。

「小姐，程少爺總算是回來了。」寶蟾顯得很高興。

楚亦瑤坐在梳妝檯前沒什麼反應，反而是一旁的孔雀多看了寶蟾幾眼，程家少爺離開大半年，這麼長時間以來連書信都不曾有一封，她們幾個做下人的都替小姐不平，寶蟾卻覺得程家少爺此次前來，就是對小姐很重視。

「他回到金陵已經有些日子了。」孔雀拿起一個首飾盒子讓楚亦瑤選，接著寶蟾的話。「現在才來看小姐。」

「程家就程少爺一個獨子，肯定很忙。」寶蟾為程邵鵬說著好話，絲毫沒覺得有什麼不對的。

「妳倒是很會為程大哥著想。」楚亦瑤拿起一個簡單的讓寶笙替她戴上，起身淡淡地說：「誰允妳找了阿川駕車帶他去碼頭的？」

「寶蟾以為小姐是想見程少爺的，所以……」

「妳以為？妳以為我想見程少爺，所以就自作主張讓阿川駕車去碼頭，那妳有沒有想過他要是自己想過去，怎麼不讓程家的馬車直接載過去？妳以為這楚家是離了楚二爺不行了，所以妳就要替我貼著臉去迎合那珍寶閣，半點都得罪不起她們，把她們拱上了天，楚二夫人說什麼妳就覺得是什麼，覺得小姐我說什麼都不對？」楚亦瑤怒極反笑。「寶蟾妳主意大了，倒是要蓋過我的想法，自己想做什麼就做什麼，那不如妳先替小姐我過去伺候著程少爺如何？」

「小姐，寶蟾知道錯了，寶蟾不應該擅自作主，寶蟾只是想為小姐分憂。」寶蟾當即跪了下來，磕頭求道。

楚亦瑤冷冷地看著她一臉的委屈求饒，直接越過她沒再理會，走了出去，吩咐孔雀。

「等會兒她若是跑出去了，隨她，找個人盯著些，看她去哪兒見過誰就行了。」

還沒走到前廳，楚亦瑤就聽到了前廳內傳來的一陣笑聲，眼底閃過一抹了然，邁腳進去，肖氏正一臉滿意地看著程邵鵬，眼底有些許意味，而程邵鵬始終是笑盈盈的，禮待肖氏，不親不遠。

「這姑娘家啊，就是喜歡打扮打扮再出來。」肖氏正說著看到了進來的楚亦瑤，笑道：「亦瑤啊，妳可讓客人久等了，要不是我經過，這程少爺可一個人在這兒乾坐著。」

「那二嬸今天可真是湊巧，平日裡去哪兒走，都不走過這偏廳的呢。」楚亦瑤若有所指，說不定過會兒湊巧經過的可不止她一個人了。

「所以說和這程少爺也是有緣啊。」肖氏渾然不覺她話語中的意思，看程邵鵬的眼神裡越發透著些興趣。

「程大哥，二哥應該快回來了，不如你先過去梧桐院那裡坐會兒。」楚亦瑤示意阿川帶路。

這也正合了程邵鵬的意，外人在場，有些話不方便和亦瑤開口，遂點頭說好。

「暮遠回來晚了，這麼急做什麼。小晚啊，去沏些好茶來。我說亦瑤啊，讓程少爺一個人等在那兒，太失禮了。」肖氏吩咐貼身的丫鬟去取茶來，拉著她又坐了下來，有一搭沒一搭地打聽起程家的事。

到這裡肖氏還不知道程家和楚家的口頭婚約，只覺得這少年她是越看越滿意，要是能給自己做女婿就好了，當聽到程邵鵬說程家也跟楚家一樣也是做商行生意的時候，肖氏臉上那笑意更是出彩了幾分。

那姻緣廟的姻緣大師可是解籤說兩個女兒都會嫁得好，至於後頭說的損不損人的，只要不是她們損就成了，別人的哪裡管的了這麼多。

過了一會兒小晚就回來了，身後還跟著兩個人，楚亦瑤抬頭一看，楚妙珞和楚妙菲跟在小晚身後進了廳裡，朝著肖氏福身之後乖乖地坐了下來。

這氣氛詭異得很，楚亦瑤不說話，程邵鵬也是笑著頷首。

肖氏朝著楚妙珞使了個眼色，後者看了程邵鵬一眼，問楚亦瑤。「亦瑤妹妹，這位是？」

「二嬸讓小晚去找妳們的時候，沒和妳們說嗎？」楚亦瑤直接說破了肖氏的意圖，但看這兩人裝扮，怎麼都不像是剛剛路上碰到過來的。

果不其然，楚妙珞搖了搖頭，溫和地解釋道：「我們是在園子裡遇到小晚的。」

楚亦瑤露出恍然的神情，笑了。「堂姊真是好興致，在園子裡都這裝扮。」說完便低下頭去喝茶，也沒打算介紹，更沒打算給她們引話題。

楚妙珞臉上閃過一抹尷尬，又看了程邵鵬一眼，臉色微紅地低了頭。

畢竟是少女懷春的年紀，楚亦瑤這年紀頂多算是含苞待放尚未長開，有這姿色也敵不過楚妙珞這十四芳華，程邵鵬被她多看這兩眼，自己都覺得有些不好意思，見氣氛如此，便輕咳了一聲。「亦瑤，天色不早，我還是改天再來找暮遠。」

楚亦瑤點點頭，肖氏剛才覺得這氣氛很不錯，女兒看的這兩眼是恰到好處，一下人要走了，便開口留道：「程少爺，不如用過了晚飯再走吧，看著天色也晚了。」

「在下還有事，就不多加打擾了。」程邵鵬客氣地拒絕。

肖氏就是有一萬個繼續留下來「深入瞭解」的心也沒好意思再開口了，看他出門，一面朝著楚妙珞她們使眼色，一面笑呵呵地跟著出去。

送走了程邵鵬，楚亦瑤藉故回了怡風院，肖氏沒逮住她，只能去喬從安的院子裡打聽程邵鵬的情況，一打聽之後才知道，這自己才剛剛相中的未來女婿，居然已經和侄女從小訂了娃娃親。

「雖說只是口頭上的，但這麼多年兩家人都未曾改口，這件事亦瑤從小也是知道的。」喬從安笑著和肖氏說：「二嬸您還不知道吧，往年程少爺來得可勤快，往這裡送的東西也不少呢。」

肖氏悻悻地笑著。「那這年紀也差了些，亦瑤可才十一歲，那程少爺可是到了說親的年紀了。」不如等一等，先把自己大閨女說給他多好！肖氏心裡默默地想著，那亦瑤才多大啊，到說親的年紀也還得好幾年。

「程家不急，我們又怎麼會急這會兒。」喬從安斷然不會告訴肖氏，程家似乎是已經起了悔婚的心了。見她這麼急著趕來打聽程少爺的事情，想必這位二嬸也起了些心思，不管程家打算如何，這婚事成不成，她都不能讓肖氏在亦瑤頭上打這個主意。

「這也是。」肖氏點點頭，得到這個結果，已經降下了一大半的熱情。

回去了珍寶閣，吃過了飯等楚翰勤回來，兩個人在被窩裡，肖氏又忍不住提起了這件事。

「妳說程家長子，聽人提起過倒是個不錯的，從小幫著程老爺在商行裡，又去了洛陽大半年，聽說尋了不少洛陽那兒的新東西回來。」楚翰勤想了下，對程邵鵬的評價還是挺高的。

肖氏這麼一聽，心裡頭那些不舒坦越加厲害，於是她伏在楚翰勤的身上，一手在他胸前摸過，順著舒適的寢衣往下，從楚翰勤的角度看下去，恰好看到她胸前的一片豐腴。「老爺，你說若是這程少爺能做我們的女婿，該多好……」

肖氏的聲音柔若酥骨，楚翰勤白天那一團子的糟心去了一些，大手把她直接攬在了身下，肖氏一聲嬌喘，這半句話尚未說完整，帷帳下便是春光一幕。

屋外的兩個丫鬟聽著夫人這嬌喘聲皆是面紅耳赤，雙雙往院子裡走了幾步，直到屋子裡夫人喊了才進去送水收拾。

雲雨一番後，楚翰勤心情大好，摸著肖氏滑嫩的肌膚，對她說的程邵鵬一事起了些想法，把女兒嫁在金陵，尋一戶像程家這樣的，對自己在金陵立足，可謂是百利而無一害……

正當肖氏想著什麼時候程家少爺還會來楚家，轉眼便是三個月過去了，金陵的夏天一去，入了秋天氣就開始轉涼，九月初的天晴空萬里，不見白雲，微風拂動之下亦是一個涼爽的秋季。

到底是程家太忙還是阻力太大，從他上回過來，這三個月中，楚亦瑤只收到了程邵鵬的一封信，還有幾盒子的禮物，程夫人的態度和上輩子一樣明確，對楚亦瑤來說，這些都不重要，眼前她最關心的就是這一回秋季出海的事。

「小姐，您真的要跟著楚管事一起去大同？」孔雀和寶笙幫著收拾了東西，滿滿三大箱子放在外室，錢嬤嬤在一旁直嘆氣，她的擔心是一點錯都沒有啊，小姐離這大家閨秀的方向越走越遠，先是去春滿樓，再是去商行裡，現在又要跟著出海，一去就是兩個月。

「奶娘，怡風院裡的事就交給您了，楚家上下有嫂子在可放心，我把寶笙和孔雀都帶去。」楚亦瑤拉著錢嬤嬤的手撒嬌道：「我也想把奶娘帶上，可這院子裡的事離不開您，這些丫鬟還得由您約束著呢。」

「把平兒和寶蟾也帶上吧，到時候在海上也沒什麼可吃的，帶些東西讓平兒做妳喜歡的。」錢嬤嬤還是不放心，這嬌生慣養的人哪能受得住海上的日子。

「我這是跟著出海呢，又不是出遊，帶這麼多的人去也添亂，寶笙和孔雀她們夠了。」楚亦瑤忙回絕，寶蟾還必須留在楚家，那天她從自己屋子裡跑出去在花園裡哭著，可不是和自己的好堂妹相見恨晚，一個是心軟疼人的好小姐，一個是忠心耿耿不被自己小姐理解的好丫鬟，一拍即合，她怎麼好意思帶走寶蟾呢。

「我真是愧對夫人啊。」錢嬤嬤嘆了一口氣，夫人臨死前囑託自己好好照顧大小姐，可她如今怎麼看，都覺得大小姐已經偏離了當初夫人所期待的模樣。

「說什麼呢，您把我照顧得很好。對了，奶娘，不如讓閏子跟著我一起去吧。」楚亦瑤想著還缺個打點的隨從，於是向錢嬤嬤要了她的侄子來幫忙。

錢嬤嬤臉上一抹喜色，應聲去找人了。

楚亦瑤看了一遍寶笙遞過來的單子，點點頭。「先這樣吧。」

屋外傳來平兒的聲音，說是堂小姐來了，楚亦瑤正在書架上找著關於航海地圖的書，楚妙珞就走了進來，楚亦瑤手捧著厚厚的書站在椅子上居高臨下看著她。「妙珞姊，妳找我？」

「聽娘說妳要出海去，海上天氣多變，海風又鹹濕，我這有些美顏膏，妳帶去用著，等出海些日子了若是臉上難受著，就剛好可以用上。」楚妙珞從丫鬟手中拿過一個漂亮的盒子，打開來裡面是精緻的陶瓷罐。

楚亦瑤把書遞給孔雀，從椅子上跳了下來，打開那罐子，湊近聞才有一股淡雅的香氣。

「不是什麼名貴的東西，勝在好用，妳可別嫌棄。」楚妙珞輕笑著說。

「怎麼會，謝謝妙珞姊，我這如今正忙著收拾，亂得很，不如我先送妳出去吧。」楚亦瑤笑著把東西放在了一旁。

楚妙珞囑咐她別忘了放進箱子裡，兩個人走到怡風院門口，楚妙珞停了下來。「我自己回去就好了，妳忙妳的。對了，亦瑤，我想問一下，上回過來的程少爺，和妳及暮遠哥關係是不是都很好？」

「從小就認識的，和二哥的關係不錯，堂姊問這個為何？」楚亦瑤反問道。

楚妙珞溫和笑道：「我就是好奇，看你們相處得不錯，在徽州的時候，娘都不許我們出去走，所以也沒有相熟的人家。」

楚亦瑤目送著她離去，臉上的笑意漸漸淡去，二叔、二嬸在徽州是有著自己的生意，但這裡是金陵，沒有她和大嫂帶著，她們也很難融入到這個圈子裡去，程大哥不來，二嬸就沒有什麼機會去籌謀，藉故來打聽程大哥和自己之間關係好不好，幾個月都沒再到訪，她們這是急了嗎……

回到了院子裡，楚亦瑤看了一會兒架子上的錦盒，把裡面的罐子拿了出來，從孔雀手中接過扁棒子，楚亦瑤挑了一些撩起了袖子，在手腕上輕輕地塗抹了開來，等了一會兒，並沒什麼異常，楚亦瑤又挑了一些在原來已經乾掉的地方重新塗抹，這麼反覆了五、六回，一炷香時間過去，那塗抹的地方漸漸出現了紅塊，微癢。

「小姐！」孔雀忙去端了水過來要替她擦乾淨。

楚亦瑤感受著手腕上那一陣發燙火辣的感覺，臉上盡是嘲諷，還真是好心思，這東西一回用過當日淨面後第二日再用，效果就淡了很多，起碼要過了十幾日才會有這手臂上的反應，到時候就可以歸結於海上水土不服，怎麼都不會想到這個美顏膏上去。

若她回來發難，大可以說東西帶去的時候是好的，只是在海上天氣多變，變質了都說不準，海上一個月的時間，若她真用了這個，到時候四面環水，求醫不得，這張臉可不知道有多久無法見人。

「小姐，這裡面放了什麼，怎麼用了會這樣？」孔雀用皂角給她擦洗了好幾回，那紅印子始終褪不下去，隱隱泛著些小顆粒。「堂小姐這安的是什麼心？」

「不管她安的什麼心，妳想辦法把這個混到她用的裡面去，若要動了銀子就去寶笙那裡支。」楚亦瑤哼笑了一聲。「也許堂姊的皮膚不像我這麼容易過敏。」

孔雀小心地收好了這個，楚亦瑤出了怡風院去了喬從安那裡，楚應竹在院子裡玩著，身後跟著兩個丫鬟，一看是姑姑來了，小短腿邁著朝她飛奔而來。「姑姑！」

楚亦瑤心情甚好地在他臉上親了親，小孩子最是長得快的，半年過去，個子拔長了不少，肉嘟嘟的小臉卻是消瘦了一些。

楚應竹小手環著她的脖子，去屋子的一路上，奶聲奶氣地和她說著他認為有趣的事，末了還不忘炫耀自己又學會寫哪些字了，閃著大眼睛就等著楚亦瑤表揚了。

「我們的應竹最乖了，最聰明了，最棒了！」楚亦瑤摸摸他的嫩臉，眼中滿是疼愛，那目光不該是一個十來歲少女該有的，充斥著思念，鋪天蓋地地襲來。

她的薇兒。

心間猛地一陣刺痛，楚亦瑤最沒有辦法放下的，就是那個年僅三歲的孩子，她這一走，她的女兒將會是過著怎麼樣的日子？嚴城志會把她棄之不顧？她最害怕的就是楚妙藍會對她做什麼。

「姑姑！」楚應竹見她走神，拉著她的衣服喊道。

楚亦瑤回神，眼底那一抹悲傷還來不及收回，怔怔地看著楚應竹這小臉，淚水就這麼落了下來。

「姑姑不哭，應竹給您呼呼，呼呼。」楚應竹努力地伸著小手往她臉頰上擦去，一面小口地朝著她眼睛的方向吹著氣。

楚亦瑤抱著他坐了下來，從寶笙手中接過了帕子擦了眼淚，微哽道：「姑姑沒事，乖。」

「昨天屋簷下的燕子不見了，我也很傷心。」楚應竹坐在她懷裡，小手握著放在懷裡，一臉糾結地說：「娘還說明年牠們還會回來的。」

「是啊，明年牠們還會回來的。」楚亦瑤摸摸他的頭髮。「只是現在天冷了，牠們要去暖和點的地方，明年春暖花開的時候，牠們又會回來了。」

楚應竹似懂非懂，仰頭看楚亦瑤眼眶紅著，乖巧地哄道：「那姑姑也不要傷心。」

「嗯，姑姑不傷心了。」楚亦瑤點點頭。

一旁的寶笙只覺得小姐是看到小少爺想起了大少爺，這才傷心地流淚了。

在屋子裡陪著楚應竹玩了一會兒，喬從安回來了，楚亦瑤這回能跟著楚忠出海，首先點頭的就是喬從安，嫂子一點頭，楚暮遠也就沒說什麼，二叔更不能說什麼了，她是楚家的大小姐，跟著一塊兒出海，她都不怕出事，別人還有什麼好阻攔的。

「大嫂，若是舅舅他們來得早了，還得麻煩妳先照顧他們一下。」楚亦瑤算這來去的日子，等舅舅他們過來，恐怕她還在海上。「就不必住在楚家了，外面另尋一處宅子就好，這一回也就二舅舅他們過來。」

「妳自己去了才要小心，我是拿妳沒法子才答應的。」喬從安無奈道，自己就算是不同意亦瑤去，她仍舊會想法子跟著去大同，從小到大，小姑子決定要做的事情，除了娘之外沒人攔得住。

「我會照顧好自己的，嫂子妳放心，一入秋這家裡的邀請帖也多了，妳要是不樂意去，就一封也別回，咱們家現在這情形，也不用做臉給誰看，妳就懶著待著，讓她們說去。」楚亦瑤心中最重要的就是楚家，其餘的一概退後，珍寶閣的那幾位，她是真沒時間去計較。

「好了，妳說的我都知道，妳跟著忠叔過去，自己要注意一些，別這麼莽莽撞撞的，大同那兒不似金陵，若是下船出去了，記得多帶幾個人跟著。」喬從安細細地叮嚀著。

楚亦瑤悉數點頭應下，挽著她的手臂求饒道：「好嫂子，我錯了還不行嘛，妳說的我都明白，我發誓，一定會乖乖的。」

「我還不知道妳！」喬從安輕輕戳了一下她的額頭，啐了一聲。

第十章

九月初十這天，天沒亮，楚家的商船的船艙內就擺放好了桌子，在中艙擺上祭祀供品。供品必須要有茶、酒、糕點，還要有水果、海魚、豬肉、雞蛋等。上供以後，等潮水一漲，楚忠親自上香、點燭，瀉酒倒茶，隨後楚忠燃放了三個炮仗，響徹了黎明的天。楚忠跪拜下去，口中默唸著祈禱的話。一炷香的時間後在桌子旁燒了奉送的紙錢給龍王。燒完後再放上三個炮仗，恭送龍王歸龍宮。

楚亦瑤看著忠叔最後從各種供品上每樣拔一點，撒在大海裡，聽一旁船上的夥計說，這是要祭祀海怪夜叉，讓它們不要阻撓商船。

祭祀完時天濛濛亮，碼頭上的夥計們開始把要帶去的東西都抬上了船，和他們一個時間出發的也有別的商行，天暗著，楚亦瑤看不清四周別的商船的旗幟。

「大小姐，您可以入船艙去休息一下，等東西抬完了這船也該出發了。」楚忠仔細地檢查過兩艘船，確定沒有問題了，讓碼頭上的人解纜。

「沒事，我不睏。」楚亦瑤走到甲板上，船已經漸漸離了碼頭，看到楚應竹趴在二哥懷裡睡著了，楚亦瑤朝著他們揮了揮手，海風徐徐，似乎把她帶到了大哥當年第一次出海時的情形，自己也是那樣站在碼頭上，用力地揮著手，喊著安全回來。

「小姐，清晨涼。」寶笙拿了一件外套出來給她披上。

很快岸上的人便看不清了，楚亦瑤回頭，身後也有好幾艘的船遠遠地開著，接連的好幾天，都是出海的好日子，金陵各大碼頭上，每天都會有不少商船出海，吹吹打打好不熱鬧。

回到艙內暖和了一些，楚亦瑤換了一身便利的男裝，出來的時候，四周只剩下遠遠幾座島，金陵的方向一片迷霧。「這什麼都瞧不見呢。」

「等太陽出來，這霧就會散了。」楚忠走過來，看著她這身裝扮，無奈地笑了笑。

「忠叔，和我講講這船上的事吧，爹和大哥都誇您是最好的掌舵手了。」楚亦瑤回頭調皮地吐了吐舌。

楚忠帶她到了船長室，一張羊皮卷地圖的面前，指著某個點道：「這裡就是大同了，金陵在這兒，妳看，丘嶽是往這個方向……」

在船上的日子過得很慢，二十幾天過去，楚亦瑤起初的那點好奇和興奮漸漸被消磨光了，每天一醒來看到的都是差不多碧海藍天的景色，入夜看到的就是一片黑暗，還有黑夜的星空，周而復始，她便覺得無聊了。

「小姐。」孔雀端上來一碟新鮮的魚丸，這是剛剛才網到的，孔雀搶了個先，讓廚子做了丸子給楚亦瑤當點心。「今天一早拖上來的，好大一條魚呢，我讓廚子在裡頭剁了些薑沫，不腥，您嚐嚐。」

楚亦瑤吃了半碟就吃不下了，走到船頭望過去，在楚家商船的前方，還有別家的均速前進著，看這並排的旗子，似乎都是一家的。

又過了三、四日，這商船的周圍才出現一座一座的無人島，再有幾日的時間，就可以到大同了。

楚亦瑤在船艙內和楚忠商量著這一回來大同楚家要買的東西。「忠叔，怕是再都進瓷器，那些商戶會壓價，得尋些新的東西回去才行。」

「這我也想過，不過這麼多年了，大同那裡說不上還有什麼別的新東西，都是大家熟悉的。」大同和金陵通航了這麼多年，有什麼特別的也早被發現盡了，楚亦瑤看著卷子上往年金陵商戶們喜愛的。「到時候下船去找找，若是不行，也不能全進了瓷器。」

如今得尋找暴利的東西才能把商行裡的形勢扭轉過來，秦伯伯那裡還有大筆的銀子欠債，關係再好，欠久了她都怕會生出別的事來。

楚忠看著大小姐低頭思索著，心中感慨不少，若大小姐是個男兒身，老爺才是真正的欣慰了……

三日後，商船到了大同，楚忠帶著船員們把船上的貨搬下來，第一天還是在船上度過，第二天一大早，楚忠就駕著馬車帶楚亦瑤去了燒窯。

這是與楚家合作了十幾年的老字號了，剛到大門口，楚亦瑤還沒下馬車就聽到有人和忠叔打招呼，寶笙扶著她從馬車上下來，跟在楚忠身後進了燒窯。

這裡充斥著一股泥土和灰堆氣息，楚亦瑤打量著四周，一座一座的燒窯在旁邊，裡面都點著火，那迎接的人帶著他們到了一座坊間裡，通亮的屋子裡齊齊地擺放著數不清的架子，架子上全是各式各樣的瓷器，那人介紹說，這裡放的都是樣品，若是要的話，選中了直接按樣子做出來，再行裝貨。

繼續往前走，楚亦瑤在前方靠窗的位置上看到了一位四十來歲的老師傅，桌子上正放著一只正在上釉的花瓶，旁邊的架子上放著不少擺玩用的小瓷具，楚亦瑤問帶路的人道：「這位師傅，你們可有燒膳食用的瓷具？」

那人又將她們帶到了另外一個架子上，楚亦瑤看到了不少樣式的膳食瓷具，但都沒有她心目中想的來得滿意。

這幾天她一直在想如何在一樣的瓷器上有所突破，剛剛看到老師傅身旁桌子上放著的釉青碟子，忽然想到了前世在洛陽看到過的那些膳食瓷具。

前世成親之後她跟著嚴城志去過一回洛陽，在那裡她見識到了和金陵截然不同的風土人情，洛陽的文化底蘊比金陵來得厚實太多，一文一商，雖然金陵不斷在向洛陽靠近，但很多東西不是一朝一夕可以促成的，尤其是在飲食上面，講究可以細緻到一碟一筷，金陵人也講究，但遠沒有他們來得更甚。

楚亦瑤看遍了他陳列的所有瓷具，回頭笑道：「師傅，很小的時候我就聽我父親提起過，你們這裡是大同最好的燒窯，你們這裡出去的有大同最好的瓷器。」

「楚小姐過獎了，我慶和燒窯幾十年，雖說不上最好的，但這瓷器也是遠近聞名。」那師傅聽楚亦瑤這麼一誇，也不客氣地應承下來了，和楚忠又聊了幾句，帶著他們參觀過了之後，這才到平日裡議事的屋子。

「關師傅，我這裡有一筆好買賣，不知道您肯不肯應下？」坐下之後，楚亦瑤就和關師傅商量起了另外訂做膳食瓷具的事。「這樣式和圖案都由我們來提供，這做出來的成品，不可供給其他的客人挑選，也就是說，這些東西是我們楚家獨此一家的。」

過些年金陵也會流行這些東西，楚亦瑤就是要提前把這帶進去，搶占先機，爹和大哥每年都在這慶和燒窯進瓷器，因為這裡的瓷器是全大同數一數二的，只要他們肯應下，也不怕別家的來仿造，畢竟慶和燒窯的名聲在那裡。

「楚小姐可有帶來的？」關師傅對她說的別樣膳具有了興趣。

楚亦瑤請人拿了紙筆，直接畫了三個膳具的樣式圖案。

關師傅看了看，笑道：「不如這樣，這幾天我先命人把這個做出來，若是楚小姐滿意，那這生意再詳談。」

「好，忠叔，您和師傅聊，我先回客棧。」楚亦瑤留楚忠下來和關師傅說其他的事，自己先行回了客棧。

孔雀早到一個時辰收拾好了屋子。大同和金陵一樣靠海，不過天氣比金陵濕熱得多，這裡的房子，有許多地基都建得比較高，用來防潮。

楚亦瑤休息了一會兒，換過一身男裝，帶著寶笙和閏子兩個人前往碼頭附近的集市。大同每年春秋兩季來往的船隻無數，集市也很熱鬧，形形色色的人多，沒人會專門注意她的穿著和打扮，楚亦瑤在各個攤子前看著，都是些小東西，很常見。

「小姐，這離集市可遠了。」楚亦瑤繞過集市還想往前走，寶笙在身後提醒，再過去可就出了城門了。

「忠叔說，出了這個城門可以去鄉下，如今天色尚早，我們去瞧瞧又何妨。」楚亦瑤讓閆子去駕來馬車，自己帶著寶笙走到了城門外，城門外的道路兩旁也很熱鬧，許多城內集市都要收取不便宜的攤位費用，付不起這個費用的就直接在城門外擺著，來去的人多，生意也不錯。

「大叔，您這是什麼？聞上去好香。」楚亦瑤走到一個不起眼的攤子前，下面墊著藍色的布，上面放了堆一些顏色不一、大小像胡桃瓤一樣的東西，一旁還有幾截木塊。

「這是樹上刮來的香料。」那大叔拿起一個放在楚亦瑤的手中，呵呵地笑著。

楚亦瑤低頭一聞，有香料一樣的味道，可又淡了一些，還能捏碎些粉末下來，摻雜著一些別的東西，不太純粹。

「大叔，那這個也是香料？」楚亦瑤拿起一截木頭，在木頭一側被砍斷的地方發現了附在木塊上的一小塊東西，也似木質。

那大叔點點頭。

楚亦瑤看這攤位上沒也剩下多少東西，開口道：「大叔，這些要多少錢，我全要了。」

「不不，這已經有客人要了。」那大叔擺擺手，從楚亦瑤手中拿過了木頭重新放回去。

楚亦瑤看他頗重視的樣子，也起了好奇心，不過是幾塊不起眼的東西，大同這裡也多的是香料，怎麼會有人預訂了要買？

「大叔，這客人有沒有說什麼時候問您來拿？」

「說好的前天就該到了。」那大叔從身後的包裡拿出一塊乾糧吃了起來。

楚亦瑤眼珠子一轉，從懷裡掏出銀子放在了藍布上面，笑嘻嘻地說道：「大叔，前天該來的現在還沒到，肯定是不要這些東西了，您一定好幾天沒回家了吧，不如這樣，這些東西我出兩倍的價錢您賣給我，若是他們來尋您了，那也是他們不守約，和您無關。」

那大叔滿臉的鬍渣子看著藍布上的銀子，嘴裡的乾糧還塞在那兒沒嚥下去。「這，這麼多銀子?!」

楚亦瑤見他猶豫，繼續說：「大叔，您來一趟這裡也不容易，若是他們一直不來，那您豈不是白白浪費了這麼多天，錢也沒賺到，大叔您是這附近村子裡的人嗎？」

「成，我就把這些都賣給妳。」那大叔站起來朝著四周張望了一下，一咬牙答應了下來。

楚亦瑤笑著要從他手中接過袋子，身後傳來了急促的叫喊聲——

「慢著！」

沈世軒帶人趕到這城門外，發現已經有人站在那攤位前要買那些東西，出聲想要阻止，哪裡知道那個少年一聽有人叫，飛快地從攤主手中把東西拿了過來，銀子一塞，絲毫沒有給他留再說話的機會。

「這位朋友，你手裡的東西是我先預定的。」沈世軒快步走了過去，伸手拍了拍那人的肩膀。

那小少年一轉身，他怔了怔，覺得這臉瞧上去很熟悉。

「這位大叔說和你約的時間是前天，可你已經過了期限。」楚亦瑤後退了一步和他保持距離，揚了揚手中的袋子，笑得很無害。

「即便是過了期限，我之前可是預付了銀子，不論我到得有多晚，這東西也得經由我同意了才能賣給別人。」沈世軒一聽她的聲音就認出來了，不正是那日在湖中亭閣樓裡的小姑娘嗎？

「那又如何，我也付了銀子，我和這位大叔的交易已經完成了，至於你和他之間的，就和我沒有關係了。」楚亦瑤揚了揚手中的袋子，就算眼前的人比她更需要這東西，她有什麼理由讓給他，拿回去給忠叔看看，說不定有別的收穫。

「妳不認得我了？」沈世軒忽然低頭看著她。

楚亦瑤微怔，脫口而出。「我為什麼要認得你？」

一聽又覺得不太對，抬頭再仔細看他，才覺得有些眼熟，但又記不起來是誰。

沈世軒看她想了半天，微嘆了一口氣，從腰上解下了一塊玉珮在她眼前晃了一下。

楚亦瑤這才恍然，隨即嘴角揚起一抹甜笑。「認得的就更好辦事了，這大叔等你好幾天了，都沒回家，你那兒預定的銀子也別好意思問人家拿。」

沈世軒一下就愣在那裡了，他的初衷是提醒她認識的人，該把東西還給他，可眼前的人，似乎半點這意識都沒有，朝他笑笑，轉身就要走。

沈世軒身邊的隨從著急了。「少爺，那些東西……」

「這位大叔，您賣給她的東西，家裡可還有？」沈世軒轉頭問要收攤的攤主。

大叔搖搖頭。「近山就找到這些，太深的不敢去，有凶獸。」

「上馬車，跟著她們。」見楚亦瑤她上了馬車去鄰近的村子，沈世軒也坐上了馬車，在後頭跟著她們。

「小姐，那人跟上來了。」閏子駕著馬車朝後頭一看，沈世軒的馬車不遠不近地跟著。

楚亦瑤拉開簾子看了一眼。「沒事，不必甩他們。」

馬車到了城門附近的一個村落，楚亦瑤下了馬車，身後的沈世軒也跟著下了馬車，正是吃午飯的時候，楚亦瑤讓寶笙去前面打聽一下，自己則站在馬車旁，看著這村子裡田間一片的穀穗金黃。

「這位小姐，我願意用雙倍的價格買下妳手中的香料，這東西於我十分重要，還望小姐割愛，就當沈某欠小姐一個人情，若是今後有用得到沈某的地方，定當竭力相助。」沈世軒走了上來，向楚亦瑤再多兩倍的價格買下這些東西。

沈家？

楚亦瑤眼神一閃，沈這個姓氏不由得令人想到金陵四大家之一沈家，若是這個沈家的話，承了他的恩情，今後可有用得到的時候。想到這裡，楚亦瑤心中振奮了一下。

「你要用來做什麼？」楚亦瑤問道。

「家中有長輩身子不適，妳手中的那兩樣皆是作藥之用，沈某找了很久，才在大同這裡打聽到有這東西，稀少至極，如今打聽到的也只有這些，若是再去它處找，只怕是家中長輩等不及。」沈世軒語帶誠懇地說。

楚亦瑤眼底閃著一抹狡黠，眨著眼問：「是不是什麼忙你都願意幫？」

「定當全力為之。」沈世軒笑了，看著她穿著一身男裝，更顯得肌膚皓白，偏有幾分奶油小生的陰柔美。

「那我再考慮考慮。」半晌，楚亦瑤見寶笙回來了，朝著沈世軒咧嘴一笑，轉身就跟著寶笙去說好的人家吃飯了。

沈世軒在那裡站著愣了好一會兒，半天回過神來，失笑地看著她的背影，對身後的隨從說：「走，我們也厚著臉皮，去蹭一頓吃的。」

身後的隨從不明白二少爺為何忽然開懷，明明這東西沒到手呢！不解地跟了上去。

楚亦瑤已經到了一戶小農家，走進院子，旁邊就跑過兩隻雞，一個三、四歲左右的孩童紮著沖天的辮子，追趕著那兩隻雞，從楚亦瑤面前跑過。

「這位少爺，這家裡亂得很，您別嫌棄。」一個頭戴布巾的婦人從廚房裡出來，急忙把孩子抱了過去，對著楚亦瑤一行人略顯局促。

把她們帶到了屋子裡，一張不大的桌子上擺著四、五樣菜，楚亦瑤坐下，那婦人又端上來一個乾淨的竹籃子，裡面放著些烤熟的地瓜。「我家男人剛殺了雞，你們慢點吃，我過會兒給你們炒肉吃。」

婦人出去之後，門口一暗，沈世軒不請自來，倒也不嫌棄，直接在楚亦瑤旁邊坐了下來，看這一桌子的土菜，拿起筷子想要嚐一下。

楚亦瑤比他快一步拿筷子挑開了他的手。「要吃可以，付錢。」

「說吧，要多少銀子？」沈世軒見她第三次面，總難把她和普通的大戶人家小姐相提並論，難道前世那個嚴家的少夫人，出嫁之前都是這副模樣的？

「二十兩。」楚亦瑤不客氣地攤開手，獅子大開口。

沈世軒還沒說話，身後的隨從不可思議道：「二十兩，妳怎麼不去搶，一兩銀子都可以買下好幾桌這樣的菜了。」這桌子上也僅僅就六個菜，其中有個魚湯，其餘的都是農家小菜，沒多少油氣，清淡得很。

「話可不能這麼說。」楚亦瑤拿起筷子指著魚湯。「這鯽魚湯放在月牙河岸的酒樓裡，隨隨便便都要五、六兩銀子，再看這些菜，可都是新鮮摘的，這麼算起來，加上剛才殺的雞，寶笙啊，秦家酒樓裡的全雞煲，得多少銀子？」

寶笙在後面一本正經地說：「秦小姐家酒樓裡的全雞煲，小姐上回去吃，收了您十二兩銀子。」

楚亦瑤朝著沈世軒一挑眉。「這麼算，好像還便宜了。」

沈世軒再度失笑，一樣的東西換了個地方賣，價格確實差很大。從懷裡拿出兩錠小銀子放在桌子上，沈世軒敲了敲桌子。「這樣可否？」

楚亦瑤輕哼了一聲，讓寶笙把銀子收好了，自顧著拿起筷子嚐了起來。

寶笙在一旁先替她盛出了一碗湯，拿起勺子嚐了一口，楚亦瑤的神情就有了些變化。

又嚐了一口魚湯，沒有一點腥味，卻也沒有生薑的味道，湯裡自然散發著一股香氣，舌尖微覺得些辣，楚亦瑤舀了下湯底，也沒發現有辣椒，抬頭看向門口，那婦人走了進來，楚亦瑤開口問道：「大嬸，您這魚湯裡加了什麼，特別香，也不腥，我看不像是薑片呢。」

「加了些自家山上摘的野長的東西，不值錢。」那婦人把雞肉端上來，油炒的一股香氣，惹得婦人的兩個孩子都不斷地在門口張望。

楚亦瑤嚐了一口，總覺得這味道裡加了什麼她嚐不出來的，於是和那婦人說：「大嬸，這加的東西您還有嗎？能不能讓我瞧瞧？」

聽她這麼一說，沈世軒也覺得湯裡的味道有些不同，但每個廚子燒出來的東西都不一樣，看楚亦瑤這麼在意，他也跟著一塊兒出去看了。

婦人從廚房裡拿出一個小陶罐子，打開來裡面放著些灰黑粉末，挑出來一些在舌尖嚐了下，一股辛辣在舌尖蔓延了開來，楚亦瑤瞇了下眼，這味道比剛剛湯裡面的濃烈許多，好像能夠刺激到味蕾一般，轉瞬間楚亦瑤有種想流口水的感覺。

楚亦瑤驚喜地發現，這東西竟然是第一次嚐到，意識到身後還有別人，楚亦瑤很快壓抑那激動，穩聲問道：「大嬸，這是您自己種的？」

「哪能啊，就是下下味，家裡可就這幾畝地，種了這吃啥，我那大孩子在山上摘來的，我看能吃，磨成粉就當著用了。」婦人說得有些不好意思。

「那您這裡還有這個嗎？」楚亦瑤看就這一小罐子，放在商行裡也沒有得賣啊。

「家裡沒了，您想要的話，我讓我家孩子替您去找，正是時候呢。」那婦人催了孩子去找長子過來，楚亦瑤忙擺手。「不用，讓我一塊兒跟著去，我自己找就成了。」

很快那個七、八歲的孩子就找來了，聽婦人說了一遍，有些怯意地看著他們。「你們跟我來。」

上山的路不好走，楚亦瑤跟在那孩子身後，明顯被落下了一大段的距離，那孩子還時不時回頭看他們，楚亦瑤手扶著矮樹喘著氣，腳底一陣痠痛。

「少爺，不如您在這兒休息，我上去找。」寶笙要扶她坐下。

楚亦瑤搖頭，忍著那腳尖腳跟處的難受，繼續跟著那孩子往上走。

「到了。」不知道走了多少路，楚亦瑤抬頭一看，那是攀在樹枝上的藤蔓，藤蔓上又墜著密密麻麻、一串串的紅色果串，一眼望過去，這不少的高矮樹上都纏著這樣的藤蔓，地上還有一些已經發黑的果子串，那孩子從地上撿起一串。「曬乾了就是這樣，磨成粉就行了。」

「你們村子裡吃這個的人多嗎？」楚亦瑤在大同的城裡也沒發現這個，似乎是沒有人專門種這個來用。

那孩子搖搖頭，楚亦瑤望著這麼一大片的藤蔓，心中有了主意，一轉身，見沈世軒也爬上來了，心中警鼓一作，她能想到的，眼前這位沈家的少爺也能想得到，早一些、晚一些的問題，沈家的生意做得夠大了，若和他們搶，楚家絕對是爭不過的，必須得讓他自己放棄才行。

「閏子，你去找忠叔過來，讓他帶幾名夥計。」楚亦瑤打算把這一片的小果子都給摘了回去，順便遷幾株藤蔓。

閏子下山去了，沈世軒走在小徑中看了一圈，對這些綴在藤蔓上的小果子好奇得很，隨手摘了一顆，在手指間碾碎了，一股淡淡的辛辣味在鼻下縈繞開來。

楚亦瑤見此，摘了一串遞給他，笑道：「沈少爺之前也沒見過這個吧？」

沈世軒微怔，隨即笑了，點頭。「是啊，不過聽妳之前這麼一說，倒不失為一種好調味。」

「沈少爺也有興趣？」楚亦瑤乾脆挑明了說，大家打開天窗說亮話，這也不是能遮掩過去的，這麼一大片，誰能攔得住誰。

沈世軒看她睜大眼睛直直地這麼望著自己，一時間有些錯愕，難不成他有興趣，她還能和自己平分了不成，不過沈家商行對這樣低成本、低利潤的東西不太有興趣，於是他搖了下頭。「楚小姐打算如何處理這些，全運回去了，恐怕也賣不出什麼好價格。」

「這就不勞沈少爺費心了，沈少爺若是不感興趣，那今日之事，還請沈少爺保密。」楚亦瑤不相信這口頭上的承諾，她手中還有眼前這位少爺極力想要的東西，大家各取所需。

「楚小姐就不怕沈某會反悔？」沈世軒見她如此自信，失笑了一聲。

楚亦瑤卻搖頭，說得極為認真。「商最重譽，若是連這點小事沈少爺都辦不到，那麼沈家所謂的培養方式，可值得外人推敲一番了。」

往小了說，是他沈世軒自己做了小人不守誠信，往大了說，沈家的人都若如此，沈家的生意今後還怎麼做，雖說哪家做生意的手腳有乾淨的，但是擺到檯面上，確實人人都嫌棄。

對於楚亦瑤的「信任」，沈世軒有些哭笑不得。

楚忠很快過來了，帶了幾個夥計，拿了好些簍子來裝這些東西，楚亦瑤小心地讓他們挖了十來株留種帶回去，其餘的通通直接摘了那果穗。

楚亦瑤不急，沈世軒卻記掛那些香料，等著她準備下山了，直接開口邀請她去喝茶。

楚亦瑤吩咐寶笙給那家人送去了些銀兩作為感謝，上了馬車之後，就由沈世軒他們帶路，又回了碼頭附近的集市。

臨近傍晚，碼頭的天空紅透著像是布染一般，襯著乾爽的秋，漂亮得令人挪不開眼。到了一間茶館，一前一後進了茶室，楚亦瑤一身男裝，倒是沒有人額外注意。

坐下之後楚亦瑤讓寶笙準備了紙筆，在紙上寫了起來。

對面的沈世軒斟茶後，將茶杯推向了她這邊。「這是我第二次來大同了，這茶館雖說不上有名，勝在景緻。」

從窗戶外看出去就是個院子，裡面似乎是脫離了秋的控制，卻顯枝繁葉茂，院子中央的假山旁邊都鬱鬱蔥蔥地長著些樹，可以看到牆垣邊上，還繞著些綠藤，巴掌大的葉片密密地遮蓋了牆垣，長得十分茂盛，可見打理人的用心。

「沈少爺，若你同意，在此簽上你的名字便可。」楚亦瑤直接把寫好的紙遞給他，拿起茶杯抿了一口，順著道：「這東西本就是小成本，若是有利，每年給予沈少爺二成，你看如何？」

沈世軒對她這一路下來的行徑都十分的好奇，按理說她應該拿這香料的事和自己來交換，他欠她一個人情，剛好用這個來還，可她卻以這調味的乾股和自己做交易，加深了他們之間的牽扯。

莫非她有求於自己？

這個想法在沈世軒腦海中一閃而過，抬頭看著眼前這個眼底盡是清澈的丫頭，沈世軒不由得想到了前世傳言中的那個嚴家夫人，直到她意外死了後，金陵才流傳出這個嚴家夫人的消息——攜帶著楚家三分之一的家產嫁入嚴家，蠻橫無理，三年得一女，三年後再懷，身懷六甲卻不幸落水，死後嫁妝全數入了嚴家，而那個時候，楚家已然衰敗，商行悉數分裂，楚家那個二少以及楚家的嫡長孫都失蹤不見，到嚴家夫人死去，楚家算是消失在金陵了，抑或是同樣的姓氏，換了個主子出現在金陵之中。

這些生意人的手段，在這個圈子中，沈世軒不也是這麼一路看過來的，重生這一世，再看這個如今意氣風發的丫頭，怎麼都不會想到她要重蹈上一世的覆轍。

也許是他的私心作怪，這本來可以撇得一乾二淨的東西，還不清楚對面這個丫頭到底打的什麼主意，沈世軒竟然答應了下來，把楚亦瑤寫的細看了一遍，提筆寫下了自己的名字，和沈家無關。

「這算是我白占了妳二成的利。」沈世軒笑道。

「沈少爺就當是見者有分。」楚亦瑤這才放心地把契約給收了起來，口頭的應承實在難以相信，這麼立了字據才有說服力，若真有利可圖，楚亦瑤還得感謝他的不說。

「沈少爺，我還有事，先走一步。」楚亦瑤起身，終於想起這香料的事，從寶笙手中拿過那袋子放在了桌上，對沈世軒說：「沈少爺可別忘了，你欠我個人情。」

她這般算計的模樣，在沈世軒眼底卻顯得幾分可愛。

楚亦瑤俏皮地眨了眨眼，帶著寶笙出去了。

茶室裡一片安靜，唯有桌子上煮著水發出咕嚕聲。沈世軒嘴角揚起一抹笑意，拿起杯子喝了一口，視線落在那袋子上，也許一切都會不同，前一世，他們可不曾遇見……

第十一章

楚亦瑤從茶館出來就趕回了碼頭，楚忠直接讓人把東西都運上了船，甲板上鋪開來曬著。

「忠叔，您是老行當了，幫我看看這是什麼。」楚亦瑤叫楚忠進了船艙裡，從懷裡拿出帕子，裡面又裹著一層紙，打開來是一顆白天在攤子上看到過的東西，給沈世軒前，她留下了一顆。

「這似乎是安息香。」楚忠拿起來聞了聞，最後也有些遲疑。「大小姐，這是從哪裡來的？」

「我看著新奇，買下來的。忠叔，這能入藥？」

「這多是拿來用藥，鮮少用來做薰香之用，所以買賣的人很少，要去山上尋了才有。」楚家不是做藥材生意的，楚忠也只是略微知道一些。

楚亦瑤看著這不起眼的東西，難道沈家的老爺子真的病重，需要到大同來尋藥？

楚亦瑤點點頭，讓寶笙小心收起來，出去看那些果子，楚忠看了半天也沒想到在金陵徽州一帶見過這個，這麼一來楚亦瑤就放心了，這調味的東西好不好用，去秦家的酒樓裡一試便知。

等了三日，慶和燒窯那裡就來人通知了，說是楚亦瑤給的幾張東西，做出來了，楚忠帶著她過去，關師傅正等著他們。

楚家本來就主打瓷器買賣，這質量上必須也得是好的，楚亦瑤不怕別人看了臨摹了去，慶和燒窯的瓷器在大同都是數一數二的，這些東西他們只做一家，也就在質量上占先。吃準了頭一批客人，即便是幾年後金陵上下都有了，也不怕他們會走。

楚亦瑤看著做出來的這幾套膳具，比起一般用的，這些在成色和樣式上都好看了許多，再加上底部添的那些文雅的字，更顯雅緻。

「關師傅，我這裡還有幾張圖紙，連同這幾樣，按照我們當初協商的數目做吧，銀子不是問題，但這品質一定要好。」楚亦瑤滿意地點點頭，把其餘的拿了出來。

關師傅眼底也有些雀躍，對於熱衷這個的他來說，每一件新的器具出來，都是一種享受。

「還有這個，關師傅，這樣的小盛放器皿，也要貳佰套。」楚亦瑤又拿出一張圖紙。關師傅接過後便出去了。

楚亦瑤這才從懷裡拿出兩張銀票，遞給楚忠。「忠叔，這是一千兩銀子，這些器皿做出來，並不算在楚家之內，所以這銀子，我自己出。」

「大小姐，您的意思是您要自己開商鋪？」楚忠拿著這銀子，有些不解。

「這一千兩是這貳佰套器皿的價錢，也就是說，今後楚家進的所有這器皿，都得供我一家，回去就把這契給簽了。忠叔您記得的吧，娘留了幾家鋪子給我，我請了舅家過來幫我打理這幾家鋪子，也就不勞二叔他費心了。」關於甲板上曬的那些東西，楚亦瑤並不打算拿去楚家商行做買賣。

「忠叔，楚家是二哥和應竹的，二哥無心著家，要勞您多費心教養應竹了。」末了，楚亦瑤輕嘆了一口氣，若是現在就一頭紮在商行裡，恐怕會引起二叔以及那些管事們的不滿。

半晌，楚忠嘆息道：「楚忠定當竭力。」

七天後，商船起航，又是海上一個月的時間，風平浪靜，越臨近金陵，天氣冷得快，一早起來，海上還起了大霧，楚亦瑤披著外套站在甲板上，視線下什麼都看不到。

等到太陽升起，霧氣散去，金陵附近的小島映入眼簾，再有幾個時辰就可以到碼頭了。比他們早離開的商船都已經到了，碼頭上好不熱鬧，卸貨的、運貨的，楚亦瑤在孔雀的攙扶之下走下了船，阿川早就已經駕著馬車前來迎接。

楚亦瑤讓楚忠把那些果子和器皿另外存放起來，吩咐閨子看著，自己則讓阿川帶著先去二舅他們住的地方。

料想中應不會只有二舅一家，只是沒想到外祖母竟帶著大舅的幾個孩子也一塊兒過來了，本來嫂子替他們安置的寬敞宅子，一下竟有些住不夠，外祖母還說著要住大一些的。

聽阿川一路來的描述，楚亦瑤站在門口，忽然不想進去了，轉身想要離開，宅子的門忽然開了，一個少年橫著衝了出來，朝著背後說著什麼話，嘻嘻哈哈地笑著，也沒注意到門口有人，就這麼直接岔了過來，撞到了楚亦瑤的肩膀。

「小姐！」寶笙喊了一聲忙扶住了她。

那少年才意識到撞了人，回頭一看，臉上卻無半分歉意，只是瞥了楚亦瑤一眼，朝院子裡喊。「你還不快點！」

又一個少年跑了出來，先是看了楚亦瑤一眼，接著和之前那少年嘻嘻哈哈對看了一眼正要走開，身後傳來了一聲喝斥——

「站住！」

兩個少年回頭看著楚亦瑤，其中那個撞到她的有些戲謔地說：「站住了，請問有何貴幹？」

肩膀那兒還傳來一陣痠痛，楚亦瑤冷哼了一聲，眼前的人從這宅子裡出來的，就唯有大舅的兒子了。「你們當這是哪裡，徽州鄉下嗎？撞到了人賠禮道歉都沒有！」

邢文宇剛想說什麼，邢文治便拉住了他，朝著楚亦瑤方向努了努嘴，示意他道歉，偏偏邢文宇不願，朝著楚亦瑤也哼了一聲，轉身打算離開。

楚亦瑤冷冷地吩咐道：「是誰教你這麼毫無規矩的？阿川，請他們進去，我倒要看看，這是哪家的公子哥，脾氣大成這樣。」說完楚亦瑤直接往院子裡走去。

宅子本來就不大，門口的幾聲吵鬧早就驚動了裡面的邢老夫人和邢二夫人楊氏，兩個人匆忙出來，阿川已經扭送了邢文宇進來，身後跟著邢文治，想拉開又忌諱眼前的楚亦瑤，連著在偏房裡繡花的三個小姐也走了出來，院子裡一下聚滿了人。

「欸，這是做什麼？」邢老夫人看到自己的乖孫被人擰著，一下就心疼了，可看楚亦瑤這身打扮，又覺得得罪不起。

一旁的楊氏，多看了楚亦瑤幾眼，當下就認出來了，試探道：「妳是亦瑤吧？」

楚亦瑤抬眼看邢老夫人，娘跟著爹離家的時候，邢老夫人就放話說要斷絕母女關係，娘在世的時候確實一次都不曾回去，她和哥哥們也未曾見過這些親人，但每年爹都替娘捎回去不少東西和銀兩，所以他們才能在鄉下過得這麼好，置辦了大宅子不說，大舅都跟著鎮上的大戶人家學起了納妾。

她之所以會找二舅過來，是娘還在世的時候常說，在家裡唯有二哥待她真心實意，在娘跟著爹離開的時候，二舅將他自己攢下的銀子偷偷給他們留作盤纏，前世楚家落魄的時候，也只有二舅和二舅母來過一趟找她和二哥，楚亦瑤愛恨分明，該回報、該好的，她一樣都不會少，可不該的，她照樣半點都不會讓出去！

「娘，是亦瑤呢。」楊氏見楚亦瑤沒有反駁，對邢老夫人笑道：「看這眉宇間，和建國也有些相似呢。」

邢老夫人不若楊氏，她看了一眼邢文宇，再看向楚亦瑤的時候，眼底多了幾分打量和尷尬，從來沒見過面的外祖母，別說楚亦瑤了，就是邢老夫人自己這邊還有些彆扭。

「你們住在這兒可還習慣？」楚亦瑤朝著楊氏笑了笑，示意阿川鬆手，邢文宇沒站穩，直接歪靠在一旁的邢文治，後者趕緊扶住弟弟。

「習慣是習慣，就是這宅子小了些，幾個孩子都得在一塊兒擠著睡。」邢老夫人輕咳了一聲，對楚家安排的宅子有了些微詞。

「當初寫信回去的時候，確實只請了二舅一家前來金陵幫忙，你們只是在這遊玩一番的話，到時候回去了這宅子也就空了。」楚亦瑤這話是說給邢老夫人聽的，來住幾天遊玩一番可以，但若常住，楚家就沒這個義務來養他們了。

嫁出去的女兒潑出去的水，更何況對楚亦瑤來說，並沒有半點親情可言。

「妳一個姑娘家的，老往外頭跑可不好，這還是得安安靜靜待在家裡才是。」邢老夫人彷彿是沒有察覺到她話語中的意思，語重心長地規勸，女兒走得早，這外孫女的教養問題落下了，她覺得自己責無旁貸，必要的時候得多提點幾句。

楚亦瑤沒有應承她的話，反而看向了邢文宇，語調清冷。「今日的事我可以不計較，不過若是哪天你們闖了禍，可千萬別報我楚家的名號，我們丟不起這個人，這裡不是徽州的鄉下，由不得你們在這裡橫行霸道，到時候丟了性命，我一概不理。」

「妳說什麼！」被矮自己一個頭的小表妹喝斥，邢文宇頗有些不服氣，可楚亦瑤的眼神凶狠得厲害，邢文宇就這麼和她回瞪了幾個回合，敗下陣來，憮憮地站著，當作沒聽見她的話。

「亦瑤，這可是妳表哥。」邢老夫人捨不得乖孫子受半點委屈，就算是姨娘出的，在她這個鄉下老婦人眼中，只要是親孫子，管他從誰的肚子裡出來，能生兒子才最要緊。

「外祖母，我眼中的表哥只有一個，就是邢家的嫡長子。」楚亦瑤忽而低聲道：「嫡庶不分，若是讓官府知道了，可是要抓去受牢獄罪的。」

邢老夫人不可置信地看著她，怎麼都想不到自己溫婉的女兒會生出這麼一個不聽勸的外孫女，動了動嘴卻不知道說什麼。二十幾年了，她和女兒一直沒能見面，剛剛她連親外孫女都認不出來，又能怎麼理直氣壯地說教。

院子裡的氣氛有些尷尬，邢家幾個姊妹看楚亦瑤的眼神各有不同，楚亦瑤見二舅不在，就讓楊氏帶個話，回來去楚府找她。

轉身前，看了站在楊氏身後的三個人，楚亦瑤忽然眼神一頓，定在了一人身上。

纖弱的身姿，略帶惆悵的眉宇，未施粉黛的臉上，一雙靈巧的眼睛忽而一顫，像是受驚了一般很快垂了下去躲藏，好不憐人。

楚亦瑤嘴角揚起了一抹笑意，這下可有趣了，一山容不得二虎，而她要做的，不就是坐山觀虎鬥嗎……

回到楚家天色已晚，喬從安得知她回來了，派人給她送了吃的，吩咐她好好休息，明日再帶楚應竹過來看她。

舒舒服服地泡了澡，兩個多月不曾碰到自己的床，楚亦瑤躺著反而有些不習慣，睜著眼睛望著床頂，沒有睡意，從床上起來，驚動了在屏風外守夜的寶笙。

「小姐，您是渴了？」

「陪我出去走會兒。」楚亦瑤下了床。

寶笙拿過架子上的衣服給她披上，自己也穿上了厚外套，陪著她走出了屋子，屋外兩個小丫鬟正靠著睡，門一開兩個人便醒了。

楚亦瑤看她們穿得單薄，溫聲道：「沒什麼事了，回去睡吧！這裡冷。」

兩個小丫鬟謝過之後回去了，楚亦瑤拉緊了身上的衣服，輕哈了一口氣。「寶笙，天冷了就讓她們不必守外頭了，一個睡外室，一個睡我屋裡也夠了。」

「是。」寶笙見她冷，折回屋子裡取了暖手的小爐子，放上了焐著的炭火，套了套子後拿出來給她。

楚亦瑤在院子裡走了一圈，冷風吹得越發精神，乾脆直接到了外面的園子裡又走了兩圈，回來的時候，錢嬤嬤和孔雀出現在外室中。

「小姐，這大晚上的您出去做什麼？看妳凍得，孔雀，快去取熱水來。」錢嬤嬤心疼地把她給抱了過來，握著她的手在自己手心裡搓了幾回，等孔雀端來了盆子，又讓她浸在裡面暖著，一面唸叨著。「再睡不著，這麼冷的天也不該出去。」

「奶娘。」楚亦瑤撒嬌地喊了一聲。

錢嬤嬤嗔怪地瞪了她一眼，半笑半哀求地道：「我的好小姐，您就可憐可憐嬤嬤我一把年紀了。」

一旁的孔雀「噗哧」一聲，樂了出來。

錢嬤嬤回頭瞪了她一眼，正要說呢，一旁的楚亦瑤也樂了，錢嬤嬤替她擦乾了手，又仔細地塗了霜，本來還想裝怒一下，不料話出口也成了笑聲，再也說不出什麼罵人的話了，屋子裡笑成了一片……

過了半個月，楚亦瑤才把娘留下的幾間鋪子打理清楚，那三間鋪子原來是由商行裡的管事兼著打理，光是那些亂七八糟的帳本，楚亦瑤就看了五、六日。

十二月初，金陵快過年的氣氛越來越濃郁，楚亦瑤先開了一家鋪子，專賣些上好的胭脂水粉，其餘兩家暫且擱著等隔年再打理，二舅舅邢建國替她打理著胭脂鋪裡的事，楚亦瑤這才有空和喬從安一塊兒去市集選看今年要送的年禮。

到了出門的時候便是三車的人，肖氏沒落下這麼好的出門機會，帶著三個女兒一起跟著她們一塊兒逛市集，過了年，楚妙珞可就十五歲了，這換過在鄉下，都是要做娘的人，再不帶出來多走走，馬上就成老姑娘了。

快過年的時候市集上的人尤其多，喬從安帶著她們走進了一家首飾鋪，那掌櫃的帶她們上了三樓，命夥計送上最新的首飾物件，又匆匆下樓去招呼其他客人。

喬從安留她們在這兒，對肖氏笑道：「二嬸，不如您陪我去外面看看，她們幾個在這裡挑著喜歡的。」

肖氏看著那盤子裡放的首飾，頗有些不捨，低聲囑咐了楚妙菲一句，才起來和喬從安一塊兒出去了。

楚亦瑤看得無聊，轉頭看向窗外，從這裡看下去能縱觀半條市集，如今正是年貨採買的時候，來往的馬車都擠得很，更有住在金陵城外前來趕集的人，來來往往好不熱鬧。

忽然瞥見一抹熟悉的身影，楚亦瑤定了定神，程邵鵬帶著妹妹程藝琳在前面的地方下了馬車，正朝這裡走過來，面帶著笑意，低頭時不時和程藝琳說著什麼。

「亦瑤妳在看什麼呢，妳瞧這個好看嗎？」

耳旁傳來楚妙珞的聲音，楚亦瑤回眸看了她一眼，對這忽然熱絡起來的堂姊，委實有些不習慣。

「在瞧什麼呢，我喊妳都沒聽見。」楚妙珞手裡拿著簪子，探起身子順著楚亦瑤的視線往外看，正巧看到程邵鵬往這首飾鋪的地方走來，低聲輕呼了一下。「呀，是程少爺。」

楚亦瑤瞥了她一眼。

楚妙珞有些不好意思，臉頰微紅，也不知是不是心中緊張了，手一鬆，那簪子竟然這麼掉下去了。

伴隨著樓上傳來的一陣驚呼聲，程邵鵬一抬頭，看到一個簪子凌空落了下來，直接掉在了自己腳下，簪子上的墜子摔斷了，珠子滾在了一邊，三樓窗戶那兒，楚妙珞一手捂著嘴，正緊張地望著。

「大哥，是亦瑤姊姊。」程藝琳先看到了楚亦瑤，高興地喊了出來，拉著程邵鵬要往裡面走。

程邵鵬彎腰撿起了簪子，再抬頭看的時候，人已經不在窗沿了。

楚妙珞匆匆跑下了樓，和正要上樓的他們在樓梯口打了個照面，一手扶著樓梯，楚妙珞看了一眼程邵鵬，瞥見他手上的簪子，輕喊了一聲。「程公子。」

這居高臨下的位置看著，程邵鵬一仰頭，便能看清楚她微低垂著頭的臉頰上的緋紅，下意識地握緊了手中的簪子，溫和著說：「楚小姐。」

「這簪子……」楚妙珞指了一下他手中的簪子。

程邵鵬伸手遞給她。

楚妙珞臉上閃過一抹可惜，墜子已經掉了，這麼一摔，簪尾處的雕花也碎開了。

「大哥，你還愣著做什麼？」一旁的程藝琳催道，年紀尚小的她還看不出眼前這兩個人的奇怪，拉著程邵鵬要往上走。

楚妙珞微一側，程邵鵬被程藝琳拉著上去，和她擦身而過，還來不及說什麼，鼻下便縈繞了一股淡淡的清香氣，很快就散開了，回眸去看，正巧和楚妙珞看過來的眼神對上，四目相交。

這一幕恰好落在後來跟隨下樓的楚亦瑤眼底，前世是楚家花園偶遇，今生是以這樣的相見方式，似乎是真的有緣分，總能有相遇到的機會出現。

「亦瑤姊。」耳旁傳來程藝琳的叫喊聲。

楚亦瑤嘴角揚起一抹笑意，看著走上來的程亦琳，又向著她身後的程邵鵬打了招呼。

「大同好不好玩呀！去了兩個多月，亦瑤姊妳都不記得給我帶禮物。」程藝琳拉著楚亦瑤自顧著進了包廂，反倒是把程邵鵬落在後面。

程邵鵬無奈地笑了笑，要跟著一塊兒進去，樓梯下又是一陣輕呼，剛剛走下去的楚妙珞，不知怎麼地靠在樓梯口那兒，一手扶著裙襬下的腳，臉上帶著一抹痛楚。

「楚小姐，妳沒事吧？」程邵鵬趕下去，沒看到她身邊有丫鬟侍奉，顧不得這鋪子裡人多，伸手要她搭在自己手臂上起來。

楚妙珞紅著臉伸手抓住了他的手腕，一手扶著扶梯慢慢站了起來，沒等站直了，神色一變，人又要倒下去，程邵鵬當即伸出另一隻手拉住了她，一個借力，楚妙珞拉回靠在他懷裡。

那是猛然襲來的芬芳，柔軟得不可思議，程邵鵬微微一怔。

楚妙珞很快從他懷裡出來，站在那兒不知所措，臉頰紅得都快要掐出血了，聲音都有些顫抖地說：「多……多謝程少爺。」

「侍奉的丫鬟呢？怎麼都沒有人跟著？」程邵鵬意識到自己剛才的行為太過於出格了，輕咳了一聲，試圖掩飾那擁抱帶來的異樣感，關心起她來。

楚妙珞輕輕搖了搖頭。「是我太急著下來了，她們都在樓上。程公子，能不能麻煩你上去叫一下她們，我就不上去了。」

鋪子裡看的人多了，程邵鵬也不好意思，點了點頭，很快上樓找了楚亦瑤她們，兩姊妹一聽姊姊摔了，趕忙帶著丫鬟下來，扶著她要先回府。

程邵鵬看著她們上馬車，再次要上樓的時候，看到掉落在地的簪子和墜珠。

肖氏一回來就急著去給女兒找傷藥，聽她說到程家公子幫了自己女兒，還把她扶起來，又覺得這一摔值得了，憑藉她女兒的姿色，如何還會贏不過楚亦瑤那個乳臭未乾的小丫頭！

這麼過了五、六日，楚亦瑤幫著喬從安一塊兒看那些送年禮的單子，來來去去數家，其中還有生意往來多的商戶，秋季從大同買來的那一批膳具賣得不錯，甚至出乎了楚亦瑤的意料，一個月的時間，除了特別留下明年年初賣的一批，其餘的都給訂完了，忠叔那兒收到了幾家訂單，儘管這價格上比一般的還要高，但金陵多的是有錢人，也願意花錢來買個高雅。

這麼一來秦伯伯那兒的銀子可以還上不少，明年也能留住那些商戶，度過這個危機，商行就能平穩許多。

「小姐，程家公子送來了東西，正在前廳等著呢。」寶笙進來稟報。

喬從安從楚亦瑤手中拿過了冊子。「妳去吧，就剩這些了，我來就行了。」

楚亦瑤淨手過到前廳，一直跟在程邵鵬身邊的隨從李行，懷裡抱著一個大盒子，有些滑稽的站在那，一面還朝著門口張望，一看到楚亦瑤出現了，趕忙走上來。「楚小姐，這是我們家少爺讓我送過來。」

盒子很大，楚亦瑤打開一看，裡面竟並排放著六個小錦盒，抬頭看李行，問道：「這麼多？」

「這是少爺送給府上諸位夫人小姐的。」李行看楚亦瑤臉上那似笑非笑的樣子，心裡就有些打鼓，少爺一出手就送了整個楚府，他都覺得有些不對味。

「可有說這些如何送的？」若是過去，楚亦瑤還真看不透這其中的意思，不就是客氣送了全府的女眷，按照程邵鵬平日裡禮待的作態也是情理之中，不過現在看來，這就是欲蓋彌彰。

一個一個錦盒打開來看，楚亦瑤終於看到了程邵鵬此行真正想送的，看著錦盒內完好的簪子，她聽到一旁的李行說：「這是送給堂大小姐的。」

「程大哥有心了。」半晌，楚亦瑤合上了盒子對李行笑道：「我會把他的心意給她們送過去的。」

送走了李行，楚亦瑤讓寶笙挨個院子把東西送到各位夫人小姐手上。

前世她百般阻撓最終落了個心腸歹毒的名聲，還得送上嫁衣、賠上嫁妝，高高興興送堂姊出嫁，明明該是她的未婚夫，到頭來還得怪她小心眼不肯成全他們。

如今她什麼都不做，也裝一回嬌弱，以靜制動，不就是扮可憐嗎？她這個被撬了牆角的，總是最委屈的……

第十二章

快過年了，商行裡越加忙碌，楚亦瑤的胭脂鋪中生意也不錯，那些從大同帶來的調味，楚亦瑤都送去讓人磨成了細粉，一小罐地裝好存放起來，等著年初新鋪子開了再放上去賣。

二十六這日，剛吃過午飯，楚亦瑤正在院子裡陪著楚應竹折紙，楚暮遠繞進來，身上還帶著些酒氣，抱起楚應竹在他臉上蹭了蹭，楚應竹揮著小手推開他的臉，一面擰著眉頭喊著「臭臭」。

楚應竹不讓，楚暮遠偏要親，兩個人玩鬧了一番，楚暮遠這才放下他，坐到楚亦瑤旁邊。「昨天邵鵬邀我喝茶。」

「孔雀，去替二少爺備些解酒茶。」楚亦瑤吩咐孔雀，轉而抱著楚應竹，手把手地教他怎麼折紙花，並沒有接他的話。

「談到了兩家的事，近來走動得也少，邵鵬的意思是來去拜個年，妳也有好長一段時間沒有去程家了，以前妳不是很喜歡去程家嗎？」楚暮遠見她對這話題愛理不理，伸手撥了一下她的劉海。

楚亦瑤回頭瞪了他一眼。「他的意思？他的意思能替代程家的意思嗎？保不齊程家還不希望我們去呢。」

「瞎說什麼呢，妳和邵鵬可是有婚約的，程夫人這些年待妳也不差，怎麼會不希望我們過去？」或許是楚暮遠壓根兒沒有想到那個層面去，也就沒在意大哥走了之後程家的態度，聽楚亦瑤這麼說，還以為她又在鬧脾氣。

「二哥，口頭婚約算不得數。」

「從小說的親，怎麼就算不得數了？這兩家人都走了這麼些年了。」楚暮遠也拿起一張紙折著，可這剪子如何都剪不出桌子上放著的樣子，最後挫敗地放下來，還遭到了楚應竹的嘲笑，小傢伙手抖著都比他剪得好看。

「娘走了之後，程夫人可還有來過楚家？」見他還不意會，楚亦瑤放下手裡的東西，抬頭看著他說：「大哥走了之後，程家除了派人來問候過之外，一個人都沒有前來，程大哥為什麼恰好是大哥出事沒幾天就去了洛陽，回來之後程家又是如何的忙，以至於都抽不出空過來？二哥你不知道吧，程家可是連這年禮都是按最簡單的送。二哥，程家的態度你還不明白嗎？」

半晌，楚暮遠嘆了口氣，那些他以為是偶然的事情，從妹妹的口中都變成了必然，程家這樣的疏遠，就是覺得如今的楚家已經不夠資格再做姻親了。

「程家就邵鵬一個兒子，只要他願意的，程家又能如何反對？」楚暮遠想到從小一起長大的弟兄的性子，又覺得有了希望。「這些年邵鵬對妳的好，程夫人難道不看在眼裡？」

「看在眼裡又能如何？」楚亦瑤嗤笑了一聲。「程家如今還不是他程邵鵬能作主的時候，這拜年的事，他們家若是沒有動靜，我們也不必貼這個臉，二哥你更不必去，我倒要看看，她能給她兒子找一個如何得力的媳婦！」

楚暮遠還想說什麼，門口那兒的阿川匆匆跑了進來，看到少爺和小姐都在，對著楚亦瑤說：「大小姐，邢家那邊來人說邢家的小少爺闖禍了，把曹家三少給驚著了，如今正抓著人不放。」

「他們做了什麼？怎麼會驚到別人？」楚亦瑤把楚應竹交給身後的奶娘帶回去，和楚暮遠一起上了馬車，去往市集。

「說是那兩位少爺在巷子口玩鞭炮，扔到了街上，正巧曹家的馬車經過就驚到了。」阿川也不是親眼所見，只是替大小姐送年貨去邢家的時候剛好聽到的，邢老夫人險些急暈過去，二舅爺就讓他過來通知少爺、小姐。

楚亦瑤只覺得頭皮發麻，玩鞭炮都能扔到街上，當這集市是鄉下的小路呢，一扔還能扔中曹家的馬車，拉開簾子看這滿大街來來往往的人，楚亦瑤當下有了喊停馬車回府不想管的念頭。

等他們趕到南塘集市，那兒已經圍了不少人，曹家裝點富麗堂皇的馬車歪倒在一旁，還壓著了別人擺的攤位，另一旁的一個棚子下面，正坐著受驚不小的曹家三少爺曹晉榮，即便是條件不允許，他還是一副「我是大少」的姿態坐在那裡，身邊兩個妾室模樣的丫鬟正噓寒問暖著。

馬車旁幾個家僕壓制著兩個少年，再旁邊就是楊氏攙扶著邢老夫人，興許是曹家太強勢，邢老夫人只是抹著淚哭著，也不敢大喊大叫。

在邢老夫人身後的邢紫語率先看到了楚亦瑤她們，拉了拉楊氏。「娘，表哥他們來了。」

楚亦瑤沒理會被壓跪在地上的邢文宇他們，而是走到了曹晉榮那邊，關切道：「曹公子，你沒事吧？」

「怎麼會沒事，妳看馬車都這樣了，本少爺會沒事？」曹晉榮一副二世祖的模樣上下打量了楚亦瑤，瞥見她身後的楚暮遠，眼神一眯。「你們認識這幾個人？」

「他們是從徽州過來投靠的親戚，無意冒犯，有什麼得罪之處還請曹公子你見諒。」楚亦瑤語帶誠懇地說，得來的卻是曹晉榮的一聲哼笑。

曹晉榮看著那跪在地上頗不服氣的邢文宇。「我看是有意冒犯，真不知天高地厚，小爺的馬車都敢炸，阿大，給我問問是哪隻手扔的。」

邢文宇嚇得大叫。「你要幹什麼，你們要幹……啊！」

還來不及阻止，那個壓制著邢文宇的大漢就直接把他的一條手臂給折斷了，撕心裂肺的痛喊聲響起，邢文宇直接痛暈了過去，臉色蒼白。

「曹公子！」楚亦瑤沒有想到曹晉榮這麼不給面子，就是她楚家的親戚，當著面也直接把這手給折斷了，正回頭要去和二哥商量，卻見他眼底滿是憤怒，袖口下的拳頭緊握著看著棚子的方向。

「二哥！」楚亦瑤低喊了一聲，二哥再這樣子下去，以曹晉榮的性子，邢文宇可能會當場沒命。

「潑醒了問問，是不是這隻手扔的，不是的話，那再換一隻。」曹晉榮接過一旁侍妾遞過來的果子，順帶在她臉上摸了一把，漫不經心地說。

那大漢即刻命人取了水過來，大冷天地潑在邢文宇的臉上，直接將他凍醒，一起被壓制的邢文治早就嚇呆了，褲襠下居然濕濡了一片，渾身發抖地跪在那兒動都不敢動。

「文宇啊，你怎麼樣啊？文宇……亦瑤，妳還不快救妳表哥，手都讓人給折斷了，妳怎麼忍心看啊！」邢老夫人暈過去又讓楊氏給掐醒了，看著邢文宇這半死不活的樣子，終於戰勝了對曹晉榮的恐懼，哭嚎了起來。

「老太婆，妳太吵了。」曹晉榮眉頭一皺，看著邢老夫人嚎哭的樣子，滿臉的嫌棄。

那家僕一聽他的話，上前要揪邢老夫人，楚暮遠出聲制止。

「慢，你要對一個老人家做什麼！」走到邢老夫人面前，楚暮遠擋住了阿大，緩了緩語氣對曹晉榮說：「文宇他無意冒犯曹公子，為此也斷了手，還請曹公子高抬貴手，大人有大量饒了不懂事的他。」

楚暮遠很想衝上前去和曹晉榮拚著打一架，也想指著他的鼻子罵幾句，可是他都不能，他不能因為這件事和曹家為敵，把楚家給牽扯進去影響了商行。

曹晉榮看著楚暮遠，半晌，嘴角揚著痞痞的笑，無所謂道：「他不懂事，我為何要高抬貴手？我替你們教訓教訓他，以後也可以長點記性，讓他知曉什麼人惹得起，什麼人惹不起。」最後的話曹晉榮是看著楚暮遠說的。

也就在那一時間，一個輕柔熟悉的聲音在楚暮遠的耳畔響起——

「公子。」

楚暮遠驀地望過去，竟看到鴛鴦手裡端著一碟精緻的糕點，款款地坐在曹晉榮的身旁，過去他只見過撥琴的纖手，如今卻拿著糕點往曹晉榮的嘴巴裡送。

楚暮遠渾身的鮮血猶如煮沸了一般奔騰了起來，他死死地盯著鴛鴦。

曹晉榮卻占有似地摟住了鴛鴦的腰，在她脖頸處深吸了一口氣，放肆地笑出了聲。「哈哈哈哈。」

「這點教訓也足夠了，曹公子你說呢，提銀子賠償未免也太俗氣，今日的事改日亦瑤一定登門致歉，曹公子你也是大忙人，為這人浪費你的時間，可划不來呢。」楚亦瑤擋在了楚暮遠面前，一手死死地拉住了他。她看出來了，曹晉榮不是為難楚家，也不是為難邢家，他就是想在二哥面前示威罷了。

「以前倒是沒發現，這楚家大小姐是個這麼能說會道的，行，我就賣妳一個面子。」曹晉榮在楚暮遠面前炫燿完了，也答應得乾脆，推開了鴛鴦站了起來，朝著阿大那邊示意了一下，饒有興致地看了楚亦瑤一眼，差人把馬車扶正了，上了馬車，揚長而去。

邢老夫人幾乎是飛撲過去，邢文宇此刻凍得嘴唇發紫，隨時都有可能再暈倒過去，楚暮遠趕緊讓阿川扶著他上馬車，往醫館裡送去。

楚亦瑤回頭看他，再見到鴛鴦，二哥仍舊是平靜不了啊。

「亦瑤妳先回去，我有事。」楚暮遠盯著那絕塵而去的馬車，心中還是難以平靜。那個在春滿樓中如此脫俗清新的她，怎麼會變得需要阿諛奉承一個男人？她的眼神裡，明明是不情願的。

「你要去哪裡！」楚亦瑤高聲喝斥住了他。「莫非想去追曹家的馬車不成?!」

楚亦瑤的話硬生生地把他要邁出去的腳步喊停了，楚暮遠心底泛起一陣酸苦，這是鴛鴦離開春滿樓後他們第一次見面，毫無徵兆，絲毫沒有半點準備，就這麼出現在他的視線裡，逢迎另外一個男人。

楚亦瑤見他晃神，放緩了聲音說：「一起送二舅母她們回去吧。」

折騰著回到了邢家的宅子裡，邢老夫人雙眼哭紅地靠在床邊，一面唸叨著這手斷了可怎麼辦。

楚亦瑤直接去看了邢文治，十五、六歲的人了，嚇得尿褲子了不說，到現在人還哆哆嗦嗦的。

「到底是怎麼一回事。」楚亦瑤問道。

邢文治抬頭看她，臉色還有些蒼白，顫抖著下巴道：「文宇說要去巷子口那裡玩，後來在巷子裡放鞭炮不過癮，他就扔到街上，那街上本來沒什麼人的，也不知道怎麼回事，忽然就出現了馬車，鞭炮扔到馬腳下，驚到了馬。」

楚亦瑤無語，都幾歲的人了，還像三歲孩子一樣拿個鞭炮覺得好玩，自家院子裡玩不夠，還敢扔集市，這不是活該是什麼。

後來的事楚亦瑤也知道了，曹晉榮那性子，有人欺負他的時候，自然是下了馬車把人抓起來，還好是沒有皮肉傷，否則何止卸一條胳膊。

「文治，文治你沒事就好。」緩過神來的邢老夫人衝了進來，抱住邢文治上上下下摸了一遍，完好無缺了才安心。

而邢文治這把年紀，居然抱著邢老夫人哭起來了，他是怕啊，那折斷胳膊的瞬間，弟弟的表情全在自己眼前。

「過完年，楚家會派人送你們回徽州去的，這些天待著好好休息。」人最怕沒有自知之明，有皇帝的脾氣沒皇帝的命，到頭來還不是到處惹禍，楚亦瑤一點兒都不想給他們收拾爛攤子。

「這孩子，妳在趕我們走？」邢老夫人安慰著孫子，回頭看楚亦瑤滿臉的責備，對小孫子被折斷手的事，她完完全全覺得是楚亦瑤做得不到位。

「外祖母若是不怕，儘管留著他們，今天只是斷了手而已，下次說不準就是斷腿了，再有下次，那就是連回徽州的機會都沒了，你們還不知道今天那曹公子是什麼人吧？說得簡單點，他手頭上的人命可一點都不比那些江洋大盜少。」

楚亦瑤也不是恐嚇，區別不過是江洋大盜自己動手，曹晉榮多的是替他動手的人。

邢文治縮了縮身子，忍不住去抱自己的腿。

楚亦瑤眼底閃過一抹微不可見的笑意，繼續說：「像曹公子這樣的人，金陵可多得很。」

「那官府是幹什麼的，怎麼都不把他們抓起來，這可都是人命！」邢老夫人憤恨地搥了搥床。

楚亦瑤看著覺得嘲諷，當受害在自己身上的時候，人總是覺得世道不公，若今天換做是自己孫子害了人，那這世道是越不公越好，死了應該！

「外祖母可知道每年曹家給官府多少銀子，就是買那些人命的。」楚亦瑤故意壓低了聲音說。

邢老夫人的臉上閃過一抹懼怕。

邢文治拉著邢老夫人的衣服囁聲道：「祖母，我們回去，我們回徽州去。」

邢老夫人面有難色，帶幾個孩子過來，本來就是為了讓他們能留在金陵，尤其是自己二兒子過來這幫忙，一家人哪能不幫襯，可她又心疼孫子，這才多久就出事了，平日裡磕著、碰著她都捨不得。

「過完年我會安排好車送你們回去，這些天就不要多出門了，不是每次都這麼好運，丟了性命到時候連哭的機會都沒了。」楚亦瑤心中哼笑了一聲，十幾歲的人了養成這樣，也奇了。

臨了過年，鬧的這麼一齣並沒有影響到楚亦瑤的心情，二十八之後商鋪都關了門，留下值夜的夥計，其餘的都回家團聚去了，到了掌燈時分，楚亦瑤終於看完了二舅送來的那些帳本，就一家鋪子裡，年前的這段日子進帳就不少。

第二天下午邢家的人就到了楚府，大年三十團圓飯，楚家本來人就不多，楚亦瑤就讓二哥去把外祖母和舅舅都請了過來，邢文宇待在宅子裡，楊氏留下來照顧他，聽阿川回來說即便是好了，這手以後也不靈便了，曹三公子的那個護衛下手極狠。

時隔二十幾年，這是邢老夫人第一次走進女兒生前住的屋子，這裡很多東西和邢氏生前住過的擺放一致，楚亦瑤跟著走進屋子內，發現邢老夫人怔怔地望著娘的梳妝檯前的一個老舊盒子發呆。

那是個很樸素的妝奩，樸素到和這房間裡的一切顯得格格不入，可楚亦瑤記得，這是娘生前最喜歡的，有一回那匣子的一隻腳掉了，還是爹回來後親自找了差不多的木頭弄舊了再安上去，娘曾抱著她說，這妝奩的年紀可比她大好多，也比大哥都大很多。

如今看外祖母的神情，這東西倒像是從徽州離開的時候帶來的。

「沒想到妳娘還留著這個。」邢老夫人微抖著手摸上那妝奩，開口處的鎖都已經生了鏞。

「嗯，娘一直留著它，小的時候二哥頑皮，跑到這裡來玩打翻了這妝奩，還讓爹打了一頓，說這是娘最喜歡的東西，弄壞了娘會傷心。」回憶起邢氏，楚亦瑤臉上滿滿的暖意。

邢老夫人聽著，忽然紅了眼眶。

「這妝奩是她爹當年給我打的，那時候翠娘還小，看著喜歡也要，她爹就哄她說，等她長大了給她打一個更大更漂亮的，沒過幾年她爹就病死了。妳娘跟著妳爹走的時候，就帶走了我這妝奩。」回憶對邢老夫人這把年紀的人來說是件傷心的事，她伸手擦了下眼角的淚水，抬頭看楚亦瑤，感慨道：「妳像妳娘。」

「妳娘她很小的時候主意就很大，就是跟妳爹走這件事，我當時是一萬個不同意，她還是走了，這些年什麼消息也不帶，妳大哥出生的消息，還是妳爹偷偷差人捎消息回去的。」

楚亦瑤在一旁聽著並不說話，邢老夫人絮絮叨叨地說了很多，直到天色微暗才離開明絮院。

吃過了晚飯，小坐了一會兒正要送她們回去時，寶蟾進來稟報說：「程家大少爺派人來接幾位小姐去望江樓看煙火。」聽到這消息首先高興起來的就要屬肖氏了。

肖氏看著楚妙珞笑道：「那還不趕緊去換一身衣服，穿成這樣如何出去，阿川啊，馬車在外面候著？」

「表姊，一塊兒去吧，在那裡看煙火漂亮得很，過會兒我讓阿川送妳們回去。」楚亦瑤見肖氏催著三個女兒去換衣服，嘴角揚起一抹笑，拉起邢紫姝也要出去。「去我那兒換一身衣裳。」

邢紫姝看了邢紫語、邢紫蘿她們一眼，又看向邢老夫人，後者點點頭，這才略有些害羞地跟著楚亦瑤去了怡風院。

肖氏看著楚亦瑤帶著三個表姊也去怡風院那兒換衣服，眼底閃過一抹不屑，又有些擔憂地說：「這多了幾個人，程家的馬車可坐得過？」

「二嬸您還擔心這個，即便是程家的坐不過，我們自己的馬車去就成了，再說這望江樓又不是程家開的，誰不能去呢。」喬從安笑著回她。

肖氏臉上閃過一抹尷尬，也笑著點點頭說是。

要找幾身給邢紫姝她們穿的衣服不難，楚亦瑤刻意給邢紫姝換了一身純白的，袖口、領口上皆繞了白色的絨，讓孔雀給她們重新梳了頭，略施粉黛，那嬌俏的容顏即刻就顯露出來了，絲毫不比金陵哪家出來的大小姐差。

「來，把這戴上。」楚亦瑤在首飾盒子裡選了選，最終選了兩支簡單的玉簪子插在了邢紫姝後頭繞起來的簪髮上，邢紫姝忙說不要，楚亦瑤把她按坐下，笑道：「也不是什麼貴重的東西，妳喜歡的話就送給妳了。」

楚亦瑤滿意地點點頭，人靠衣裝，就是之前那身樸素的衣服，都遮蓋不住邢紫姝的天生麗質，如今換一身衣服稍微打扮一下，邢紫姝姣好的容顏就完全體現。

光。

寶笙見她只顧著打扮表小姐們，在一旁含笑提醒道：「小姐，您還沒換衣服呢。」

「我就不換了。」楚亦瑤搖搖頭隨意道，她可沒打算打扮得多招搖去吸引程邵鵬的目光。

一旁的邢紫語拉著她走到屏風前，逗笑道：「妳給我們都準備了，妳自己要是不換，我們怎麼好意思出去，快換吧！否則我們都不敢穿出去了。」

楚亦瑤一怔，隨即也笑了，轉身去了屏風後。

等楚亦瑤她們換好到大門口，楚妙珞她們還沒到，邢家三位表小姐的裝扮倒是教肖氏驚訝，連著邢老夫人也看著連連說好看。

唯有喬從安看出了楚亦瑤的目的，輕戳了一下她的額頭，笑罵了一聲。「妳這鬼丫頭。」

楚亦瑤微吐了下舌，轉頭看邢紫姝她們，確實很好看。

「喲，這一打扮還真像誰家閨秀，一點都瞧不出是鄉下出來的。」肖氏的話語裡透著濃濃的酸味，尤其是看到邢紫姝的打扮。

「那可不，二嬸，您要是換一身鄉下人的衣服，也瞧不出這城裡人的味呢。」楚亦瑤笑得無害，拉著邢紫姝她們要先上馬車。「這妙珞姊她們來得太慢了，反正過會兒也坐不過，不如我們先走好了。」

「那哪行啊，妳妙珞姊她們可不認識望江樓，一起去安心些。」肖氏趕忙攔住了她，哪能讓她們搶先一步去望江樓，幾個表小姐這長相，讓肖氏感覺到了深深的威脅。

「二嬸，堂姊她們坐程大哥來接的馬車就成了，那車夫認得路，都這時辰了，再不去人家該怪我們沒禮數了呢。」

肖氏哪裡攔得住楚亦瑤，喬從安跟著拉住了肖氏，贊同道：「是啊，二嬸，亦瑤她們先過去，也能說一聲，讓人家久等了不好。」

肖氏往那走廊處看了一眼，還是沒見到自己女兒們的身影，見楚亦瑤她們已經出門了，轉身往珍寶閣的方向走去，走到了半路才看到三個人匆匆往這邊趕過來，也來不及說她們的不是，肖氏簡單地囑咐了幾句，讓她們趕緊上馬車去望江樓。

第十三章

馬車到了望江樓門口，楚亦瑤她們下馬車，門口等著的李行帶著她們上了三樓的包廂。打開門，程邵鵬正和王家三少爺王寄林說著話。

見楚亦瑤進來，王寄林笑嘻嘻地打招呼道：「亦瑤，妳這可來得慢了，這都快半個時辰過去了。」

楚亦瑤瞪了他一眼不理，對程邵鵬介紹道：「程大哥，這是我外祖家的幾位表姊，頭一回來金陵，我帶她們一起過來看看。」楚亦瑤說著把邢紫姝往前拉。

邢紫姝抬頭看了程邵鵬一眼，輕喊了一聲。「程公子。」隨即低下頭去，另一隻手緊緊拉著楚亦瑤的手有些緊張。

程邵鵬微怔，不由得多打量了她幾眼。

邢紫姝微紅著臉坐了下來。

對面的王寄林倒了茶遞過來，邢紫姝眼底閃過一抹詫異，雙手微顫地接過了茶，那嬌俏的模樣看得王寄林即刻笑出了聲。「亦瑤，妳的表姊可真是有意思。」

王寄林笑得沒心沒肺，邢紫姝可越加緊張了。

楚亦瑤從她手中拿下了杯子安慰道：「妳別理他，他就這樣沒個正經，過會兒煙火多了，我帶妳們上閣樓去看。」

程邵鵬收回了視線，輕拍了一下王寄林的肩膀笑道：「若是沒人來了，我們現在就可以上去看了。」

楚亦瑤看窗外已經放了許久的煙火建議道：「堂姊她們還沒來呢，要不我們先上去，程大哥你在這裡等會兒？」

「哪能讓妳們自己上去，我和妳們一起，寄林你在這裡先等會兒，過會兒我下來。」程邵鵬伸手摸摸她的頭，語氣裡有幾分寵溺。

楚亦瑤呵呵地隨笑了一聲，門口那兒李行的聲音再度傳來——

「少爺，楚小姐她們到了。」

走進來的楚妙珞先是看了程邵鵬一眼，接著看著楚亦瑤嗔怪道：「亦瑤妳走得可真急，都不等等我們。」

不甘被人忽略的王寄林，閃到了程邵鵬身旁提議道：「人齊了就上去吧。」

眾人點點頭。

楚亦瑤打量了一下楚妙珞的裝扮，還真是花了不少心思，這麼冷的天，披風之下穿得如此單薄。

望江樓三樓往上是數間閣樓，四面臨風，在上面俯瞰金陵景緻很不錯，所以這七、八間的閣樓每天都是滿座，楚亦瑤走上去就覺得有些冷，從寶笙手中接過了暖爐，裹緊了披風，她帶著邢紫語她們站到欄杆旁指著漫天的煙火。「看到沒，放的最多的那兒，就是曹家的府邸。」

邢紫蘿挨著邢紫語坐下，挽住她的胳膊說：「妳說的曹家，是不是那天的那個曹少爺的家？」

「對。」楚亦瑤一展笑靨。

邢紫蘿無端地覺得冷了幾分，曹晉榮在她心底留下了不小的陰影，三哥到現在胳膊都沒好，嚇得也不輕。

「每年都是他們家，一看就知道又是那傢伙的功勞。」王寄林頗為不屑，一樣是家庭環境不錯，一樣是排行老三，王寄林十分鄙視曹晉榮的生活作風，有誰家的少爺正妻還沒娶，妾室都快要塞滿一個院子了。

這一點楚亦瑤贊同，曹晉榮這個人，在她兩輩子加起來的印象中都是紈袴子弟的絕佳代表人物，無人能出其右。

楚亦瑤回頭看到楚妙珞挨著楚妙菲，身子微抖，關切道：「妙珞姊，妳不冷嗎？」

「不冷呢。」楚妙珞笑著搖搖頭，視線看向程邵鵬那，可程邵鵬正和王寄林聊著，背對著她們，楚妙珞拉緊了披風再難維持那風姿，心中後悔得很，她哪裡知道來看煙火是在這樣四面透風的地方，不是應該在包廂裡面，燒著暖盆子看嗎？

楚亦瑤見她強撐，也不打算把手上的暖爐給她了，自己抱著看著煙火，身子還往程邵鵬的方向側了一些，遮住了他可以掃過來的視線。

閣樓上的風大，不過一會兒的時間，楚妙珞已經凍得嘴唇微紫，但這光線暗又有些瞧不清楚，只覺得她臉色蒼白得很，像是胭脂塗得太厚，遮蓋了血色，卻顯現出幾分詭色。

「大姊，妳的手怎麼這麼冷？」眾人觀賞之餘，忽然楚妙菲驚呼了起來，她握著楚妙珞的手臉上滿是驚訝。

程邵鵬也回過頭看，楚妙珞抿緊著嘴唇被楚妙菲環抱著坐在了一旁，身子微發抖，但這裡四面臨風也沒有什麼可遮蓋的，還是邢紫姝開了口，要脫身上的披風遞給她。「披上這個吧，我不冷。」

「寶笙，去馬車上給堂小姐多拿一件披風。妙珞姊，怎麼冷成這樣妳都不說，看這手冷的，快抱著它。」楚亦瑤阻止邢紫姝脫披風，讓寶笙下去拿另外的，自己則一臉關切地摸了摸她的手，把暖爐塞給了她。

「樓下也能看，不如下去吧。」程邵鵬看她這楚楚可憐的樣子，有些不忍。

楚妙珞抬起頭朝他笑了笑，搖頭道：「別因為我掃了大家的興致，妙菲與我下去就可以了。」

「一起下去吧，今日是我邀請妳們來此，若因此受了風寒，那就是程某的不是了。」

楚妙珞越是推託，程邵鵬便越是堅持，最終楚妙珞為難地點點頭，一行人又回到了包廂內，寶笙這才拿來了披風。

包廂裡的氣氛顯然低沈了不少，程邵鵬命人多取了暖盆過來，楚妙珞一臉感激地看著他。「麻煩程公子了。」

「是我沒有提前說清楚，我給楚小姐賠不是。」程邵鵬給她倒了茶，繞過暖盆走向楚亦瑤那兒，見她望著窗戶對面酒樓上的燈籠，不由得笑道：「亦瑤，妳可還記得，前年在建善寺的時候妳許的願。」

楚亦瑤一怔，好一會兒才想起來他說的許願是什麼，淡淡地說：「前年的事不記得了。」

「說不定過會兒去那許願樹上還能找得到，妳用紅黃相間的繩子綁著的，特別好認。」程邵鵬像是回憶起以前的事，臉上帶著淺淺的笑意，分外溫和迷人。

「這麼多人，哪能找得到。」楚亦瑤不可置否地癟了嘴，她自然記得那許願牌子上寫了什麼字——「願為你妻，與你同衾。」如今若還真的能找到，她絕對會找個地方燒了那牌子，再將那灰埋了，越乾淨越好。

「這子時去寺廟的習俗，倒是和徽州的差不多呢。」一旁的邢紫姝捂著嘴輕笑著。「不過我們去的是村裡的家廟，每年的這個時候，三妹總是睏得要大哥揹著去，小的時候吃餃子到一半，她就開始打盹了。」

「二姊妳又說我！」一旁忙著吃杏片的邢紫蘿抬起頭來，嗔怪地瞪了她一眼。「大哥可告訴我了，妳小時候也要他揹的。」

邢紫蘿這麼一說，就輪到邢紫姝不好意思了，她抬頭很快看了程邵鵬一眼，隨即低下頭去，雪白的領子襯著那緋紅的臉頰尤為吸引人。

程邵鵬跟著笑了，臉上未見半點瞧不起，好奇道：「村裡的家廟不是宗廟嗎？」

邢紫姝搖搖頭，柔柔地解釋道：「不是呢，家廟旁邊才是宗祠，我們是女子，進不去那裡的。」

「徽州的楚家也有宗祠，每年祭拜我們也都不能入內。」身後傳來楚妙藍的聲音，她自然地坐到了楚亦瑤旁邊，挨著她笑道：「邢姊姊，說來我們都是徽州的，妳們在哪個鎮上的呢？」

邢紫姝報了個地名，楚妙藍臉上露出些疑惑，隨即莞爾笑著。「沒聽過呢，也許是太偏了，那離鎮上一定很遠吧，來去多不方便呢。」

楚亦瑤實在是不想看她天真無邪地在那兒裝傻說不是，一句駁了回去。「徽州這點大的地方，妙藍妳都不曉得嗎，還有離鎮上遠的村子？表姊她們那村子可一點都不比鎮上差。」

在楚妙藍她們眼底，即便是同從徽州出來的，那也得分個三六九等，徽州楚家可是個大家族，和這鄉下人比起來，楚妙藍自然覺得自己高人一等，可今晚這情形，讓這幾個鄉下人出盡了風頭，姊姊還在那兒受凍了，楚妙藍忍不住就想酸上幾句。

「若是回去了，一定要過去看看呢。」楚妙藍順著接了楚亦瑤的話，臉上掛著淺淺的笑意。

楚亦瑤身旁的邢紫蘿輕哼了一聲，撇過臉去繼續吃那些杏片，她又不笨，這不就是在說姊姊和她都是鄉下來的村婦，沒見過世面。

「聊什麼徽州，時辰差不多了，我們該去建善寺了。」一旁的王寄林早已經待得悶了，一屋子的女眷有什麼好聊的，也就邵鵬性子好，他才待不住。

王寄林這樣的說話語氣逗笑了屋子裡的人。

程邵鵬點點頭，轉身柔聲問楚妙珞。「楚小姐，夜深天冷，要不先送妳回楚府？」

「不礙事，聽說建善寺那裡每年的守歲夜都很熱鬧，我和妹妹們一起過去瞧瞧，程公子不必過於在意。」已經被搶了風頭，楚妙珞怎麼可能就此回府，披著兩身的披風上了馬車，懷裡還抱著楚亦瑤給的暖爐。

「姊姊，妳的臉紅得很，要不先回去吧？」楚妙菲擔心她，剛剛摸著手涼，如今看著她臉紅得有些異常，像是燒著了。

「我沒事。」楚妙珞搖頭。「剛才屋子裡的暖盆子燒得熱，兩身披風披著不會冷。」她咬了咬牙，回去的話這心思恐怕是白費了，抬頭看向楚妙藍。「三妹，讓妳帶來的盒子呢？」

楚妙藍遞給她一個錦盒，楚妙珞拿起那支簪子藏入懷裡，在楚妙菲耳邊輕輕說了幾句……

守歲夜建善寺的人很多，階梯兩旁都點了燈籠，亮如白晝。

程邵鵬帶著他們到了許願樹旁，即便是掛了許許多多的許願牌上去，那樹依舊枝繁葉茂著，樹枝上垂掛著一條條的許願帶，紅的、黃的皆有，樹旁還立著兩塊牌子，牌子上也掛滿了大大小小的許願牌。

「在這裡寫了，再去那裡供拜一下，之後掛到這上面去。」寶笙付了銀子，楚亦瑤一人一塊分給她們。

邢紫蘿好奇得很，拿起筆在那兒想著。

楚亦瑤走到一旁賣平安牌的師傅身邊。「師傅，能否借您的刻刀一用？」

接過那師傅遞過來的刻刀，楚亦瑤看著手掌般大小的牌子，拿起刀子在牌子上刻下了四個字——「家寧人安」。

「這回寫了什麼？」

身後傳來程邵鵬的聲音，楚亦瑤下意識地去捂，眉頭一皺，那沒來得及拿開的刻刀刮破了手心。

「怎麼了？」程邵鵬見她忽然皺了眉頭關切道。

楚亦瑤忍著痛搖頭。「沒事呢，程大哥，表姊她們該寫好了，麻煩你過去幫她們掛上許願樹。」

「好，等會兒妳好了，我替妳掛上去。」程邵鵬看她恢復了神色也沒細想，轉身去了邢紫姝她們那裡。

楚亦瑤輕輕拿開手，那刻下的安字上沾滿了血，殷紅刺目。

「小姐。」寶笙趕緊拿出帕子包紮了她的手，楚亦瑤讓她把刻刀還回去了，站了起來捏緊了手中的帕子，觸到傷口一陣刺痛，可她連眉頭都沒動一下，這點痛算不得什麼，她的記憶裡，比這加劇千百倍的她都體會過。

眼前映入的是楚妙珞踮著腳想要把牌子掛上去的畫面，楚亦瑤嘴角勾起一抹笑，看著她因為伸手那厚重的披風竟鬆開了帶子順著落了下來。

「啊！」楚妙珞驚呼了一聲，那披風已經掉到了踩腳的凳子下面，周圍站著不少人，她穿得單薄，風一吹，那裹身的裙襬把她的身形襯得展露無遺。

楚妙珞彎下腰想要去撿，聽到周圍的人竊竊私語，心中一緊張，腳下便站不穩了，沒等楚妙菲來扶她，凳子一晃動，楚妙珞直接朝著一側摔倒下去。

摔下去的那一刻，程邵鵬還在邢紫姝她們那兒，一臉驚訝地看著這邊，楚妙珞直接閉上了眼倒下去，卻摔入了一個懷抱中，還沒睜眼，耳畔就傳來了王寄林吃力的聲音——

「楚小姐，妳能不能自己站起來？我……我扶不住了啊！」

因為王寄林的話，周遭哄笑了起來，楚妙珞此刻想死的心都有了，不是算好了剛剛程少爺還在她旁邊的，怎麼一下人就去了那裡，這還怎麼見人啊！楚妙珞心中想著，完全不理會抱著她的王寄林說什麼，乾脆撐著不睜眼，直接裝暈過去。

「大姊！」楚妙菲趕緊撿起披風給她蓋上，見她緊緊瞇著眼，擔憂道：「這可怎麼辦？」

「程大哥，妙珞姊可能是暈倒了，你趕緊抱她去馬車那裡吧。」楚亦瑤在一旁說，該看的也看了，該散播的消息年後也該有人知道，她若是不推這一把，豈不是對不起堂姊的良苦用心。

人都暈過去了，哪裡還顧得了這麼多禮節問題，程邵鵬點點頭，從王寄林手中接過了楚妙珞，抱著她往寺廟門口走去，楚妙菲和楚妙藍隨即跟了上去，寶笙接收到小姐的示意，也跟了上去。

楚亦瑤環看了一下四周，視線落在楚妙珞踩腳的凳子上，守歲夜人這麼多，很快程夫人就該知道自己兒子英雄救美的一幕了，不過這任何一個版本怕是她都不會高興聽到呢。

程邵鵬很快把楚妙珞抱上了馬車，李行看到自家少爺抱著楚家堂小姐過來時怔了一怔，趕忙拉開了簾子，讓少爺把人放上去。

「這是哪裡？」程邵鵬剛放下楚妙珞，楚妙珞就睜開了眼睛，下意識地抓住了程邵鵬的手臂。「程公子？」

「剛剛妳摔倒暈過去了，現在送妳回楚府去。」程邵鵬幫她拉好身上的披風就要退出馬車。

楚妙珞靠著車壁略顯迷茫地想著，雙手往頭上摸了一下，忽然輕呼了一聲。「我的簪子！」

程邵鵬拉下簾子的手一頓，看著她驚慌地看向自己，眼底那一抹失措觸動到了他的心，他尷尬地掩飾過去。

楚妙珞拉著身上的披風要下馬車去，程邵鵬攔住了她。「楚小姐，什麼丟了，我幫妳去找。」

「我……我的簪子不見了。」楚妙珞意識到兩個人靠得太近了，趕緊後退了一步，靠在馬車上微紅著臉，有些不好意思。「就是程公子你當初送去楚府的簪子，也許是剛剛摔下來的時候掉的。妙菲，妳快替我去找找。」

「楚姑娘還是留在這裡陪妳吧，我替妳去找。」不容有拒，程邵鵬轉身往寺廟裡走進去。

楚妙珞怔怔地看著他離去的背影，心中像是被無數的蜜糖縈繞了，絲絲甜蜜著。

一旁的楚妙菲終於出聲。「大姊，這簪子……」

楚妙珞淡淡地搖了搖頭，轉身進入馬車內，恢復了神色。「我身子有些不舒服，妙菲，我們先回去。」

楚亦瑤抬頭看著許願樹，密密麻麻地掛滿了許願的牌子，低頭看了一眼自己手中的，楚亦瑤抬起手臂，用力地朝著上面扔了過去。

輕微的樹葉聲傳來，紅線垂掛的牌子卡在了茂密的枝葉中，流蘇晃動了一下便沒了動靜，安靜地看了一會兒，四周喧鬧得很，楚亦瑤見王寄林鬧得表姊她們開心，帶著寶笙去了建善寺的後寺。

後寺比前寺安靜得多，來這裡的大都是祈禱平安的，進出無聲，生怕驚擾了那雙手合十，目光慈寧的菩薩。

寶笙在殿門口候著，楚亦瑤進去跪在蒲團前，比起活著的人操不完的心，爹娘如今應該過得很喜樂才對，她這一輩子所求的就是楚家安康，嫂子和侄子安康，就算是二哥不出色，也能夠安安穩穩地過下去，只要她在的一天，她就不允許爹娘辛苦這麼多年維持下來的楚家，在那些人的手中分散。

閉眼祈禱了一會兒，一旁有了求籤的木筒晃動聲，木籤掉落的聲音響起，楚亦瑤瞥了一眼，那木簽上刻著「上」字，視線落在求籤人的側臉，楚亦瑤看到了那原本期待的臉上忽而綻放的笑意。

女子很快撿起了木籤，反覆看了好幾次，嘴角的笑意都蓋不住，感受到一旁楚亦瑤的視線，轉過頭來朝著她善意地笑了笑。

楚亦瑤微怔，隨即臉上也浮現了一抹笑，看著她起身，輕快地朝著大殿側邊坐著的解籤師傅那裡走去，隨著師傅的講解，女子臉上的笑意越漸深濃，最後她出了大殿，和外面候著的另一個姑娘一同離開了。

楚亦瑤回頭望著佛像，三拜之後捐獻了香油錢，走出了大殿。

深夜風冷，楚亦瑤走過大殿外的迴廊，往下便是一個很大的水池，如今水面上只飄蕩了幾盞蓮燈，閃著微弱的光亮，每到四、五月，這池子裡就會密密地布滿了蓮葉，到了六月睡蓮就會開花，十分漂亮。

楚亦瑤順著階梯下去，建善寺的每一處她都很熟悉，從記事開始，每年除夕夜快到子時就會來這裡，而這池塘下，沈了不少當初楚亦瑤扔下去的銅板。

「小姐。」寶笙從懷裡拿出一個錢袋，裡面放著數枚洗刷乾淨的銅錢。

楚亦瑤接過，往池子裡扔了一顆。

「我說每年建善寺的和尚都能從這池子裡撈到不少銅錢，原來是有這麼多楚小姐這樣的人在這裡扔的。」

身後傳來沈世軒的聲音，他走下階梯，看那因銅錢蕩漾起的水波，臉上掛著一抹笑意。

從大同回來也就一個多月的時間，再見沈世軒，楚亦瑤發現他意氣風發了不少，就是這笑容也比當初在大同的時候看到的要舒心得多。

「那就當是貢獻給師傅們的。」楚亦瑤回頭笑看著他。

沈世軒走近，從錢袋子裡找出幾枚銅錢也扔了下去，笑言：「來年師傅們取了，那也有我的一份了。」

「沈老爺子身子如何了？」想起轉手的藥材，楚亦瑤還是要關心一下沈家老爺子的身體。

沈世軒點頭。「好些了，不過這藥材難尋，怕是一樣的東西，藥效沒有在那裡尋來的好。」

「沒聽說沈老爺子身子有不適呢。」楚亦瑤不經意地說著，回來的時候她特別去打聽過，得來的消息也不是沈家老爺子身子不適求藥，不過既然沈世軒急著要，不論做何用處，她這個人情有了就行了。

「祖父知道關心的人多，不敢勞煩大家。」沈世軒看矮了自己一個頭的楚亦瑤，微一抱拳。「這件事還要多謝楚姑娘割愛。」

「割愛說不上，我也不是白給的。」楚亦瑤轉身要回前寺，朝著他咧嘴一笑。「沈少爺記得還欠我個人情就好了。」

沈世軒失笑了一聲，她這點算計的小心思，還真是一點都不隱藏，卻也不討人厭。

「沈公子，原來你在這裡！」

不遠處傳來一陣略顯親密的喊叫聲，楚亦瑤看到沈世軒的神情微怔，順著那聲音望過去，一個和楚妙珞差不多年紀的姑娘朝著這邊走過來，身後跟著兩個丫鬟。

水若芊直接走到了沈世軒身旁，微低了些頭看著楚亦瑤，一看是這年紀的她，眼底多了幾分柔和，笑看著沈世軒問道：「這位是？」

「這是楚家的大小姐。」沈世軒給她們作了介紹。

「我叫楚亦瑤。」楚亦瑤看著水若芊滿是自信的臉，微微一笑。

「水若芊。」水若芊禮貌地打了招呼，再度看向沈世軒，語調輕柔。「剛剛遇見沈大哥他們，說是在找你呢。」

沈世軒看了楚亦瑤一眼，並沒有說什麼，和水若芊一起離開了。一會兒，楚亦瑤看著他那略顯僵硬的背影，噗哧笑出聲來，這水家大小姐何須在她面前示威，沈世軒那模樣，好像是想躲她又躲不開的樣子……

再回到前寺，程邵鵬已經找了兩圈都沒找到楚妙珞口中的簪子，見楚亦瑤回來，便問她有沒有看到簪子。

「妙珞姊說丟了簪子？」她明明記得人摔倒的時候可什麼都沒掉下來。

程邵鵬點點頭。

楚亦瑤見他這擔心的模樣，笑道：「既然找不到，那再買就是了。」

邢紫姝在一旁勸說道：「是啊，程公子，我們剛剛都在這裡，確實沒看到有東西掉下，興許是掉在車裡沒發現呢。」

程邵鵬抬頭，看見和楚亦瑤並排站在一起的邢紫姝，自己的目光總是難回到楚亦瑤身上。

「先送妳們回去，不早了。」程邵鵬沒再繼續找，帶著她們出了寺廟，不放心她們獨自回去，程邵鵬把她們送到了邢家，接著又把楚亦瑤送去了楚家這才回府，此時已是丑時過半。

楚亦瑤幾乎是倒頭就睡，守夜的錢嬤嬤好笑地看著她趴在床上，命孔雀去端了熱水過來，替楚亦瑤脫了衣服又擦了身子，換過乾淨的衣裳後，楚亦瑤已經窩在被子裡沈沈地睡去了。

錢嬤嬤望著她微蜷縮的睡覺姿勢，嘆了一口氣，坐在床邊伸手輕輕地拍著蓋在她身上的被子，嘴裡輕哼著小曲，睡夢中的她眉頭這才舒展了一些，翻了個身朝著錢嬤嬤這邊，一手下意識地往錢嬤嬤身邊靠，抓住了她的一個衣角，嘴角揚起一抹笑……

第十四章

大年初一，楚亦瑤賴床了，直到前廳中供奉的儀式都結束了她才起來。

楚暮遠是趕早起來要供奉，所以看著妹妹這哈欠連天的樣子，忍不住掐了一把她的臉頰。

楚亦瑤吃痛地瞪了他一眼。

門口傳來蹬蹬蹬的腳步聲，楚應竹穿著一身大紅的衣裳，喜氣地朝著楚亦瑤跑過來，棉衣穿得厚實，跑到楚亦瑤懷裡的時候還有些氣喘。

「姑姑，怎麼這麼晚才起來？」楚應竹在楚府都溜了一圈了，到她懷裡摸了摸楚亦瑤的臉頰。「羞羞羞。」

「快給姑姑檢查一下，昨天你在枕頭底下藏了多少壓歲錢了。」楚亦瑤佯裝要撓他癢癢，抱著他往亭蘭院走去，說要檢查他的壓歲錢。

「沒有很多、沒有很多，不給姑姑看。」小小年紀的楚應竹就是個守財奴，一聽楚亦瑤想看他的壓歲錢，忙摟住她的脖子，要去捂住她眼睛。

「這麼多銀子，昨晚磕著脖子沒？」楚亦瑤還是看到了奶娘從枕頭底下拿出來的銀子，放在一個匣子裡。

楚應竹搖頭，從她的懷抱裡掙脫出來去搶那匣子抱在懷裡，寶貝似地說：「這些我要留著娶媳婦的。」

楚亦瑤樂不可支地看著他。「喲，你是要拿來娶媳婦的，誰告訴你這壓歲錢是用來娶媳婦的？」

楚應竹還懵懂得很，見奶娘和姑姑都笑這麼開心，自己也跟著咧嘴呵呵地笑著，一面奶聲奶氣地解釋道：「葛管家對阿川說，不要亂花錢，留著銀子將來可以娶媳婦。」

說了一半，楚應竹一臉疑惑地看著楚亦瑤。「姑姑，娶媳婦是什麼？可以吃嗎？」

楚亦瑤抱著楚應竹親了幾口。「你怎麼這麼可愛呢。」

楚應竹在她懷裡掙扎了兩下，還不忘記求證到底什麼是娶媳婦，直到喬從安回來，楚應竹依舊沒弄明白什麼是娶媳婦，不過他的注意力很快就被自己娘親帶來的糕點給吸引走了，奶娘抱著他下去吃東西。

喬從安命丫鬟拿了東西上來。「程夫人差人送過來的。」

楚亦瑤打開那盒子一愣，裡面放著一對晶瑩剔透的玉鐲子，並沒有額外的書信。

喬從安說道：「送過來的人說，這是程少爺去洛陽的時候帶回來的，程夫人看成色不錯，就挑了一對給妳送過來。」

「早不來，晚不來，偏偏這個時候……還有說什麼？」楚亦瑤抬頭問喬從安。

喬從安搖搖頭，去年的時候程家雖送了年禮，但這疏遠是確確實實的，如今這大年初一送一對鐲子過來給小姑子，難道這婚事還要繼續不成？

「妳也有十二了，過了年程少爺也有十五了，你們這婚事，即便我們不急，程少爺那也該提上日程。」喬從安唯一能想到的就是兩個人婚約的事情，在她的認識裡，程夫人不是個「覺得不錯就送過來」的人。

「那她看上的也不會是我。」楚亦瑤把那盒子放在了一邊，對喬從安說起了昨夜的事情。「恐怕是這英雄救美的消息傳到程夫人耳中了。」

程夫人這是想要她們楚家自己把事解決了，在程邵鵬尚未正式說親前，怎麼說她這未婚妻的頭銜掛了這麼多年，如今有人來撬牆角了，如何能無動於衷。

楚亦瑤哼了一聲，一對鐲子就要她擺明立場，而她可以雙手不沾腥地再給兒子去選滿意的，天下哪有這麼便宜的事。

「這，妙珞也太不知事了。」喬從安的觀念裡，這麼大膽且三番兩次的，早就已經超脫了一個姑娘家該有的禮義廉恥。

「頭疼的事還是讓程夫人自己擔著去，二嬸喜歡的，那就讓她喜歡唄。」只要二嬸有辦法，只要堂姊有本事，她楚亦瑤絕不攔著，左右這程家的門進不進得去，也不是她能作主的。

「妳不往心裡去？」喬從安給她倒了茶，見她一臉從容，有幾分訝異。

「程大哥與我也僅是兄妹情誼罷了，他喜歡誰、願意娶誰，都與我無關。」楚亦瑤端起茶杯一口飲盡，選擇多的時候，她也想知道這左右逢源的好人究竟該怎麼選。

兩人正說著，孔雀匆匆進來稟報道：「大小姐，珍寶閣那兒傳話來說，堂大小姐病了，昨夜回來發了燒，如今還沒退呢。」

程府。

也就是吃過午飯沒多久，剛剛送走了兩位客人，程夫人臉色沈凝地看著兒子，半晌，緩緩地開口道：「昨夜的事究竟是怎麼回事？」

「那楚家小姐意外從凳子上摔下來，寄林扶住她，我抱她回了馬車。」

「那是借住在楚家的親戚，楚家就一個大小姐！」程夫人沈聲糾正了他的話。

程邵鵬頓了頓，繼續說：「娘，換做是別人，這樣的情況也會抱她回去的，大冷天的總不能讓一個姑娘家凍在那裡，何況這麼多人。」

「那王家小三不抱，為何你就去抱？你也知道這麼多人，你可知道這麼多人看到了究竟會怎麼說你，怎麼說你們！」程夫人太瞭解兒子了，說他古道熱腸，不如說她兒子就是英雄難過美人關，和他爹一個樣。

「寄林根本抱不動她，再說大家都看著她自己摔下來的，能說什麼？」程邵鵬不免有些置氣。「難道眼看衣著單薄的她待在那裡就是君子所為了？」

「哪一個正經人家出來守歲夜會穿得如此單薄，哪一個有教養的女子會不知道這些，你是昏頭了，你知道外頭怎麼傳這事的，這樣名聲的姑娘你還覺得是好的，你為什麼不讓李行來抱，偏偏要自己來，以後你再也不許和楚家有任何來往！」程夫人氣得直拍桌子。「你這是要氣死我不成！」

「娘。」程邵鵬無奈地喊了一聲。「怎麼能和楚家不來往，這我和亦瑤的婚事——」

「你們的婚事不作數，以後也不許你再提起這個，明日開始你好好跟著你爹去商行裡，你怎麼就不明白娘的一片苦心，楚家那丫頭不適合你。」程夫人斂起了剛才的神情，轉而苦口婆心地勸道。

程邵鵬的臉色也緩和了不少，但是對於婚事這一說卻依然堅持。「這婚事也是當初您和爹替我決定的，如今又說不作數，兒子不明白。」

「你以後就會明白了，鵬兒，娘都是為你好。」程夫人嘆了一口氣。

程邵鵬從小到大聽這句話聽得太多了，讓他無緣無故地斷了和楚家的聯繫，他如何都做不到。

「娘，楚家發生了這麼大的事，我們沒能伸援手已經是過分了，如今又說這婚事不作數，豈不是讓亦瑤她更難承受。」程邵鵬一想起小的時候跟在自己身邊不斷喊哥哥的可愛小姑娘，再想要她承受說了這麼多年的婚事不作數的消息，程邵鵬這心立刻就糾在那兒疼得很。

「難不成要讓程家變賣家產去幫忙不成，有什麼難以承受的，我看那丫頭過得挺好的，又能跟著船一起去大同，又能幫忙打理楚家的鋪子，你的擔心是多餘的。」

在程夫人眼中，配不上了就是配不上，即便是楚亦瑤再好，那也是配不上她兒子的，更何況她的這些行為還不得程夫人的心。

「好了，你爹一早就出去了，你現在也去看看，這商行的事早晚要交給你打理，早一點學起來，免得到時候自亂陣腳。」

目送著兒子出去，程夫人的目光轉而凌厲。「來人，去打聽一下楚家那個堂小姐……」

珍寶閣內肖氏看著床上高燒不退的女兒，臉上滿是心疼，昨夜回來人就不對了，躺下沒多久陪夜的丫鬟就跑來說大小姐發燒了，穿著這一身單薄的衣服出去，還上那麼高的地方受凍，能不病下嗎？

隨著楚妙珞病下的同時，金陵這大過年的，有了一則新的消息，有關於她女兒，也有關於她的金龜婿，只是這版本，似乎哪一個都不中聽得很。

不管肖氏想怎麼瞞，不管程夫人想怎麼堵，這消息還是長了翅膀似地到處飛，連帶著楚妙珞回來一病不起的消息也傳得熱，無法阻止地傳到了程邵鵬的耳中。

對於程邵鵬而言，這完全是因為自己病倒的啊，若不是他沒講清楚，這楚小姐也不會受凍，不受凍怎麼會披著兩身披風掛許願牌的時候掉下來，惹得眾人看，之後還摔倒暈過去，她名聲傳得不好，自己也有很大的責任，不論程夫人怎麼反對，他都必須表達一下他的關切之情。

派李行往楚家送了不少藥材，順帶又重新給楚妙珞打了一個簪子。

養病中的楚妙珞收到這些自然高興，當即給程邵鵬回了信，等楚亦瑤知道的時候，兩個人一來二去，竟已經私遞了兩回書信了。

「既然堂姊一直病著，這燈會就不必請她了。孔雀，替我去一趟邢家，請三位表小姐一起去十五燈會。」楚亦瑤聽著孔雀的稟報，覺得他們這書信來往還真是明目張膽，就怕她不知道似的。

「對了，派寶蟾過去珍寶閣，就說既然堂姊病著，妙菲她們就多陪陪她，姊姊病著，妹妹們總不能出去玩呢。」寶蟾這些日子為她去珍寶閣也表達了不少關切之意，用不了多久，楚妙藍應該要問她討人了。

消息傳到珍寶閣的時候，楚亦瑤已經出門去邢家了，楚妙珞這些日子裝病和程邵鵬濃情密意，裝過頭就把十五燈會的事給忘了，寶蟾過來一說才想起來，但這病又不能個把時辰就能立刻好的，於是再相遇的時機只能硬生生地錯過。

「亦瑤怎麼現在才來說。」楚妙珞不免有些內傷，更有些責備的意思在裡面。

楚妙菲和楚妙藍互看了一眼，姊姊病了，她們怎麼就不能去了，楚妙藍正要開口，半躺著的楚妙珞隨即又舒展開了眉頭，握住了楚妙藍的手，誠心道：「對不住妳們了，要妳們留在這裡陪著我，不是不讓妳們去，讓人尋了錯說起來，我們這姊妹情分也太冷淡了。」

楚妙藍微怔，隨即笑了笑，安撫地摸摸她的手。「沒事呢，大姊，娘說了，妳的婚事如今才是頭等，我和二姊本來就不急。」

楚妙珞臉上終於浮現一抹滿意的笑，似乎是有些勝券在握，握緊她的手保證道：「妳們放心，我們三姊妹一定都能嫁得好。」

十五燈會是年初的首個大日子，比過年還要熱鬧的是集市巷裡都點了燈籠，夜晚的集市猶如白晝，楚亦瑤心情也不錯，帶著邢紫姝她們在集市上逛著，走了不少鋪子，來到了程家的商鋪前。

「亦瑤，這裡似乎太過昂貴了。」邢紫姝她們在徽州的時候手頭上是寬裕的，可在這兒，進去一家鋪子東西都不便宜，看到程家鋪子進進出出的人，有些卻步。

「別擔心，我們進去瞧瞧，這家鋪子的胭脂很多，紫姝姊妳剛好用得上。」楚亦瑤瞥見程夫人和程邵鵬在鋪子內的身影，拉著她們走了進去。

程家的胭脂鋪生意一直很好，楚亦瑤帶著她們走進去的時候，程夫人正帶著兒子和掌櫃的商量補貨的事情。

「夫人，楚家大小姐來了。」一旁有丫鬟稟告。

程夫人從帳冊上抬眼，看到了楚亦瑤她們，一旁的程邵鵬也看到了，還看到了楚亦瑤身後的三位邢家姑娘。

「程夫人，程大哥。」楚亦瑤帶著她們看過去，不可避免地遇到了程夫人和程邵鵬，有禮地打了招呼。「表姊，這位是程夫人。」

邢紫姝她們朝著程夫人行了禮，溫婉地站在楚亦瑤身旁，程夫人多看了她兩眼，神色看不出悲喜。

程夫人隨即笑了，看著楚亦瑤說：「我還以為是楚家的幾位堂小姐，個個都這麼伶俐可人，將來藝琳有這一半我就滿足了。」

「程夫人是說我那堂姊吧。」楚亦瑤臉上露出一抹恍然，頗有些遺憾。「守歲夜堂姊受了風寒，本來好多了，也不知道怎麼回事，斷斷續續拖到了現在還沒好，如今天冷都沒下床，還需靜養些日子呢。」

楚亦瑤的這番話聽在程夫人和程邵鵬耳中是完全不同的兩種反應，程夫人只覺得是多病體虛，不適宜生養，而程邵鵬卻只有滿滿的擔憂。

程夫人斂去眼底那一抹嫌棄，招呼夥計過來陪著楚亦瑤她們到處看看，瞥了一眼身旁的兒子，滿目的憂愁，眼神卻望著楚亦瑤她們的方向。

程夫人順著看過去，瞧那邢紫姝有些柔弱的身段也不討喜，於是冷聲道：「鵬兒，你爹還在商行裡，你去瞧瞧，還短缺什麼，把這些給你爹送過去。」

從胭脂鋪出來，楚亦瑤帶著她們往集市中央猜燈謎去，才走到半路，身前就出現了程邵鵬的身影，似乎就是在等楚亦瑤她們，看到她臉上一喜。「亦瑤，我想問問，妙珞姑娘身子如何了？」

當著還是未婚妻的楚亦瑤面問她堂姊的病如何了，就像是問一件家常便飯的事情，程邵鵬並沒覺得任何不妥。

「堂姊她還躺著休息，應該是好多了呢，多謝程大哥關心。」楚亦瑤深吸了一口氣，展露出一抹笑意，不是她隱忍功夫不到家，實在是他臉上那一抹關切再加上這話，著實讓人生氣。

「不過程大哥，關心的情誼到了就成了，三番兩次往楚家送東西、送信，這可是會影響我的名聲，若你喜歡妙珞姊，向程夫人求娶，好歹也給堂姊一個名分是不是？」楚亦瑤不介意他們折騰，鬧得滿城風雨她都會拍手叫好，但是到她眼前來秀什麼關切之情，她覺得噁心。

「亦瑤，妳這說的是什麼話？」程邵鵬足足愣了好一會兒，記憶中那個只會撒嬌耍賴的姑娘，怎麼會語氣凜然地和自己說話，而且還是這麼重的話。「楚姑娘會病倒，也是因為出來看煙火的關係，我送東西過去也是情理之中。」

「難不成堂姊衣服穿得不夠多，著涼生病了，這也是程大哥的關係不成？」楚亦瑤忽然笑了，合著這紅色的燈光，更襯得臉頰上那一抹暈色。

斂起笑容，楚亦瑤冷冷地說：「我們還有事，程大哥你請自便。」楚亦瑤挽起邢紫姝要離開。

程邵鵬還沒從剛剛的震撼中回神，一面想著這怎麼可能，一面開口留人。「亦瑤，妳別鬧，說起來總是我的不是。」

「嗯，是程大哥的不是，所以堂姊這身子沒好之前，程大哥記得多關心關心她，這些天她胃口都不好。」楚亦瑤半開玩笑地說，頭也不回地離開了。

程邵鵬心中忽然間有些堵，像是被人戳穿了什麼，又不願意承認。

楚亦瑤走著走著就後悔起自己沒忍住說了那番話，以程邵鵬的理解，最後一定是自己吃醋了無理取鬧。

一旁的邢紫語拉住了她，好笑地從她手中奪過了帕子。「妳再扯就破了，這麼深仇大恨呢！」

楚亦瑤看了一看她手中的帕子，轉了心思，回頭問邢紫姝。「紫姝姊，妳看程大哥這人如何？」

邢紫姝想了想，有所保留道：「程少爺是溫和的人，待人都不錯。」

「若是這樣的人娶表姊，表姊願意否？」邢紫姝一下就紅了臉，掐了楚亦瑤一把嗔怪道：「妳胡說什麼呢！」

「我沒胡說啊，我是說像程大哥這樣一表人才，家世背景又不錯，性子溫和，待人有禮，做夫婿應該也不錯吧。」

楚亦瑤越說邢紫姝就越害羞，最終急得直接去捂楚亦瑤的嘴巴，笑罵道：「妳再胡說八道，看我不縫了妳的嘴，讓妳亂說。」

「好好好，我不說！」楚亦瑤求饒。

邢紫姝這才罷手，末了眼底閃過幾分落寞，替楚亦瑤撥了一下頭髮嘆氣道：「我們這樣的身分，哪裡配得上程公子那樣的。」

「哪裡配不上了！」楚亦瑤微癟了癟嘴，瞧清楚了她眼底的神情，沒有再提。

不遠處的茶樓上，曹晉榮嘴角噙著一抹笑意，手裡輕輕晃動著一把摺扇，語氣懶懶地問道：「那程邵鵬真是這麼說的？」

一旁的隨從肯定道：「是，程公子確實是這麼說的。」

「他不是和楚家那丫頭有口頭婚約嗎？」曹晉榮眼底閃過一抹興趣。「看來這程少爺也是個同道中人啊。」

一旁的丫鬟和隨從哪敢苟同少爺自嘲的話，在一旁都不敢出聲，曹晉榮合上了扇子，若有所思地看著楚亦瑤的背影……

十五燈會結束後，楚亦瑤開始忙了，大同那裡帶來的調味早就已經曬好摘下，楚亦瑤讓二舅把一大部分都研磨成了粉末，天氣回暖之後，在暖屋裡種著的那些藤蔓也可以遷到地裡種了。

新開的鋪子除了賣各種調味之外，楚亦瑤還在之前的胭脂鋪裡擺放上了在慶和燒窯裡打造的器皿，用來陳放胭脂水粉，模樣小巧，又合適贈人。

二月初，碼頭上又熱鬧了起來，出海的日子到了，楚家上下也忙碌了起來，楚忠帶隊，楚翰勤今年要親自跟隨去一趟大同。

楚亦瑤把畫好的圖紙仔細包好遞給楚忠。「忠叔，這裡有膳具的圖紙還有我要的器皿，您給關師傅。」

去年楚家因為新穎的膳具賺了一筆，今年有樣學樣的肯定不少，要想略勝一籌，除了品質，還有就是這樣式了。

「忠叔，要是還有空的話，替我找找去年我給您看過的那藥材，就在城門口附近擺攤的，若是運氣好，說不定能碰上。」楚亦瑤想起沈世軒，囑咐楚忠有空去看看還能不能找到那藥。

楚忠看她吩咐著卻始終沒提商行的事，動了動嘴最終勸道：「大小姐，您若是有空，和少奶奶一起去商行裡看看。」

「忠叔，商行裡的事有二哥呢，總不至於您和二叔不在，他就理不了事。」楚亦瑤笑了笑，這不就是個難得的好機會，二哥跟著忠叔都學了有半年，商行裡的日常總還扛得起吧。

「再說您和二叔也就去兩個月。對了，忠叔，差點忘了，再幫我帶些這個。」楚亦瑤把單子塞給了楚忠。

楚忠接過笑了。「搜羅大同的各種調味品和食譜，大小姐，您這是打算開酒樓？」

楚亦瑤眨了眨眼睛。「也不是沒有這個可能，先收著，將來總有用得到的時候呢。」

第十五章

二月初八清晨，商船出海，到了晌午的時候楚亦瑤去了秦家，帶著要還給秦老爺的一萬兩銀子，又帶去了那調味品，要秦老爺拿去他們的酒樓裡給廚師用。

「妳說這叫什麼？」秦老爺拿著那瓶子頗為好奇地打開一聞，一股嗆鼻的味道，帶著些辛辣，卻又比辣椒粉要好聞一些，黑灰色的粉末。

「秦伯伯，這叫黑川，只有我的鋪子裡有，僅此一家，別的地方您都找不著。」楚亦瑤一共也就帶來了兩罐。「這可以提味，也能去腥，您若不信，可以在自家試試，覺得好再拿去酒樓裡，也不砸您的招牌是不是。」

「丫頭，放我這酒樓裡可以，若是味道好，可僅供我們一家？」秦老爺瞧著她那點小主意打趣道。

「那可不行，秦伯伯，若是您酒樓裡幫我傳揚好了，你們家的我就只收您一半的價格，算是答謝秦伯伯的。」楚亦瑤笑嘻嘻地說著。

秦老爺失聲笑了。「好妳個小丫頭，如意算盤倒是打得好，行了，這個我收下，先試試。」

「好勒！」楚亦瑤脆聲應了。

出了門，秦滿秋的丫鬟就把她帶到了她的院子，已是備嫁的秦滿秋最近出門的也少，看到她進來，讓周身伺候的丫鬟都出去了，這才拉著楚亦瑤坐下，第一句開口便是問關於程邵鵬的事情，即便是少出門待在秦府中，外頭的消息她還是知道一些。

「妳家的堂小姐怎麼會和他扯上關係？妳知道現在外頭怎麼說的，程家大少爺英雄救美，程夫人阻攔，楚家堂小姐因情一病不起，程家大少爺不顧程夫人阻攔，拋棄從小有婚約的楚家大小姐，誓要娶楚家堂小姐。」

聽著秦滿秋這義憤填膺的語氣，楚亦瑤拿起竹籤挑了一塊碟子上的果子放入口中，一臉訝異地說道：「都傳到他發誓要娶妙珞姊了？」

「妳這是什麼反應！」秦滿秋見她一臉的玩笑樣子，從她手中奪過了竹籤，沒好氣地說：「這事我都在替妳著急了。」

「好姊姊，我錯了。」楚亦瑤立即黏到了她的身旁，挽住她的胳膊討好道：「妳都忙著嫁人，我哪敢拿這事來讓妳糟心。」

「少貧嘴，誰忙著嫁人了。」秦滿秋抽回了自己的手，捏了一下她鼻子笑罵道：「我看所有人都為這事糟心了，妳都不覺得糟心。」

楚亦瑤不置可否地癟了癟嘴，她確實不覺得糟心。「既然程大哥喜歡，我這做妹妹的應當成全他。」

「哪有這麼便宜的事！」秦滿秋哼了一聲，把竹籤往那果子上一插，頗有幾分恨鐵不成鋼的意味在裡面。「妳說成全就成全了？」

「那能怎麼辦？」楚亦瑤決定裝委屈到底。「難道要拆散了他們不成，拆散了，程大哥心也不在我這裡呢。」

「要是真像外頭傳的他們這麼私相授受，妳還嫁去他家做什麼。」秦滿秋又哼了一聲，似乎是對這些還不太相信，回頭看著她這一臉委屈的樣子。

秦滿秋是越想越氣，程家也算是打小熟識的，臨了這麼一處誰都沒想到，秦滿秋最沒想到的是，這流言最後傳得到處都是，竟是出自眼前這還在扮無辜的楚亦瑤之手。

「妳是怎麼想的？」伸手戳了一下她的額頭，秦滿秋覺得不可思議。

「程夫人看不上楚家，難道會看得上二叔家？我看他們戀得苦，幫一把也不是不應該的，她不就想嫁進去嘛！」楚亦瑤說著說著神情就冷了下去，她讓人把這些事添油加醋地傳，是因為她太瞭解程邵鵬的為人，他怎麼會捨得一個女子因為他敗壞名聲，最終落的嫁不出去，合著心疼，合著自己也有好感，直接自己娶了兩全其美。

「妳小時候多喜歡黏著他啊，連我都不愛搭理，就喜歡跟著他。」秦滿秋看著她不語，半晌，伸手摸摸她的頭，輕聲說：「我娘常說，現在是苦未必以後也是苦，說不定只是想讓妳早點嚐到，就可以避過以後的苦。」

楚亦瑤心中一發酸，秦滿秋坐過來抱住了她，輕輕地拍著她的背。

「怕什麼，就讓他們鬧去，我們看戲罷了，我看那程夫人眼中就沒幾個能配得上她兒子的，要是真娶了妳堂姊，那才有趣。」

幾天後，這流言是越傳越凶，鬧得楚家上下連一個燒火的小丫鬟都知道了，去年來的堂小姐這是要搶大小姐未婚夫婿了。

楚亦瑤沒有阻止底下人，加上她這幾日因為忙商鋪的事有些疲倦，外人一看，這楚家大小姐是傷神著、委屈著呢，都傳成這樣了還在那裡強顏歡笑，還說堂姊是個好姑娘，真是太可憐了。

版本再一變，直接成了楚家大小姐知道了自己從小就有婚約的未婚夫婿和自己的堂姊有染，傷心之餘卻什麼都不能說，還要顧及雙方的情面，如今是人也憔悴了，卻還半句指責的話都沒有。

楚亦瑤靠在床沿聽著孔雀繪聲繪色地說著，半晌抬起頭，問道：「東西準備了沒？」孔雀點點頭。「小姐吩咐的都準備好了。」

「行了，那換一身衣裳。」楚亦瑤放下書卷，走到梳妝檯前，看著自己這臉色。「寶笙，再畫白一些，沒血色了才好。」

也就是化了妝、換過衣服的這點時間，門口那傳來了寶蟾匆忙的喊叫聲——

「大小姐，堂大小姐說不想活了，要上吊自殺，您快過去看看！」

寶笙不緊不慢地給楚亦瑤繫上了最後一個扣子，楚亦瑤看著銅鏡中自己蒼白沒有血色的臉，示意孔雀開門。

寶蟾守在門口看到小姐出來先是一怔，隨即又把剛才的話重複了一遍。

和前世一模一樣的情形，也是鬧得滿城風雨，不過當時傳的可是她楚亦瑤善妒，硬生生要拆散堂姊和程邵鵬，堂姊為了不讓程邵鵬為難，決定以死明志，從而成全她和程邵鵬，最後她上吊自殺讓人給救了下來，病過一場，外頭就傳著她楚亦瑤要逼死堂姊，心腸何其歹毒。

沒走到珍寶閣老遠就能聽到肖氏的哭聲，隱隱約約有「苦命」、「可憐」的字眼不斷重複地說著，楚亦瑤走近，楚妙藍和楚妙菲扶著肖氏在楚妙珞的門口，門緊關著，幾個丫鬟不斷地勸著——

「妙珞，妳千萬不要做傻事啊，妙珞。」肖氏哭著拍著門。

楚妙藍扶不住她，自己也跟著跪倒在地。

肖氏看到楚亦瑤來了，忙拉住她哭著說：「亦瑤，亦瑤妳來了正好，妳勸勸妳堂姊，她跟這程少爺真的是兩情相悅，外頭如今都傳成這樣了，妳就成全她們。」

「娘，您不要再說了！」屋內傳來楚妙珞一聲淒喊。「我對不起亦瑤，如今事情已經這樣了，只有我死了，就什麼都清靜了。」

「不要！」肖氏又撲到了門口，卻不敢開門。「女兒，妳把剪刀放下，妳可別做傻事啊，妳要是有什麼三長兩短，娘也活不下去了。」

楚亦瑤臉色蒼白地站在那兒，剛剛被肖氏這麼一搖晃，她都有些站不穩，寶笙趕緊上前扶住她。

肖氏還想回過頭看求她，乍一看這人怎麼就虛弱成這樣了，到嘴邊的話就成了：「妳……妳這是怎麼了？」

「妙珞姊，我沒有不成全你們。」楚亦瑤在寶笙的攙扶下到了門邊，她的話直接讓肖氏停止了哭聲，連帶著周圍那幾個丫鬟的勸聲都停了。「既然妳與程大哥兩情相悅，那我也就放心了。」

裡面拿著剪刀的楚妙珞一怔，這……不對啊，楚亦瑤怎麼可能是要成全他們，想罷又哭道：「亦瑤妳不要再說了，外面傳著我是個不正經的女子，故意勾引了程公子，我……我不能活了。」

她直接站在椅子上，要去抓吊在半空中的白布。

原本在肖氏身旁的楚妙藍直接到楚亦瑤面前，拉著她的手哭著說：「大姊，妳別做傻事。亦瑤姊，大姊是覺得對不住妳，妳與程公子自小就有婚約，可程公子偏偏喜歡上了大姊，如今外面到處說是大姊搶了妳的未婚夫婿，可大姊不是這樣的人。」

楚亦瑤低頭定定地看著楚妙藍，嘴唇蒼白得不見血色，語氣中幾分淡然、幾分惆悵。

「我不怪妙珞姊，也不會怪程大哥，妳想要我怎麼樣？」說著兩行淚就從楚亦瑤的眼中滑落了下來，順著那蒼白的臉頰滴落下來，滴到楚妙藍的手背時已經清冷。

楚妙藍畢竟年紀還小，被楚亦瑤這麼看著，心裡頭一慌，拉著她竟啜泣著頓住不說了。

屋內的楚妙珞拿著白布，聽到外頭這動靜，臉上閃過一抹狠，語帶悲戚地朝著外面喊道：「娘，我對不住您。」說完就把頭伸進了白布中。

屋外的肖氏一聽如此正要撞門，站在門口的楚亦瑤瞥了那門一眼，轉眼幽幽地倒了下去，一隻手還被楚妙藍拉著，整個人暈倒在寶笙的懷裡。

「小姐！」寶笙抱著楚亦瑤焦急地喊道。

這時屋內傳來咣當一聲，又見一聲尖叫，肖氏推門進去，楚妙珞摔倒在地上，那白布極為滑稽地掛在她的身上，椅子翻倒在一旁，毫髮未損。

「小姐，您醒醒啊小姐！小姐您怎麼了！」孔雀的尖叫聲直接吸引了所有人的注意力，只見孔雀撲到了寶笙身旁，從楚妙藍手中抽回了自己小姐的手，對著楚妙藍哭道：「堂三小姐，小姐近來心情就不太好，身子一直虛弱，您究竟和我們小姐說了什麼？」

楚妙藍害怕地往後退，剛剛楚亦瑤倒下去的一幕嚇到了她。「我沒說什麼，我什麼都沒說。」

「小姐，您可千萬不能有事啊，小姐，嗚……小姐。」孔雀低頭擦著眼淚，對一旁已經木愣的寶蟾喊道：「妳還愣著做什麼，還不快去找人來把小姐抬回去！」

寶蟾這才回神，飛快地朝著肖氏那兒瞥了一眼，跑去找人了。

這情景實在是變得太快，明明應該是楚妙珞尋死覓活地求解脫，結果自殺沒成，倒下地的成了楚亦瑤。

肖氏看寶笙懷裡那憔悴的人，和楚妙珞對望了一眼，後者則望著手中的白布，怎麼才剛一吊上去，這白布就斷了？

喬從安直接帶人趕了過來，差人抱起楚亦瑤就走，冷冷地瞥了肖氏她們一眼，沒有多說一句話直接跟著離開了珍寶閣。

「娘。」良久，楚妙珞喊了一聲。

肖氏回神，趕忙把女兒從地上扶了起來。「有沒有摔著？」

「娘，接下去該怎麼辦？」楚妙珞搖搖頭，只是摔疼了一些罷了，如今已經鬧成了這樣，到底要怎麼收場？

「傳！」肖氏扶著女兒，一牙咬說：「去傳給程大少爺聽，因為這些事妳為他上吊自殺了。」反正這外頭已經傳得夠難聽的，就讓它成真的，她女兒的名聲因為他給敗壞了，難不成不用負責了！

「亦瑤那……」楚妙珞看白布上的裂口，神情有一抹怪異。

「妳只要抓住程少爺，亦瑤那兒的事，不用妳操心。」肖氏拉著她的手安撫道：「女兒啊，到了這地步，怡風院那裡，是動不得了。」

楚妙珞眼底閃過一抹不甘，到最後還是讓她給搶了先機，難道自己這壞人是做定了不成？

怡風院內，楚亦瑤被抬到了床上，喬從安遣了寶蟾去請大夫，自己坐在床沿摸了摸楚亦瑤的臉，擔憂道：「怎麼會忽然暈過去了？寶笙，這幾日妳們小姐不是在忙鋪子裡的事嗎？」

「少奶奶，論誰聽了那消息都不會高興的，即便是小姐對程少爺沒有男女之情，可堂小姐這麼做也太讓小姐傷心了，小姐是強撐著忙商鋪裡的事，夜裡都睡不好，這幾日都沒吃下什麼東西。」

寶笙欲言又止，一旁的孔雀又低聲啜泣著，喬從安沈著臉沒再問下去。

「少奶奶，二夫人正往這裡趕過來呢。」一個丫鬟走了進來，在喬從安耳邊輕聲說。

喬從安回望了楚亦瑤一眼。「攔住她，別讓她再進這怡風院。」

那丫鬟聽命出去了。

喬從安想了一下吩咐道：「妳們好好照顧大小姐，人醒了立刻來通知我。」說罷，起身走出屋子，朝著院門口走去。

良久，床上的人動了下手，蒼白的臉上眼睫毛微顫了一下，楚亦瑤睜開了眼看了寶笙一眼，後者點了點頭，楚亦瑤這才長長地舒了一口氣，可憋死她了。

耳旁還有孔雀的啜泣聲，楚亦瑤撐起身子看了她一眼，孔雀很無辜地回看著她。「剛剛哭得用力。」一時半會兒停不住了。

楚亦瑤莞爾，重新躺回了床上，嘴角揚著那一抹笑意，她這柔弱演得可好？

怡風院外，喬從安冷冷地看著肖氏，聽著她在那兒講著，一言不發，身前兩個婆子直接阻攔了肖氏的去路，就是讓她望一眼怡風院都不行。

「從安啊，這亦瑤暈過去了，我進去看一眼，也好放心不是？」肖氏悻悻地看著喬從安，這侄媳婦凶起來，也不好相處啊。

喬從安聽完了她喋喋不休，最終斷言道：「我看二嬸還是別進去好，這些日子您與幾位堂小姐都別過來了，以免亦瑤看了難受。」

這做賊心虛的人總喜歡亮嗓門來掩飾自己這作假的成分，肖氏聽她這麼說，立即大聲說：「妳這說的是什麼話，什麼叫亦瑤看了難受，難不成是我讓她暈倒的。」

「難道不是妳們的錯？二嬸，我敬重您是長輩，這珍寶閣鬧這一齣是給誰看的，您是給程夫人看，還是要給這楚家上下看！」喬從安不客氣地指責道：「妙珞和程少爺是兩情相悅了，求亦瑤有什麼用，怎麼不去和程夫人說去，這婚事是我們楚家能作主的？」

「妳！」肖氏張大嘴巴，不可置信地看著她。

「妙珞這麼鬧，是要給我們楚家難堪是不是？要讓亦瑤沒法做人是不是？是要說我們楚家逼死了她這才滿意？」喬從安過去那時保持溫婉的臉上如今滿是霜冷，她什麼都不說不代表什麼都不知道，如今外面傳得風言風語的，眼前的人還不知足，就算是亦瑤說過不想嫁給程家少爺，也由不得她們這樣胡來。

肖氏終於回神過來，跟著反駁道：「妳說的這是什麼話，難道妙珞現在還不夠難堪，她一個姑娘家如今名聲被傳成這樣，可埋怨過半句？我們妙珞心腸是太好了，這程家公子喜歡她豈是她能掌控的，她還怕讓亦瑤傷心，寧願自己去了結這些，到妳嘴裡倒好，成了我們自找了，還要誣衊妳們不成！」

喬從安看著她那振振有詞的樣子，冷笑了一聲。

「守歲夜受凍生病，穿那般單薄，二嬸您可有提醒？程家少爺的喜好旁人是不能左右，但這不是拿來做藉口的，二嬸您明知程家公子和亦瑤從小就有這婚約，即便是口頭婚約，那也這麼多年了，妙珞和程家少爺來往的時候，您就沒有告訴過妙珞？」

「少奶奶，大小姐醒了。」寶笙出來稟報道。

喬從安看著肖氏那一臉氣急的樣子，吩咐婆子道：「好好守著這裡，大小姐近日都不想被人打擾，沒有我的命令，不准放任何人進去。」說罷，轉身跟著寶笙進了怡風院裡。

「哎！妳等等，從安，妳怎麼能這麼和我說話，妳們……」肖氏直接被擋在了外面，朝著喬從安的背影喊了幾聲，最終恨恨地轉身走了。

怡風院內，楚亦瑤靠在床上，撐著一抹笑意看著喬從安，還拉著她的手安慰著。「大嫂，我沒事呢，是這幾日都沒休息好，鋪子剛開，事也不少。」

「那妳就安心休息著，妳大哥若是知道了，該怎麼心疼妳。」喬從安摸了摸她的頭。

「程家的事他們自己會去解決，妳和他不過只是口頭婚約罷了，小時候開的玩笑，如今算不得數。」

「嗯，既然程大哥喜歡妙珞姊，就成全他們吧。」楚亦瑤點點頭。

喬從安卻不這麼想。「就算真出嫁了，也不是從楚家這個門出去，免得讓人家以為我們楚家教養的小姐都是這德行。」

楚亦瑤乖巧地點點頭，這段日子，她主要負責委屈無辜以及柔弱……

楚家堂小姐意圖上吊未遂，氣暈楚家大小姐的消息很快飛傳了開來，有人把楚家大小姐淒然暈過去的畫面描述得繪聲繪影，就差編本子說書去了，加上本來忙碌在商鋪中的楚家大小姐，如今大門不出、二門不邁，還常有大夫出入楚家，這消息更是坐實了。

但凡是提到這件事的人，都覺得楚家大小姐這是受了莫大的委屈，一個小姑娘遇到這種事不但沒有吵鬧，反而在最初的時候還為程家大少爺和自己的堂姊說好話，真是多麼善良的品性，這麼善良的姑娘最後還氣暈過去，病倒了，實在是太不應該了。

儘管人們都沒有見到過這楚家堂小姐，但據守歲夜在建善寺看到她從凳子上摔下來的人說，這堂小姐長得是如花似玉，嬌柔可人，難怪程家大少爺會為她傾心，楚家大小姐也是個美人胚子，可這不還沒長開嘛！

攢足了同情心的楚亦瑤，此刻正靠在軟榻上，慢悠悠地翻閱著帳本，臉色還是很蒼白，只是這看帳本的眼神可十分有神。

「小姐，堂三小姐又過來了。」寶蟾進來稟報。

楚亦瑤沒有動作，一旁的孔雀把她拉了出去，低聲訓斥道：「妳怎麼這麼不懂事，少奶奶吩咐的妳都忘了，誰來都不見。」

寶蟾有些委屈。「堂三小姐這一上午都來了三回了，她又沒有錯，小姐為何不見？」

「她沒有錯，咱們小姐就有錯了？寶蟾妳是不是去了珍寶閣跑得久了，心都去她們那裡了。」孔雀眼底一抹了然，寶蟾如今這心是直接向著珍寶閣的。

「孔雀姊，妳胡說什麼，我是怕堂小姐在外頭這麼站著小姐都不見，有人會說小姐的不是。」寶蟾即刻搖頭，這幾天珍寶閣那兒來來回回很多趟了。

「不是就好，妳只要記住這是少奶奶吩咐的，妳若是心疼堂小姐，妳也可以越過了怡風院去和少奶奶求個情面。」

寶蟾抬頭看了孔雀一眼，對她說話的語氣有些詫異，站在原地一會兒，看著孔雀去小廚房了，轉身朝著那院門口走去。

楚妙藍還在那兒，站在路邊顯得形影單薄，寶蟾走了過去。「堂三小姐，您還是回去吧。」

「亦瑤姊還是不肯見我。」楚妙藍說得有幾分可憐，又問道：「亦瑤姊姊身子可好？」

「小姐身子尚好。」寶蟾點點頭。

楚妙藍臉上浮現一抹笑意。「那就好呢，姊姊不肯見也沒關係。」

寶蟾看著她這關切的模樣欲言又止，最終看著她轉身離去，一回頭，門口那迴廊處，寶笙正面無表情地看著她。

第十六章

半個月過去，也就在這事鬧得沸沸揚揚的時刻，一個清晨，珍寶閣裡一聲尖叫，直接把這件事推至了頂峰。

清晨送水的丫鬟打開門發現大小姐不見了，床鋪整整齊齊的，梳妝檯上楚妙珞的一些首飾物件也都不見了，打開櫃子裡面缺了幾套衣服。

丫鬟在梳妝檯上發現了一封書信，匆匆拿去給肖氏，看過之後又是一陣哭天搶地。

楚妙珞跟著程邵鵬，私奔了！

肖氏的反應很快，當下就帶著自己的兩個女兒，叫了自己的哥哥肖景百，帶上了不少人第一時間去了程家。

肖氏直接是坐在程家大門口，哭著向路過的每一個人說程家的長子拐走了自己乖巧的女兒，程家大門始終緊閉沒開。

此時此刻的程家也沒有好到哪裡去，程夫人坐在大廳中，聽著管事稟報門口的情形，氣得險些背過去。「這樣的蠻婦能教出什麼好女兒，去，去，給我趕出去！」

「去請他們進來。」程老爺喊住了跑出去的管事，吩咐道：「在門口鬧像什麼樣子，把李行找來！」

「老爺，她們要鬧得全金陵都知道，不就是為了進程家的門，鵬兒從小就聽話，怎麼會帶著她私奔，肯定是那楚妙珞慫恿的。」程夫人千算萬算，把兒子都關起來了，心想著等事情過去了，隔個一年半載再議親也來得及，沒想到今早丫鬟就匆匆來報說大少爺不見了，只留下一封信，說什麼她可以不同意這門親事，他卻不能棄楚妙珞於不顧。

「當初和楚家那丫頭的婚事都說了這麼多年了，妳變卦說不允，還要斷了兩家的聯繫，現在好了，妳可滿意了？」程老爺說起來也是一肚子的火，本來這順順利利的事，怎麼就給折騰成這樣？

「當初討論這婚事作罷的時候，也沒見你說過半個不字，怎麼現在拿出來說了！」程夫人冷哼了一聲，駁了回去。

程老爺沈著臉不答話。

原先在門外吵吵鬧鬧的肖氏他們，此刻被迎進來了，肖氏也清楚，既然已經入了程家，也不是鬧的時候，大家就坐著攤開來把話說清楚。

程夫人看肖氏哭紅的雙眼，怎麼看都厭惡得很，微撇過臉去，和程老爺語氣平和地說：「當務之急，還是先把人找到了才是。」

「程老爺，我們妙珞被你兒子就這樣給拐帶走了，難道這是找回來了就能了結的事？這名聲都敗在你兒子身上了，你讓我們妙珞今後還怎麼嫁人。」肖氏不提嫁入程家的事，直說程邵鵬騙走了自己的女兒，這自古以來聘為妻、奔為妾，若女兒是自願與他私奔的，那麼今後妙珞就再也抬不起頭來了，說著說著眼淚又落了下來。

「我們妙珞這才來金陵一年都不到，在徽州的時候，大門不出、二門不邁，多少人排著隊想娶她，為了來金陵把她這婚事給耽擱了，如今倒好，外頭把她傳得這麼不堪，前段日子這孩子想不開還想一死了之，你兒子倒好，直接把她騙走了，你讓她今後如何做人，你們這是要毀了我女兒啊，我這孩子，怎麼就這麼苦命！」說到動情之處，肖氏泣不成聲。

肖景百在一旁拍了拍她的肩膀，神情也很哀傷。

剛剛還在家門口大喊大叫的人，如今進來了卻這副可憐模樣，程夫人眉頭一皺，這人看似柔弱，竟不好對付。

程邵鵬的信中的確是寫著自己無論如何都要帶走楚妙珞，要讓這些流言停止，不再傷害到她，總而言之，對程老爺來說，就是自己兒子帶走了別人家的閨女，即便是說他們自願私奔，等人找回來了，按照這兒子的性子，絕對是說自己硬要這姑娘跟著自己走。

「楚夫人，妳先別難過。」半晌，程老爺開口道：「這件事，邵鵬他既然已經說要對楚姑娘負責，還是先把人找到才是，這兩個孩子隻身在外也不安全。」

「程老爺您這話是何意思？我們老爺如今還在出海，要到下月才回來，他若是知道這事，還不知會怎麼心疼，從小捧在手心裡疼的孩子，如今卻受這份委屈。」肖氏拿著帕子擦著眼淚，落淚的樣子頗有些風情。

程夫人示意程老爺住嘴，看著肖氏笑道：「楚夫人妳還不知道吧，這邵鵬和亦瑤兩個人從小就有婚約的，雖然兩家沒有正式訂親，可這口頭上也說了十來年，本來就是要等亦瑤及笄之後就把這親事給訂下，如今鵬兒年少莽撞，我們做大人的總不能跟著一塊兒鬧，和楚家也不好交代。」

「你們要和楚家交代，那如何和我們家交代，如今程少爺帶走的可不是亦瑤，是我們妙珞，妳也說是口頭婚約了，比起這個，難不成我女兒的清白就可以毀在妳兒子手裡了，她一個清清白白的姑娘，被妳兒子這麼帶走，今後誰還會相信她，她還要怎麼嫁人？」肖氏說的聲音不輕不重卻悲傷得很，一面捶著胸口，身子不斷地朝下弓著，哭得難過。

「楚夫人妳先別急，我這話還沒說完呢。」程夫人冷眼看著她哭，臉上始終掛著淺而疏遠的笑意。「不是說口頭婚約就不作數了，那也是對楚家的不公，凡事都有個先來後到的，這麼說吧，既然鵬兒喜歡，我們做父母的也不能如此反對，不過和楚家婚約在先，我們鵬兒也得先娶了亦瑤，再娶妳的女兒。」

「程老爺，你們這是欺人太甚！」肖景百猛地把桌子上的茶杯摔在地上，霍地站了起來，一臉憤怒。「什麼叫先來後到，你是想要我們妙珞做小了不成，你當我們是好欺負了？難不成你兒子犯的錯，也得讓我外甥女跟著受罪？」

「妳先別動怒，我這話還沒說完呢。」程夫人拿著杯子的手一顫，從容地喝了一口放下杯子。「鶯兒，再給肖老爺倒一杯熱茶。」

「還有什麼好說的，妳這當我們妙珞如今是非嫁妳兒子不可了，左右這名聲也敗了，也不想想妳兒子做的什麼事，看著斯斯文文，哼！」肖景百一拍椅子坐了下來。

程夫人斂去眼底的怒意，笑著繼續道：「自古以來聘為妻，奔為妾，這道理相信楚夫人不會不明白吧？」

肖氏神色一變，發誓道：「沒錯，是這麼個道理，不過程夫人，若是今日兩個孩子真的是私奔去，我一句話都沒什麼好說的，是我們沒教養好女兒，但你們問問你們的好兒子，到底是怎麼一回事，問妙珞是不是自願跟他走的！」

程夫人神色一滯，轉而說道：「楚夫人，就算這金陵以前也不是沒有平妻的說法，只是這些年隨洛陽漸漸少了，我的意思是亦瑤先嫁進來，妙珞後嫁，這樣也對得起這麼多年兩家的婚約。」

乍一聽程夫人說的這話也在理，可論這實際情況就不對味了，楚亦瑤和楚妙珞相差三歲，等楚亦瑤及笄訂親再成親，少說也得到十六、七，這樣一來楚妙珞就直接成老姑娘了。

「程夫人，妳這是故意刁難我們了。」肖氏頓住了哭聲，抬頭看著程老爺、程夫人。「我們雖在金陵，但這徽州楚家也不是任人欺負的，如今是妳兒子拐走了我女兒，礙著孩子們的名聲這才上門來，你們若是這樣的態度，那我們就官府見，我女兒無知，今日會被妳兒拐騙，我這做娘的怎麼也得給她討公道，就是養她一輩子不嫁人了，我也養得起！」

肖氏滿眼的倔強，口口聲聲說著程邵鵬拐走了自己女兒，程夫人那良好的家教不允許她像肖氏一樣想說什麼就說什麼，可聽著這些話，她臉上的笑容也難以維持住，漸漸冷了下來，她兒子什麼德行她會不清楚？就算是真拐帶，拐帶的也不會什麼品性端正的正經姑娘！

「楚夫人，即便妳是去報官，和楚家的婚約我們也不能任意廢了，死者為大，我們怎麼好出面悔婚。」深吸了一口氣，程夫人緩緩說道，直接把決定權扔回了楚家。

肖氏和肖景百對看了一眼，屋外傳來李行的聲音——

「老爺，找到大少爺了。」

程家的人是在金陵不遠處一個小村子裡找到他們的，兩個人連夜趕路找了這村子做落腳點。

肖氏跟著趕過去，看到楚妙珞安然無恙地躲在程邵鵬的身後，氣得要去抓她，程邵鵬攔住了她。

「楚夫人，一切都是我的錯，我會對妙珞負責的。」

「負責？你要怎麼對她負責！」肖氏推了他一把，對楚妙珞喝斥道：「妳還要不要臉了，他騙妳，妳知不知道！妳今後還怎麼嫁人啊，妳說，妳知不知道妳這一走意味著什麼，他程邵鵬是要毀了妳啊！妳這個死孩子，妳說妳怎麼就這麼讓我操心，看我不打死妳。」

肖氏從程邵鵬身後拉過了楚妙珞，打了她一下，說著說著又哭了起來。

「妳讓我和妳爹今後怎麼做人，妳這孩子，妳這一走，別人還不得怎麼說妳、怎麼說我們，妳妹妹們以後要如何嫁人，妳一個正經清白的姑娘，難道妳要跟著他做妾不成？」

楚妙珞跟著哭了起來，聽到肖氏的話，她神情悲泣，跪在地上說：「娘，是我對不起您，對不起爹，我們……我們來生再見。」說完起身很快朝那牆撞去。

匆匆趕過來的程夫人恰好看到自己兒子抱著尋死覓活的楚妙珞，正對肖氏允諾自己會娶她女兒為妻，是他逼著硬要帶走她女兒的，程夫人只覺得一陣天旋地轉，周遭什麼聲音再也聽不清楚，眼前一黑，暈了過去。

等她醒過來已經回程家了，程老爺在她身旁，程夫人睜開眼睛就要找程邵鵬。

程老爺哼了一聲。「我讓他跪祠堂去了。」

「老爺，那楚妙珞娶不得啊，老爺！」程夫人抓著他的手，昏迷前一刻。兒子當著這麼多的人面許諾要娶人家為妻，居然還說兩個人不是私奔，她這才給氣暈過去，她千方百計拖延這件事，周旋著能扔給楚家自己解決是最好的，再不濟真進門了這也頂多是個妾，兒子一句話又把她說的給廢了。

「還嫌鬧得不夠？再這麼鬧下去這生意還怎麼做，每天看戲的人比買東西的多，妳也不想想邵鵬的名聲，這般下去，妳以為他還能安心在商行裡，別說那楚妙珞做不做妾室，就妳這兒子，還有哪家的姑娘瞧得上他！」程老爺考慮得多，那楚家二爺又不是什麼小戶，兩個孩子之間鬧的這些，外頭傳的都是自己兒子的不是，若還沒個結果，就是自己兒子做了壞事又辜負了人，逼人家姑娘去死。

「就是娶個鄉下丫頭也不能娶她！」程夫人發狠地說：「你看那楚夫人的架勢，什麼都往邵鵬身上推了，把自己女兒摘得乾乾淨淨，不就是為了嫁給邵鵬做妻嗎？還說官府見，就是認準了邵鵬的性子，這哪裡是好相處的人，那楚妙珞也不是什麼好東西！」

程老爺沈默了一會兒，開口說：「那就按妳說的，把楚家那丫頭也娶了，妳讓邵鵬去楚家下聘，和他說若是不肯先娶亦瑤，就直接滾出程家，斷絕父子關係，我看他是不是已經沖昏頭到什麼都可以不要的地步。」

程夫人抬頭看著程老爺，眼角帶著淚，似笑非笑地說：「你和楚老爺可是認識多年的老朋友了。」

「所以我就替這老朋友多照顧照顧他家的一畝三分地。」

等全部的消息傳回來，楚亦瑤人正在鋪子裡，秦老爺試過那黑川之後，沒過幾日就派人來通知她，買了好大一批回去。緊接著過了大半個月，來鋪子裡的人多了，都是從秦家酒樓裡慕名而來的，其中大多同是開酒樓的人。

這幾日楚亦瑤都和邢二爺忙著分貨，大同帶來的畢竟有限，帶回來種的，也留種就這麼幾株，長出來能採摘也需要兩、三年，要等到秋季去大同才能另外採摘，這些肯定是熬不到的。

「二舅，您看若是我在這其中添些東西可好？」即便是慢點賣，也比斷貨來得好，東西都是貴在精。

楚亦瑤在瓷碗裡倒了些粉末出來，從架子上拿下幾種調味，命人拿了鹽過來，在瓷碗裡倒了一些，又加了點調味進去，仔細拌勻，手指輕沾嚐了一下，比起黑川原來的味道要好一些，卻不美味。

邢二爺嚐過之後開口道：「太鹹。」

楚亦瑤看著那變了顏色的粉末，忽然心中有了主意，興奮道：「寶笙，這裡的調味每一種都帶一罐回去！」

一個夥計跑進來說：「大小姐，楚家來人在外面，說是有急事找您。」

楚亦瑤讓人把東西收拾好走到鋪子外，阿川站在馬車邊上有些焦急。

「大小姐，程夫人帶著程家大少爺來楚家了，說是，說是向楚家給您提親。」

第十七章

楚亦瑤回到楚家，程夫人正和大嫂在偏廳聊著，看到楚亦瑤進來了，程夫人笑著讓程邵鵬和她一起出去。「亦瑤啊，我與妳大嫂有事要商量，妳和邵鵬也好久不見了吧，去園子裡走走。」

楚亦瑤看了大嫂一眼，和程邵鵬一前一後走了出去。

一路無語，兩個人走到了楚家的小花園裡，楚亦瑤這才停住腳步回頭看他，平靜道：「程大哥，若是沒什麼事的話，我就先回去了。」

「亦瑤，妳是否在生我的氣？」程邵鵬這才開口，臉上一抹倦意，眼眶處都有些泛黑，回來這幾天他都沒能好好歇息，在祠堂跪了兩天後又跟著程夫人到了楚家。

「我為什麼要生你的氣？」楚亦瑤笑了，語氣裡淡淡地不屑。

程邵鵬只是定定地望著她，即便是這樣站著，程邵鵬都覺得眼前的人和自己過去熟悉的已經相差很遠，過去那個會黏著自己不斷叫自己哥哥的楚亦瑤，如今就是這般清冷地看著他，沒有悲喜。

程邵鵬沒來由覺得失落了，她此刻的情緒怎麼能夠如此平靜。

半晌，程邵鵬說：「今日娘是來楚家議親的。」他試圖從她臉上看出一抹動容，即便是閃過的一抹訝異和驚喜都好。

「那程夫人應該找的是二嬸才對，堂姊的婚事大嫂可做不了主。」楚亦瑤並沒有什麼反應，就是一件和她毫無關係的事情，一副「你娶你的妻子，我過我的日子」的態度。

「是和妳的親事，妳忘了我們從小有婚約的？」程邵鵬脫口而出，拉住她的手。「那個時候年紀小才沒有訂下親事。」

「我沒忘。」楚亦瑤眉頭微皺，抽回了手。「你與堂姊情投意合，如今不必再提這婚約。」

「我與妳婚約在前，還是由楚伯父與我父親訂下的，自當履行，我可先娶妳過門，再娶妙珞，金陵亦有平妻之說，妳先過門也不算委屈妳了。」

看著程邵鵬說得誠懇，楚亦瑤這一回忍住了，從程邵鵬口中還能聽到更好笑的話嗎？怎麼進他們程家的門就是恩賜了，為了履行爹當年說下的決定，他勉為其難娶她過門，也算是大老婆，比起後進門的堂姊，一點都不委屈呢！

「爹和娘都去世了，所以他們說過的話就不必作數了，程大哥你無須履行承諾，我也不會怪你和堂姊。」楚亦瑤深吸了一口氣，就是這裝委屈也不能半途而廢，否則怎麼能讓眼前的人愧疚。

她一點都不想嫁給眼前的人，但恕她沒這麼好的風度，能給他們添堵的，她楚亦瑤絕對是燒旺了火往裡頭加，絕不手軟。

「亦瑤妳……」程邵鵬想起臨行前爹說過的話，眼神有些複雜。楚伯父和楚伯母一直以來都是很疼亦瑤的，一定早就給她準備了豐厚的嫁妝，難道他娶她就是為了這些東西？

「程大哥你不必再說了，這門親事，我是萬萬不會答應的。」楚亦瑤打斷了他的話，平靜說完後轉身就離開了。

程邵鵬還沈浸在那回憶中，關於他和她的，還有他和楚妙珞的。

「邵鵬。」

淒婉的聲音在他身後響起，程邵鵬回頭，楚妙珞形影單薄地站在他的身後，人消瘦了許多，眼裡噙著淚水，嘴角微顫地望著他，眼神真切。

只這一眼，程邵鵬心底那無限氾濫起的呵護又開始作祟，眼前的人為了他受盡千夫指，為了他上吊自殺，為了他賭上一輩子而私奔離家，如今為了他人影憔悴，千言萬語也只在這一眼中盡訴。

楚亦瑤站在拱門邊上回頭看，這兩人還真是般配極了。

偏廳內，任憑程夫人怎麼說，喬從安始終是從容笑著附和，對於她再三提起過的訂親一事繞過再行繞過。

「我看他們年紀也不小了，不如就把這婚事早早定下來，等亦瑤及笄後早些過門，從小看著她長大的，我也拿她當藝琳一樣疼愛。」程夫人再一次提到。

門外傳來肖氏的聲音，引得喬從安望向了門口。

程夫人神色一變。

喬從安溫和地解釋道：「亦瑤的婚事就不勞程夫人操心了，這妙珞的婚事我也做不得主，您還是與二嬸商量得好，這姊妹服侍一夫，程家不介意，我們楚家卻是丟不起這個人呢。」

程夫人還想說什麼，肖氏已經進來了。

喬從安隨即笑著請肖氏坐到自己旁邊來。「二嬸，程夫人前來議親，妙珞的婚事還是由您和二叔作主，我就把您給請過來了，妳們慢慢說，我還有事。青兒，妳留在這裡好好招呼程夫人。」

喬從安直接把偏廳留給了肖氏和程夫人，自己則出去往怡風院的方向，經過花園的時候恰好看到了程邵鵬和楚妙珞站在那兒，從她的角度看過去，遮掩的樹旁兩個人好似相擁。

喬從安僅這一瞥，溫和的臉上閃過一抹惱怒，她是個極少動怒的人，但程家和二嬸做出的這些事實在是太過分了，程家這如意算盤打得好，推不過就兩個一塊兒娶，惦念的是舊情還是楚家的這點東西，各自心裡頭都清明得很，可哪能這麼如願。

喬從安喚過了身後的人低聲吩咐了幾句，再也沒看園子裡一眼，朝著怡風院走去。

程夫人走後，這事情似乎是陷入了沈寂，直到半月後楚家的商船歸來，楚翰勤得知此事，帶著肖氏去過一趟程家，回來的時候，楚妙珞和程邵鵬的婚事就這麼給定下來了，日子還十分倉促地定在了五月。

但對楚亦瑤來說，他們的這一切並不倉促，前世從事發到出嫁也就短短幾個月的事情，不論事態如何發展，其中過程怎麼變，香山上姻緣廟的籤文始終沒有變，楚妙珞最終還是會嫁給程邵鵬。也正是因為這婚事倉促，嫁衣未備，娘給她準備用來和程邵鵬大婚的嫁衣才會穿在楚妙珞的身上，送完了未婚夫，還要送嫁衣，再送嫁妝，風風光光地讓她從楚家嫁出去。

那短暫的二十幾年，尤其是後面的那十幾年，她不就是失敗活著的典範人物？

「小姐，二舅爺在外頭等您呢。」寶笙喊了好幾遍才讓楚亦瑤回神。

楚亦瑤放下手中的冊子走到鋪子裡，二舅邢建國手裡拿著幾份單子吩咐夥計們送貨去。

「二舅，您送外祖母她們走吧，我就不過去了，這裡交給我。」楚亦瑤從邢二爺手中接過了單子，邢文宇的傷一直養著，邢老夫人怕路上顛簸不宜恢復，一拖就到了現在才走，也就是傷沒好，否則指不定他們還會惹出什麼事來。

「這裡有兩百兩銀子，您給外祖母，就說是大嫂和我們的一點心意。」楚亦瑤讓寶笙把銀子給邢二爺。「路上小心。」

到門口送了邢二爺離開，楚亦瑤點清楚那些貨，讓夥計們送去各家酒樓，前些日子在家調製出的黑川，賣得比之前的還要好，也就是巧合，楚亦瑤就這麼自己調製了一張黑川的秘方出來，成了鋪子裡的招牌。

「差不多了，去一趟繡樓看看。」和鋪子裡的管事把單子結算清楚了，楚亦瑤帶著寶笙去了一趟繡樓，離鋪子不遠，步行過去也就一盞茶的時間，楚亦瑤就帶著寶笙慢慢走。

正午的太陽曬著很舒適，楚亦瑤走過一家首飾鋪子，有人叫了她的名字，喊停了她，回過頭去看，程藝琳從首飾鋪裡跑出來，跑到了她身旁，一把拉住了她的手，滿臉委屈地看著她。

「怎麼了，看到我不高興呢？」楚亦瑤捏了捏她的鼻子，抬頭看到程邵鵬和楚妙珞從裡面出來，一旁還有楚妙菲。

「我當然高興，可是，亦瑤姊姊妳為什麼不願意嫁給大哥了，我想要妳做我嫂嫂。」程藝琳撒著嬌。

四周的有心人一看這幾個人的身分就知道又有好戲看了，紛紛佯裝到首飾鋪子裡來，試圖聽到她們在說什麼。

「程大哥已經有喜歡的人呢，馬上要成親了，妳的嫂嫂是她，可不許亂說。」楚亦瑤笑著哄道，指了指楚妙珞，臉上沒有一絲一毫的不喜。

程藝琳一聽嘴巴就癟了起來。「為什麼，明明是妳和哥哥有婚約的，為什麼不是妳做我嫂嫂，為什麼是她？」小孩子鬧起彆扭來很無理，程藝琳指了一下楚妙珞，語氣裡頗為不滿，好像是楚妙珞鳩占鵲巢了，充滿了敵意。

「藝琳，不要胡鬧！」程邵鵬沈著臉喝斥了一聲。

程藝琳被他這麼一吼更委屈了，當即眼淚汪汪地看著他。「大哥，你居然為了她吼我。」

昔日那個名聲極好的程家大少爺如今已經名聲狼籍，而她楚亦瑤委屈著，傳言中的楚妙珞到最後卻是被矇騙的。不過，哪家的少爺會這麼沒腦子，喜歡到這程度直接把人給拐騙走了，所以就這一點中還有楚亦瑤的功勞，若是楚妙珞真做妾室了，豈不是如了程夫人的願望，她想娶一個門當戶對的兒媳婦，她就偏不讓程夫人如願。

「藝琳乖，以後不能這麼說了，程大哥和妙珞姊是有情人終成眷屬，妳以後長大了也是想嫁給喜歡的人對不對？」好人做到底，楚亦瑤給程藝琳擦了淚，柔聲哄道，接著又抬頭看程邵鵬。「程大哥，藝琳還小不懂事，你也不能如此凶她，這樣一來，堂姊可難辦呢。」說著看了楚妙珞一眼。

楚妙珞擰緊著手中的帕子，笑得有幾分牽強。

「喂，程家大少爺，這麼好的姑娘你居然捨得不娶？」圍觀的人群中忽然傳來這麼一句，一個五大三粗的大漢坐在推車之上，朝著這邊喊道。

眾人哄笑了一聲，不知哪個人直接給他來了解釋。「你不知道吧，人家旁邊站著美嬌娘呢。」

那大漢一拍推車上的糧袋子，順著他們說得看過去，看到了楚妙珞，老粗的眉頭一皺，當下搖頭。「不行，這麼瘦還得我老母伺候她，連隻雞都抱不動了，不喜氣！」

楚妙珞長這麼大，什麼時候被這種鄉下粗漢子評頭論足侮辱過，頓時給氣哭了。

楚妙菲護著姊姊朝著那大漢喊道：「就你這樣誰看得上你，少在這裡胡說八道。」說完，拉著楚妙珞要回去。

「看不上不要緊，我拉著我的糧食賣了回家就能娶媳婦，娶個屁股大、結實的能生養，還能給我燒火做飯暖床炕。」五大三粗的大漢樂呵呵地說著，周遭人跟著都笑了起來。

楚妙珞一聽走得更快了，直接上了馬車，催促著趕緊離開。

楚亦瑤嘴角噙著一抹笑意，從那馬車上收回了視線，對那大漢脆聲道：「大叔，那我祝願您早日找到一個如意的媳婦。」

「這話我愛聽，姑娘，我鄉下人不會說話，就姑娘這面相，將來定是個有大福氣的！」那大漢笑著臉上還有一抹不好意思，嘿嘿地說著好話。

「那可借了大叔吉言了。」楚亦瑤笑得真誠，陽光底下那眼底閃爍的璀璨是程邵鵬從未見過的。

她在他眼前閃亮著，卻是他根本就追逐不到的。人說，得不到的才是最好的，此刻程邵鵬心中正是這樣的寫照，那無端作祟的不只是剛剛旁人哄笑的那番話，還有楚亦瑤的拒絕、楚家的拒絕，難道還有比他家更好的選擇嗎？

若是亦瑤無理取鬧，對著他大哭大鬧，或者百般指責過他和楚妙珞，這些都能讓程邵鵬心中好受一些，可她都沒有，她僅是這般寬容地成全了他們，笑著祝福他們，如此從容地站在他面前。

而就是這樣一抹笑，從此進駐了程邵鵬的內心，一輩子都揮之不去，即便是楚亦瑤嫁人之後，他仍舊時常會想起來，想起那個令自己如此懊惱的決定……

楚亦瑤帶著寶笙離開了，周圍的人很快也散去了，程邵鵬站在原地很久，最終才帶著程藝琳回程府，也沒去追楚妙珞。

人群散了之後不遠處才出現兩個身影，沈世軒望著楚亦瑤遠去的身影，嘴角噙著一抹笑意，神情十分舒心。

「少爺，夫人還在那兒等著我們呢。」身後的隨從出聲提醒。

沈世軒轉身，腦海中還回想著剛剛她和那鄉下漢子的對話，這樣的女子上輩子怎麼可能活得那樣的悲慘，她應該很清楚她想要什麼，不想要什麼。

「世軒，你怎麼現在才來，你大伯母都已經等了不少時候了。」關氏看到兒子走過來，把他拉到了一邊低聲說道：「等會兒又讓你大伯母尋了不是。」

「剛剛那上演了一場好戲。」沈世軒大略說了一下。

關氏一聽，臉上露出一抹同情。「這段日子鬧得沸沸揚揚的可不就是那程家和楚家的事，那楚家小姐也是個可憐的姑娘，爹娘走得早，這婚事還這般糟心。」

要說這年初程家和楚家的那點事，這是鬧得人盡皆知，否則程家也不會最後妥協了，再這麼鬧下去，真的就不用開鋪子做生意了，全金陵都等著看笑話，同為人母的關氏聽說了這些事，對楚亦瑤的遭遇是十分同情。

「鬧成這樣，那姑娘還能保持這樣的心，實屬難得啊。」關氏拍了拍兒子的手，拉著他走進了酒樓內。

才走進那大堂，關氏口中沈世軒的大伯母嚴氏細眉一挑，酸道：「我說世軒，你這出門得早，怎麼到的比我們都晚，再晚一點就在老爺子後頭了。」

關氏捏了捏兒子的手，走上前挽住嚴氏的手臂，笑著說起了剛剛沈世軒遇到的，那嚴氏哼了一聲。「要我說那ㄚ頭才笨，這麼拱手讓人了，還說什麼好聽的話。」

沈世軒打完招呼就直接去一旁了，嚴氏的聲音太過於尖銳，和上輩子一樣尖酸刻薄，盛氣凌人。

「二哥，我剛剛也看到了首飾鋪的那一幕，不過馬車跑得快，沒聽全。」沈聽蘭走了過來，柔柔地說道，她是沈家長房的庶長女，平日裡大門不出、二門不邁，對這外頭傳的人盡皆知的事也略微知道一些。

「我挺佩服楚家大小姐的。」沈世軒朝著她笑了笑。

沈聽蘭又說：「若換做是我的話，絕不可能做得像她這麼好。」

「妳不覺得她這麼做很傻嗎？程家大少爺可是個不錯的人，又是程家唯一的繼承人。」沈世軒來了些興致，和她聊著。

沈聽蘭搖了搖頭，臉上浮現一抹無奈。「二哥，這怎麼是傻呢！就算程家少爺人不錯，可他做出這樣的事已經不對，他都能拐騙楚家的堂小姐不顧後果，若是楚家大小姐嫁過去，那才是委屈自己。」

沈世軒看著沈聽蘭，笑了，她倒也是個明白人。

說著門口那兒傳來了喧鬧聲，沈家的老爺子沈闊走了進來，身旁陪著嫡長孫沈世瑾，身後又跟了一大群的人。

不知沈世瑾和沈老爺子說了什麼，沈老爺子哈哈大笑了幾聲，身後的那群人跟著也附和笑了起來。

「祖父。」沈世軒看準時機走了過去。

沈老爺子看到他，朗聲道：「讓你一塊兒過來的，怎麼先來了？」

「由大哥陪著祖父，世軒就偷個懶。」沈世軒笑著回道，說得有幾分隨意。

沈老爺子拍了拍他的肩膀，示意他走在自己身旁，沈世軒這才走到他的身邊跟著他一塊兒走去了主桌。

「世軒啊，你和世同他們坐那兒去，別這麼不懂事。」嚴氏很快走了過來，熱切地和大夥打了招呼，一看沈世軒要陪著沈老爺子一塊兒坐下，拉著他要去遠處的桌子。

「是我讓他坐下的。世軒，來，坐你大哥旁邊。」沈老爺子看了一眼嚴氏。

嚴氏臉色一滯，隨即又滿臉的笑意。「爹，世瑾不就可以陪您了，這滿是客人的，還是讓世軒去那兒吧。」

「坐下吧，你也是時候該學一學了。」沈老爺子沒有理會嚴氏，示意沈世軒坐下。

嚴氏臉上的笑意因為沈老爺子的話再度一變，公公的命令她哪裡敢違抗，只能看著沈世軒在自己兒子身旁坐了下來。

周圍誰不是人精，沈老爺子這麼一說代表的是什麼意思他們豈會不明白，其中幾個站得近的，即刻對沈世軒和顏悅色地聊了起來。

遠處的關氏見兒子在主桌坐下來了，眼底多了些笑意，幫著招呼起了客人。

很快開始上菜，沈老爺子的兩個兒子都不在，身旁就坐了兩個孫子，一個是嫡長孫不用猜，另一個沈世軒卻不免讓人揣想很多，沈老爺子讓他坐在身旁到底是一時興起，還是早有這想法，想在今天公諸於眾讓大家知道？

「許久不來酒樓裡，這菜倒是越燒越不錯了。」這鼎悅酒樓就是沈家的產業，還是沈家老太爺那時候就開起來的，所以這裡的菜沈老爺子也是從小吃到大，只是如今年紀大了，出來的也少。

「祖父，這裡面是添了新的調味，如今金陵許多酒樓都在用。」沈世瑾給沈老爺子盛了湯。

沈老爺子一喝，點了點頭。「不錯，不錯，叫什麼，哪裡來的？」

沈世瑾坐在沈老爺子身旁才是占盡天時地利，笑著和他解釋道：「叫黑川，是楚家下的一家鋪子在賣，方子不外傳。」

「楚家？哪個楚家？」聽人一說，沈老爺子才恍然大悟，哈哈笑了一聲。「是那小子！」

就是楚老爺在沈老爺子眼中也不過是個小子罷了。「我記得那小子，是個實誠的人，不適合做生意，楚家能到這地步，還得歸功他那媳婦。」

「那鋪子據說是楚家大小姐自己開的，不算在楚家商行裡。」同桌的人說起來就說到了楚家和程家的事，沈老爺子聽著一開始還高興的，後來就漸漸皺了眉頭，哼了一聲。「程家那點小算盤還好意思拿出來丟人。」說罷又誇了楚家大小姐一句。「那丫頭倒是像她娘。」

沈老爺子這麼說，底下的人都跟著說是，沈世軒含笑聽著，就連自己家茶餘飯後都會談及這件事，可見程楚兩家這事鬧的。

飯後沈老爺子就乏了，關氏陪著他回去了，沈世軒站在門口看著他們上了馬車，正要走開，身後傳來了沈世瑾的聲音——

「二弟，你可是立了大功了。」

「同為沈家人，不過是為沈家盡一分力罷了，算不上立功。」沈世軒站在階梯下臺抬頭看沈世瑾。

「若不是立功，怎麼能引起老爺子的注意？二弟，這招用得妙。」沈世瑾似笑非笑地看著他，聽不清這話裡到底是讚美還是諷刺。

「爹爹。」沈果寶的聲音傳來，田氏抱著女兒也走了出來，沈世瑾的眼底多了一抹柔和，從田氏手中接過了女兒抱在懷裡。「吃飽了，讓爹瞧瞧。」

沈果寶摸了摸肚子，奶聲奶氣地說：「吃飽了，爹爹摸摸。」說著要拿沈世瑾的手往自己的肚子上去放。

沈世軒看著那父女互動，笑了笑轉身離開鼎悅樓，身後的隨從跟上來得很快，似乎有些受驚嚇的樣子。

「少爺，老爺子居然讓您坐主桌去了。」

「老爺子今天高興。」沈世軒淡淡回道，卻也掩飾不住眼底的笑意。

身後的隨從則不這麼想，老爺子高興的時候多了，什麼時候這麼關注過少爺，還不是因為少爺尋來的藥給上頭送去，得了好彩頭。

「大少爺剛剛看您的眼神，好怪。」末了隨從又補充了一句。

沈世軒放慢了腳步，一抹了然，大哥看他的眼神自然會怪異，他一個默默無聞的二房嫡子，什麼時候會做出這麼多討老爺子歡心的事情，還入了老爺子的眼。

「阿成，你話太多了，你可知道說得太多，可是會惹出事的。」沈世軒回頭看了隨從一眼，假笑了一聲。

那名叫阿成的隨從被他這麼一盯，渾身打了個顫慄，為什麼他會覺得這少爺的眼神，比大少爺的還要嚇人……

第十八章

楚家。

受了莫大屈辱的楚妙珞迎來了讓她覺得更委屈的事情，喬從安來了珍寶閣和她們說，她出嫁不能從楚家正大門離開，因為她不是楚家的小姐。

不能從楚家大門出嫁，那要從哪裡，肖氏氣壞了，這人家只有迎娶小妾才從側門入，也沒見誰家嫁女兒不能從正大門出去的。

「二嬸，妙珞理應從徽州出嫁，那才是你們的家，我看如此最好，在外面租一個宅子，就可以在那兒迎親了，畢竟從楚家側門出去也不好。」喬從安建議地極其認真。「若是二嬸不嫌棄，楚家在南城門那裡倒是有一處宅子，也省得另外再租，這事我也和二叔提了。」

「我說侄媳婦，妳這說的是什麼話，妙珞怎麼就不能從楚家大門出嫁了，我們就不姓楚了？」

「你們姓楚，那也是徽州楚家的，這金陵楚家只有一個女兒，出嫁的大門也只會開一次，二嬸大可以在金陵另外置一處大宅子，這樣就可以風風光光把妙珞她們都嫁出去。」喬從安望著楚妙珞略顯蒼白的臉說：「否則，外人都不清楚這楚家到底有幾位小姐了。」

這已經是關上門來說的事了，肖氏氣急敗壞地看著喬從安。「怎麼就不能從楚家大門出去了，就算是借也不是沒有的。」

「二嬸，若妙珞嫁的不是程家少爺，自然可以從楚家出嫁。」喬從安看著肖氏，眼底一抹了然。「程家與楚家過去這婚約知道的人也不少，妙珞再從這楚家出嫁，楚家如今作主的到底是誰？」

「這楚家作主的自然是你們了。」肖氏眼神微閃，訕訕道。

「既然楚家作主的是我們，為了這楚家大小姐的聲譽，妙珞就不能從楚家大門嫁出去。二嬸，話已經說到這分上了，二叔也答應，你們可以在外頭尋一處比楚家更大的宅子，收拾好了，高高興興等著妙珞嫁人不是更好。」

喬從安如何都不能如她們的願，讓楚妙珞從楚家大門出嫁，說得迷信一些，亦瑤這一回被妙珞反搶了夫婿，若還讓她先一步從楚家嫁出去，那麼亦瑤今後的婚事可多波折。

肖氏心中百般不情願，但若僵持下去，這事吃虧的只有自己的女兒，到時候楚家門一關不讓出，這就是鬧了大笑話。

楚妙菲看著喬從安離開，憤憤地說道：「娘，我們就去外面租一處比這更好的宅子給姊姊出嫁，楚家有什麼好的。」

肖氏抱著楚妙珞嘆了一口氣，這和楚家好不好沒有任何關係，從這個大門出去，就是為了給別人看，這楚家就是娘家，她們也是楚家的人。

「娘，真的沒有辦法？」楚妙珞啜泣著，她依舊覺得委屈，即便能嫁給程邵鵬，她還是委屈，憑什麼人們說的都是她的不好，把亦瑤說得那般可憐，她真心誠意地喜歡一個人有什麼錯？

「妳爹都答應了，妳妹妹說得沒錯，我們去尋一處更好的來給妳出嫁用，徽州離得太遠，否則妳該是從徽州楚家熱熱鬧鬧地嫁人。」肖氏說得也酸楚，眼淚跟著落了下來，這金陵又沒什麼親戚，怎麼想都覺得冷清。

五月初，珍寶閣那兒忙碌了起來，肖氏千挑萬選在金陵距離楚家不遠處租了個大宅子，比楚家略微小一些，裡面卻是裝置得不錯，租金只能按半年算，肖氏忍痛付了上百兩的銀子，帶著楚妙珞她們先住了進去，已經付了銀子，難不成還空著？

楚亦瑤跟著喬從安一起送東西去那宅子，大門口還換了嶄新的楚府牌匾，院子小徑兩旁的樹上都掛起了紅綢，距離成親的日子也沒多久了，這府裡處處透著喜氣，就是人少了些。

楚亦瑤是來送添嫁的，到了楚妙珞出嫁的閣樓，裡面幾個丫鬟進進出出，正在準備掛在門簾上的東西，屋外的窗戶、柱子上都貼了囍字。

走進屋子楚妙珞正在繡帕子，見到她進來，差了丫鬟去倒茶，笑道：「如今這裡亂得很，也沒什麼好招待的。」

「這兒挺不錯的，堂姊出嫁那日一定熱鬧。」楚亦瑤坐下之後也沒碰那茶杯，只是打量著屋子裡的擺設，二嬸也花了不少心思，這閨閣裝點的比滿秋姊的屋子還要好看，這是要攢足了面子把女兒嫁出去了。

「除了徽州那兒來些親戚，熱鬧什麼。」楚妙珞臉色略微的不自然，若是在楚家出嫁，那來的人才多呢。

「對了，堂姊，嫁去程家一定有諸多不熟悉，除了這添嫁外我也沒什麼好給妳的，我院子裡有個丫鬟跟了我不少時候，我把她給妳，讓她陪妳去程家，可以讓妳省心不少呢。」說著寶蟾走了進來，眼眶還紅紅的，跪在了楚妙珞的身前低垂著頭。

楚妙珞還不知道她這是什麼意思，送一個陪了自己這麼多年的丫鬟給自己，誰能信這是好意。

「過去我常常去程家，寶笙和寶蟾兩個人一直都是跟在我身邊的，所以她們也常去程家，程家上下有些年數的嬤嬤丫鬟，她們也都知道，妳去了程家，肯定是要一個熟知的丫鬟陪在妳身邊。」楚亦瑤說的是實話，程家這步路並不好走，程夫人也不是什麼好相處的人，身邊怎麼都得有一個對程家熟悉又向著自己的人。

「都跟著妳這麼多年了，妳如何捨得送？」楚妙珞笑了，再不願意相信，楚亦瑤的話也說到了她心坎裡，這種宅子裡的事總不能一而再、再而三地去和相公說，而那些她不知道的程家人和事，只能由身邊的人提醒。

「妳和程大哥木已成舟，妳若不信，我也無法。寶蟾的為人，妳來楚家一年也看得到，妳若真不喜歡，改天讓她自己回楚家吧，這些天先讓她伺候著妳。」楚亦瑤也不多說，看了一眼寶蟾，留下她後直接帶著寶笙走了。

屋子裡就剩下楚妙珞和寶蟾兩個人，良久，楚妙珞開口道：「妳起來吧。」

寶蟾站了起來，雙手握在身前低著頭，楚妙珞看著她，在珍寶閣的一年，這丫鬟確實幫了她們很多，和三妹的關係尤其好，但是亦瑤送這麼一個人過來，到底是什麼意思？

「大姊，娘讓我喚妳去試試送過來的衣服。」楚妙藍一臉笑意地走了進來，看到站在那兒的寶蟾，神情一頓，看向楚妙珞。「大姊，寶蟾怎麼會在這裡？」

「亦瑤送來的，若是我願意，就讓我帶著陪嫁去程家，說她對程家還算熟悉，可以幫襯些。」楚妙珞大致地說了一下，抬頭看楚妙藍，卻見她神色有異常，關切道：「怎麼了？」

「沒呢，亦瑤姊想得周到。」楚妙藍隨即搖頭，朝著楚妙珞笑了笑。「若是姊姊不要的話，寶蟾留給我可好，我身邊正缺一個這樣的貼身丫鬟呢。」

楚妙珞一聽神情鬆了幾分，卻沒有回答楚妙藍的話，只是叫了丫鬟進來把寶蟾帶下去安置後，跟著楚妙藍去了肖氏那裡。

回到了楚家，這怡風院裡少了個丫鬟，似乎沒什麼感覺，一年來寶蟾跑珍寶閣勤快，在怡風院當值的日子都少，楚亦瑤縱容了她的行為，讓她和楚妙藍親密起來，前兩天楚妙藍終於問她來要人了，她沒答應，轉手就把寶蟾送給了楚妙珞。

這究竟是姊妹間情深重要，還是今後去程家重要，留著給楚妙珞慢慢考慮，不過楚亦瑤相信寶蟾，這程家她一定能進得去，否則若是跟了楚妙藍，轉眼可又得回到楚家，如何都熬不出頭了。

「小姐，二少爺來看您了。」孔雀進來稟報。

楚亦瑤摘下頭上的簪子，走到外室。

楚暮遠是一臉的風塵僕僕，進來就急問道：「這到底是怎麼一回事？」

「孔雀，給二少爺去端些吃的來，還沒吃飯吧？」楚亦瑤抿嘴一笑，拉著他坐下。

「我才離開這些時間，怎麼邵鵬就要娶妙珞了？」楚家商船從大同回來之後，楚暮遠就跟著楚忠去了一趟鴻都，短短兩個月的時間，他一回來這婚事竟然已經定下了。

「程大哥都能帶著妙珞姊私奔了，怎麼就不能娶她了？」孔雀送來了吃的，楚亦瑤打開蓋子，陶甕中是香濃的燉粥，拿起勺子給他盛了一碗，推到他面前笑道：「難不成二哥以為，我還會嫁給他？」

楚暮遠語噎了一下。「妳和他從小這婚約，再者這私奔，程家怎麼還會下聘娶妙珞？」

「二嬸可喊冤了，是程大哥拐騙走堂姊的，若是沒個說法，直接官府見。二哥，今後這婚約的事別再提了，就當從來沒有過。」

「邵鵬怎麼會拐騙，他哪裡是那種沒腦子的人？」楚暮遠顯然還沒消化回來聽到的這些事，尤其是關於程邵鵬拐騙人這一說，他們相識這麼多年，程邵鵬怎麼可能會做這種事。

楚亦瑤笑咪咪地看著二哥不語，明白人都清楚這所謂的拐騙一說，可她何必去替程邵鵬作這個解釋，楚妙珞嫁進去才好呢！

「對了二哥，鴻都這一趟如何？」楚亦瑤轉移了話題，問到關於去鴻都的情況，忠叔從大同回來之後帶著二哥去了一趟鴻都，那是遠近聞名的刺繡之都，和大同的瓷器一樣聞名。

「看了不少繡坊，多是不外傳的針線繡法，忠叔說，若是能夠從那裡進一批好的拿到金陵來賣也不錯。」楚暮遠去鴻都最大的收穫，應當是見識到了另外一種不一樣的生意方式。因為繡品的關係，在鴻都大都是女人作主，家家戶戶生女兒了才是喜事，若是一門子的男丁，那打娃娃開始就得給男孩子尋找最能幹的媳婦，將來才能發揚光家裡的生意，所以鴻都的姑娘們個個都是能人。

楚亦瑤聽著也覺得有趣，以前就聽秦滿秋提起過，教導她繡字的女師傅就是來自鴻都，那還不是最出色的，那裡的姑娘從小開始就在繡品裡扎堆的，稍微長大一些，她們就要跟著家裡的主母們學習如何與外面打交道。

「一般拿到金陵買的都是些普通的繡品，想要上好的恐怕這一趟也拿不到呢。」就是這普通的繡品，針線功夫都比她們的要好上許多。

「所以改日還得去看看？」楚暮遠捏了一下她的鼻尖笑道。

「二哥，下回去，帶的來鴻都的繡品不算厲害，若是你能給我帶來一位鴻都的二嫂，我才佩服你呢。」楚亦瑤捏了捏鼻子調侃道。

楚暮遠眼神微閃，隨即跟著也笑了。

每每提到這婚事的事，楚暮遠總是避開得多，楚亦瑤看著他臉上略微有些牽強的笑，對於二哥也一樣，得不到的那才是最好的……

五月十三這日，楚妙珞出嫁，清晨沐浴更衣，梳妝打扮，等楚亦瑤到的時候，楚妙珞已經一身嫁衣裳坐在床沿等著，楚亦瑤並沒有進去，只是在外面看了一眼。

走到了外面，肖氏穿著身喜氣的衣服，滿臉笑意在門口招呼來的客人，和肖氏在一塊兒的還有一位婦人，比肖氏年長一些，據說是來自徽州老家的當家主母。

楚老爺和楚二爺當初是徽州楚家的庶子，楚老爺後來離開楚家，在生母去世之後就和徽州楚家斷絕了關係，但楚翰勤一直在徽州楚家生活著，直到楚家大少爺出事，他被請過來金陵幫忙。

也難怪肖氏會急著跟來金陵，在徽州楚家這以庶子身分過的日子哪裡舒坦。

屋外傳來一陣鞭炮聲，不知道誰喊了一聲，迎親隊伍過來了，大門口很快阻攔了起來。

按照習俗，新郎進門前是要阻攔一番的，由女方家的兄弟們出面為難，可楚翰勤無子，徽州楚家的族兄也沒多加阻攔，一路紅包放行，更別說什麼吟詩出題。

到了楚妙珞出嫁的閣樓，還是由楚暮遠把人揹出來上的花轎，楚亦瑤一直是遠遠地望著，兩輩子算起來，出嫁的情形很相似，只是換了個宅子，換了一身嫁衣。

迎親的隊伍繞著金陵主城一圈，圍觀的人十分多，不是因為程家夠顯赫，而是今日成親的這兩位主角都在年初的這段日子，給金陵的人們帶來了許多茶餘飯後能夠聊的話題。

到了程家之後，拜過了堂，新房內喝過交杯酒，程邵鵬就被叫出去敬酒了。楚妙珞坐在床沿，身旁是寶蟾和還有一個丫鬟。

外面傳來了一陣嬉笑聲，程藝琳拉著一個和楚妙珞年紀差不多大的女子走了進來，望著坐在床上的楚妙珞，對一旁的女子說：「表姊，妳看新娘子。」

楚妙珞抬起頭，正巧和那女子對看了一眼。

那女子微微頷首，低頭對程藝琳說：「過會兒姨母該尋妳了，我們過去吧。」

程藝琳又看了楚妙珞一眼，微嘟著嘴，也不知道是不是不滿意眼前的人不是楚亦瑤，竟哼了一聲，拉著那女子就出去了。

楚妙珞微握緊了拳頭，小姑子不喜歡自己。

又過了一會兒來了幾個人，也沒人告訴楚妙珞來的人是誰，她們只是打量著楚妙珞，低頭說著什麼，唯有一個人誇了楚妙珞說她漂亮，其餘的都只是看看。

楚妙珞越坐越不舒服，這程家沒有一個人告訴她前來的人要如何稱呼，只晾她在那兒乾坐著，就是那喜娘，在基本禮俗之後也出去了。

「小姐，我去廚房替妳拿些吃的。」一旁的梅香看不下去了，小姐一天都沒吃東西了，這程家居然沒有一個人給她送些吃食進來。

「不必了，給我倒些水。」確定不會再有人來，楚妙珞動了動脖子，頭上沈沈的頭飾壓得她喘不過氣，吩咐梅香倒了水。「妳讓寶蟾去廚房拿。」

寶蟾走去程家的廚房，裡面的幾個廚娘正坐在那裡聊天，旁邊有幾個燒火丫鬟，外面的酒席已經是尾聲，這邊也都上完了菜。

「幾位嬤嬤，這裡可有準備給姑爺和小姐的吃食？」寶蟾朝著那幾個廚娘笑著問道。

幾個廚娘互看了幾眼，其中一個站起來，拍了拍身上兜子回她道：「妳回去吧，過會兒會派人送過去的。」

寶蟾還想說什麼，那廚娘拿起鍋子裡的勺子往那蓋子上一敲，對其餘幾個廚娘喊道：「還愣著做什麼，還不快起來幹活？」

寶蟾臉上閃過一抹尷尬，最終還是沒說出口，轉身回了新房。

那廚娘見她走了，拉過一個小丫鬟吩咐道：「妳去夫人院子裡找許嬤嬤，就說少奶奶餓了，向廚房討吃的來了。」那丫鬟應了一聲很快從後門跑出去了。

寶蟾回來後和楚妙珞說了情況，後者眉頭微皺，坐在梳妝檯前卸了頭飾，廚房裡幾個廚娘空著手聊天都沒給她準備吃的，如此不重視，這是程家給她難堪了。

「小姐，姑爺回來了。」梅香進來稟報。

楚妙珞臉上閃過一抹喜色，當即從梳妝檯前起來要迎去門口，又覺得不對，重新坐回了床上。

寶蟾去了門口望著，程邵鵬由著幾個人扶著朝這邊蹣跚而來，打開門讓人把他扶進來，楚妙珞這才側身讓開，讓程邵鵬躺在床上。

「梅香，去取些熱水來。」楚妙珞看程邵鵬緋紅的臉頰，吩咐梅香去取水。

一旁的寶蟾偷看了程邵鵬一眼，幫著楚妙珞一起替程邵鵬脫了外套。

程邵鵬睜開眼看著低頭給自己擦臉的人，鼻息用力地吸了一口氣，一股淡淡的馨香飄了過來，程邵鵬一把拉住了楚妙珞，翻身把她壓在了身下。

「相公！」楚妙珞驚呼了一聲，再抬頭看的時候，眸子裡染著一抹驚慌，一抹羞澀，看得程邵鵬挪不開眼。

「妳們出去！」程邵鵬瞥了一眼旁邊站著的寶蟾，低聲喝斥道。

梅香趕緊拉著寶蟾到了屋外，關上了門，看了一下走廊。「姑爺過去都沒有侍奉的丫鬟嗎？今晚就由我們替小姐守夜了。」說著梅香還有些害羞，這洞房花燭夜在外頭待著，想想都覺得羞死人了。

「梅香姊姊，妳在這兒守著，我再去廚房那裡瞧瞧。」寶蟾斂去眼底的異動，對梅香笑道。

梅香點點頭，又覺得一個人在外頭無聊得很，催促道：「那妳快去快回。」

屋內，紅帷帳下的人早已經交纏在了一塊兒，程邵鵬低頭迎上那小巧的耳垂，含入口中品嘗了起來。

楚妙珞環抱著他，僅留的一絲理智中還不斷回想著娘說過的話，在房事上女人也要主動，要想留住他的心，可是要讓他對妳的身子迷戀。

楚妙珞怯怯地伸手往下挪，十指輕觸的感覺讓程邵鵬不由得嘆了一聲，楚妙珞受驚，一手從他的腫脹處擦過。

程邵鵬當即抓住了她的手，眸子裡染上了濃濃的情慾，啞聲道：「珞兒，妳可喜歡這兒？」說著把她的手壓向了那兒。

楚妙珞的臉登時滾燙，迷濛地睜著眼，嘴唇微啟，剛一聲啊發出口，程邵鵬低頭就堵住了她的嘴，另一手將她最後的防線也褪去了。

楚妙珞低聲咽嗚，陌生的悸動感讓她陷入了迷茫中，弓起身子迎合著程邵鵬，那低喃的呻吟無法抑制地從口中不斷吐出。

屋外的梅香早已經是紅著臉，寶蟾遲遲不來，她一個人守在門口，走也不能，直到內屋中程邵鵬的聲音傳來，梅香才推門進去，地上到處散著衣服，空氣裡是一股奇怪的味道。

「去準備些熱水，再去備些吃的。」梅香不敢抬頭看，聽命後趕緊出去了，半路才遇到姍姍來遲的寶蟾，手裡端著個盤子，就放了一個甕，還有兩個碗。

沐浴過後，楚妙珞看著那甕中的清粥，神情有些微妙，寶蟾的解釋是，廚房那裡得了程夫人的指示，姑爺喝過酒，該吃點清粥暖暖胃。

酒宴上本來就沒吃多少東西，程邵鵬早就餓了，只是這一甕的粥，給兩個人吃是怎麼都不夠的，楚妙珞看著他吃了一碗，拿著勺子神情如何都舒展不起來。

「怎麼不吃？這是魏廚娘的拿手粥品，妳快嚐嚐。」程邵鵬抬頭看她沒動，伸手輕輕刮了一下她的鼻子，拿起勺子舀了一勺往她口中送去。

「你多吃一些，我不餓呢。」楚妙珞抿了一口，朝他笑了笑，又替他盛了一碗，她氣都氣飽了。

「怎麼會不餓，把這裡的吃了，明早起來就得去請安呢。」程邵鵬摸了摸她的手，低頭吃了剩下的，全然沒想到眼前的人是一天都沒進食的，這一小碗粥如何能填得飽。

楚妙珞是餓著睡著的。

第二天天剛亮，外面就有人敲門了，楚妙珞惺忪地睜開眼，看到程邵鵬莞爾一笑，門外傳來了陌生的聲音。「少爺，少奶奶，該起床去和老爺、夫人請安了。」

「是林嬤嬤，我的奶娘。」程邵鵬給她解惑，拉開帷帳吩咐她們進來。

看著魚貫而入的幾個人，楚妙珞心中那一股悶氣越積越沈，昨天都不見她們，今天卻都出現了。

想抬頭起身，楚妙珞感覺到一陣暈眩，晃了下身子，身旁的程邵鵬抱住了她，關切道：「怎麼了？」

「不礙事，起得急了些。」楚妙珞柔聲說道，一旁響起林嬤嬤的提醒聲——

「少爺，老爺、夫人還等著呢。」

林嬤嬤帶著兩個丫鬟服侍程邵鵬，梅香她們服侍楚妙珞，穿戴整齊之後，都沒來得及喝口茶就出了屋子去程老爺那裡請安了。

大廳中的人不多，程老爺是獨子，所以這妯娌親戚也沒有，楚妙珞跪在蒲團上先給程老爺敬過了茶，接過紅包在梅香的攙扶下起身，換了一杯茶再跪到程夫人面前。「娘，您喝茶。」

程夫人淡淡地看了她一眼，說不喜歡已經是輕的，程夫人對慫恿自己兒子私奔、反過來又責怪兒子拐騙的人厭惡得很，可面子上的東西該維持的還得維持，於是她伸手接了茶杯開口道：「進了程家的門就要守程家的規矩，這些道理應該不需要我再來提醒了，平時也不需要妳忙什麼，照顧好鵬兒就是妳該做的事情。」

「是，娘，媳婦記住了。」楚妙珞面帶恭敬地應了下來。

程夫人拿著杯子還是沒喝，想了想繼而說了一些話，直到一旁的程老爺輕咳了一聲，這才端起杯子抿了一口，拿起一旁的紅包放在了她的手上。「起來吧。」

梅香趕緊扶楚妙珞起來，也許是因為跪得太久，楚妙珞起來的時候還站不穩，剛想向旁邊的人走去，一陣眩暈，身形一晃，人居然就這麼靠在梅香身上暈倒了過去……

新婚第一天，新娘子因為敬茶暈倒了，程夫人看見抱著楚妙珞出去的兒子沈了臉。

「姨母，我們是不是過去看看？」一旁的李若晴出言提醒道。

程夫人沈著臉靜默了一會兒才站起來。「我們過去。」

榮宣院內，大夫替楚妙珞把脈之後神色還顯得詫異，抬頭看了程邵鵬一眼。

程邵鵬緊張地問：「大夫，我娘子情況如何？」

「先吃些清淡的，躺著休息一會兒就沒事了。」大夫什麼藥也沒開，合上藥箱要出去。

程邵鵬攔住了他，擔憂道：「真的沒事嗎？不用開藥？是忽然暈倒的，早上起來還好好的。」

程夫人走進來聽到兒子這麼說，蹙著的眉頭就沒有舒展開，抬頭看那大夫，果不其然——

那大夫神色略微有些不耐說：「這位夫人只是昨日未有進食，氣血不足，身子虛弱而已，吃些好的就成了，不需要開藥。」

程邵鵬聽完整個人就愣住了，餓暈過去的？

「醒了沒？」程夫人的聲音拉回了程邵鵬的注意力。

楚妙珞還躺在床上沒有醒來，面色蒼白，活似遭了虐。

「娘，這怎麼會餓暈過去？」程邵鵬怎麼都想不明白，又不是什麼窮人家，新媳婦進門第二天餓暈了，傳出去誰信？

「昨夜不是讓廚房給你燉了粥？」程夫人看向了屋子裡的梅香和寶蟾，自己可沒有故意餓著她。

「妙珞她說她不餓，所以只吃了一小碗，其餘的都是兒子吃的。」程邵鵬這才覺得愧疚，他應該想到的，清晨起來哪裡會吃什麼東西，怎麼可能會不餓，轉而那愧疚就變成了感動，她是為了不讓自己餓著才不吃的。

「許嬤嬤，吩咐廚房做些暖胃的，一天沒吃了，也不能吃得太補。」程夫人從容吩咐道，她自然瞭解自己兒子是什麼性子，從小在家裡嬌生慣養長大的，都是別人為他考慮，哪裡會花這種小心思去想別人需不需要，也正是因為如此，程夫人才只讓廚房安排一小甕粥。

「娘，您先去忙吧，我在這裡照看著就行了。」程邵鵬坐了下來，伸手摸了摸楚妙珞的臉。

「有林嬤嬤她們在，哪還需要你照顧，你出來，我有話要說。」程夫人把程邵鵬叫到了外面。「等回門之後就把蕊菊她們提了，服侍你也有兩年了，也別忘了這情分。」

「回門之後我會和妙珞提的，娘您放心。」程邵鵬點點頭。

程夫人拉著李若晴的手又說道：「你表妹要在這裡住些日子，當時散散心也好，你進去吧。」

程邵鵬看了李若晴一眼。「表妹不是要成親了？」

「哎，前些日子沒告訴你，你表妹那未婚夫婿，上個月就病逝了。」程夫人只是一語帶過，神情卻惋惜得很，怕李若晴多聽了難受，帶著她離開了榮宣院。

「姑爺，小姐醒了。」

寶蟾出來提醒的時候程邵鵬還有些走神，匆匆走進屋子裡，楚妙珞眼中含著淚水，楚楚可憐地望著他。

「明明餓著為何不說？」程邵鵬把她摟在了懷裡，像是在關心又像是在責備，這一暈倒，實在是說不過去。

「邵鵬你也一日未有吃的，又喝了這麼多酒。」楚妙珞哽咽著沒能說下去。

程邵鵬更是心疼了，直到林嬤嬤端著吃的進來，程邵鵬還摟著她安慰，何其親暱。

「少奶奶，還請您起身用飯。」林嬤嬤不苟言笑地看著楚妙珞，把粥食放在了對面的桌子上。

程邵鵬招手。「不必了，拿過來我餵她吧。」

林嬤嬤神情一動，最終還是把粥食給端到了床前，一個旁若無人地餵，一個含羞地吃……

第十九章

三日回門，楚妙珞回的是外面租著的楚家，母女兩個才一獨處，肖氏沒來得及問什麼，楚妙珞喊了一聲娘，抱著肖氏便哭了起來。

把成親當晚和新婚第一天的事一說，肖氏氣不打一處來，這一進門就要給自己女兒立規矩，人都暈過去了。

「不哭，娘告訴妳，妳只要抓著姑爺的心，牢牢抓住了，妳婆婆就是想再難為妳，那姑爺也會護著妳！」肖氏沒有忙著罵程夫人，而是沈下心來給楚妙珞開解。

「可他根本不知道，不會覺得這是婆婆搞的鬼。」

「那妳就想辦法讓他知道，讓他去和妳婆婆說。娘告訴妳，妳得趕緊懷上孩子，等妳生了孩子，這程家的地位穩妥了，程家就這麼一個獨子，程夫人能奈妳何？」肖氏給她出著主意，這人都送進去了，自然是得過得好。

「這孩子哪能說有就有的。」楚妙珞想起洞房花燭夜，不由得羞紅了臉。

肖氏看女兒這反應基本也了然，只是在一旁告誡道：「不可縱，要意猶未盡才行。」

楚妙珞點點頭。

肖氏又問道：「他可有通房？」

「聽底下的人說是有的，但我這兩天沒見到人。」說到通房的時候，楚妙珞的神情就有些怪異，要和幾個妾室共用一個丈夫，心裡怎麼都不會舒服。

「那妳趕緊懷上孩子，他愛去哪屋子就去哪屋子，就是不能讓她們有，妳可記住？」肖氏說得有些狠。

楚妙珞再度點頭，看娘的經歷就知道了，娘生了她們三姊妹，徽州楚家三個妾室一個都沒能有身孕。

「我讓這楊嬤嬤從徽州趕過來，到時候讓她去楚家幫妳。」

楚妙珞聽她這麼一說，有些詫異。「娘，楊嬤嬤過來了，徽州那邊誰打理？」

「楊嬤嬤的媳婦打理就成了，妳爹都不在，那幾個老女人能折騰出什麼花頭，妳出嫁了又不能經常回來，由楊嬤嬤過去幫著妳，我也放心。」

楚妙珞含淚笑著撲到肖氏懷裡，悶聲道：「還是您對我最好了。」

這頭肖氏訝異女兒在程府的遭遇，這邊的楚家，楚亦瑤聽到楚妙珞新婚第一天暈過去的消息，頓時樂了。

程夫人直接掐頭去尾，把楚妙珞敬了兩個人的茶暈過去的事一點都不阻攔地讓人給傳了出去。這程家的少奶奶身子是有多虛弱啊，敬個茶都能暈過去。

程家的日子哪裡能這麼舒坦，程夫人也是個不好對付的人，若要她對堂姊改觀，是絕對不可能的事，那宅子裡每天都有可能上演好戲呢。

楚亦瑤得承認，她此刻的心情就是有點幸災樂禍。

孔雀進來遞上了一張帖子，初夏又是賞荷之際，秦滿秋邀請她去金陵外十幾里路的關城賞荷，美名是陪楚亦瑤散散心，實則是她自己悶壞了，想出去走走。

「妳去一趟繡樓，看看我那衣服可做好了。」過完年這些事糟心也過去了，這帖子來得正合她心意，楚亦瑤走到屋外往喬從安那兒走去，打算叫上大嫂一起……

六月初，楚亦瑤就和喬從安一起，到城門口等秦家前往關城，馬車上楚應竹興奮得很，手扒著窗子，踮腳看著馬車外，就是看到一塊田都能驚呼一聲，要拉著楚亦瑤一塊兒看。

「大嫂，家裡有葛叔在呢，妳都多久沒有出來了，還擔心家裡的事。」楚亦瑤回頭看喬從安，後者從楚家大哥去世之後就再也沒出門過，這都快兩年了。

「許久不曾出遠門，我自己都有些不習慣。」喬從安笑了笑，抱過楚應竹。「關城上一回去，應竹還沒出生呢，剛好也是這月分，妳大哥去關城順道帶著我一塊兒去的。」

「應竹啊，你不是問姑姑，應竹是怎麼來的嗎？應竹啊，就是你爹和你娘去關城回來就有了。」楚亦瑤一算這時間，從關城回來後沒多久，大嫂就有了身孕，不就是去關城的那些日子有的嘛！

「為什麼是去關城回來？」楚應竹一臉疑惑地看著楚亦瑤，轉而找喬從安尋求答案。

喬從安笑掐了一下楚亦瑤，對兒子認真地說：「你姑姑騙你的，應竹就是從娘肚子裡生出來的。」

楚應竹更迷糊了，嘟著小嘴還在那兒算自己這麼大，怎麼從娘的肚子裡生出來的，楚亦瑤揉了揉他的頭髮，馬車停在驛站。

「楚小姐，我們小姐說在這裡用過飯再去，請妳們下馬車休息。」馬車外傳來丫鬟的聲音，寶笙拉開簾子扶著楚亦瑤下去，秦滿秋已經扶著秦夫人進了驛站。

前面還走著秦家大夫人，前前後後跟了四個丫鬟，排場也不小，楚亦瑤前世在秦滿秋出嫁的時候見過她一面，她就是秦滿秋口中，白王府側妃堂姊的親娘。

「怎麼找了個這樣的地方落腳？」秦大夫人一臉嫌棄。

這驛站還算乾淨，但進出形形色色的人比較多，所以就顯得亂哄哄的，掌櫃把她們帶到了二樓的別間，聽著外面樓道裡傳來的粗重腳步聲，秦大夫人有些不滿。

秦滿秋挽著秦夫人進來，笑咪咪地說道：「去關城的路上除了這裡就是路過的村子了，大伯母是想要歇在哪裡？」

秦大夫人命丫鬟擦乾淨桌子，沒有吃夥計送上來的飯菜，而是隨身帶了吃的來，又勸道：「我說弟妹，這裡頭的東西都不乾淨，妳可別吃壞了身子。」

「大嫂，其實這和秦家酒樓裡的都一樣乾淨。」秦夫人話音剛落，秦大夫人那尖細的聲音就高喊了出來——

「這裡哪能和酒樓裡的比。」

楚亦瑤感覺到在自己懷裡的楚應竹身子一抖，不動聲色地把他抱緊了一些，拿著勺子舀了半碗魚湯，低頭柔聲道：「應竹，姑姑要吃飯，你跟著寶笙在那裡喝湯好不好？」

楚亦瑤和喬從安就是外人，自然不會插上嘴去說什麼，只是把有些嚇到的楚應竹抱離開。

秦大夫人一面嫌棄著驛站裡的吃食，一面也嫌棄帶過來的東西，要麼太乾，要麼太甜。

秦滿秋眉頭一皺正要發作，一旁的秦夫人開口讓一旁侍奉的丫鬟替秦大夫人舀了湯，給她找臺階下。「大嫂，喝些湯吧，在這兒畢竟不是府裡。」

秦大夫人這才讓丫鬟撤下去那些帶來的，喝著魚湯吃了小半碗的飯。

楚亦瑤帶著楚應竹早一步就到樓下的馬車上了，出來的時候楚應竹摟著她的脖子還有些驚嚇，小孩子對這些尖叫的聲音尤為懼怕，楚亦瑤摸摸他的頭，指著馬車外小路邊盛開的花。「好看嗎？讓寶笙給你摘過來，好不好？」

楚應竹摟著她的脖子搖頭，轉而又改了主意要自己下去，楚亦瑤也有些抱不動了，放他下來，跟在他身後到了路旁，楚應竹蹲下身子，小手戳了一下那野花，回頭朝楚亦瑤笑了笑。「姑姑，不摘，摘了會死的，這樣好看。」

「好，我們不摘，不過這裡髒，我們回馬車上等你娘下來，好不好？」楚亦瑤拉著他回馬車上。

秦滿秋從驛站裡走了出來，楚亦瑤清楚地看到她臉上的惱怒。

到了馬車這裡，秦滿秋從身後丫鬟手中拿了酥糖給楚應竹哄道：「應竹乖，剛剛嚇壞了沒有？」

「現在沒事了。」楚亦瑤看她也是受不了才下來的。

秦滿秋抱起楚應竹哼了一聲。「來我家聽娘說要去關城就說要一塊兒來，我都嫌麻煩，住這兩日還不得聽多少話，妳看，這才剛出發多久。」

有個在白王府做側妃的女兒就是不一樣，更何況還生了兒子，秦大夫人即便是自己無子，這腰桿子也挺得很直，全金陵有誰像她閨女這麼出息，就是沈家出的那個皇貴妃，入宮這麼多年一個孩子都沒有，到時候人一走，誰還念著沈家。

「真是自鳴得意！」秦滿秋如今看到秦大夫人就想起她女兒，想起她女兒就想起那幅送去白王府的刺繡，渾身不痛快。

「自鳴得意是什麼？」秦滿秋懷裡的楚應竹忽然冒了這麼一句。

秦滿秋低頭在他臉上猛親了一口，解釋道：「你看啊，那些明明長得不好看的，卻都說自己長得好看，這就是優越感。」

楚應竹似懂非懂看向楚亦瑤，楚亦瑤笑推了她一把。「以後妳就這麼教妳孩子？」

「那當然，我首先得教他要有自知之明，否則惹人厭。」秦滿秋說得頭頭是道。

秦夫人她們很快下來了，回到了馬車上離開驛站出發去關城。

關城很小，其實是一個繞著半邊湖泊而建的小城，湖泊上又大肆動工建了亭臺樓閣，每年的六月，當荷葉繁茂、荷花綻放的時候，遠遠望過去，那些亭臺樓閣就像是置身在花海裡。

關城的宅子又十分貴，因為地方小，還得看是不是離湖泊近的，每一座宅子都不大，但價格就貴過金陵不少大宅子。

秦家在關城也有一座宅子，離湖泊有些路，離關城的三繞集市很近，楚亦瑤在馬車上就能感受到集市上人聲鼎沸的場面，來這關城的也不會只有她們。

「喬姊姊，妳和應竹住這院子，亦瑤這兩天就和我住。」秦滿秋挽起楚亦瑤的手臂對喬從安說道：「屋子裡都收拾好了，缺什麼派人來說一聲就可以了，都是自家人，不必客氣。」

喬從安笑著，帶睡著的楚應竹進去了。

秦滿秋拉著楚亦瑤先去了她自己的院子，接著就要帶她去外面走。「我也有好幾年沒來了，我們出去走走先，到了晚上一起出去，又該悶了。」

兩個人也沒坐馬車，帶了丫鬟出了門走幾步就是集市了，秦滿秋在家待了半年多，就忙著準備出嫁之後要送的各種女紅，誰讓她已經有了這好名聲在外。

逛了一半進了一家首飾鋪子，秦滿秋想起楚亦瑤說的簪子的事，忽然開口道：「還好妳沒嫁去程家。」

「怎麼忽然說起這個？」楚亦瑤看著這些首飾，關城特色明顯，許多都是雕刻成荷花的樣子鑲嵌在上面。

「也沒什麼，就是覺得程家不適合妳。」秦滿秋嘆了一口氣。「剛開始我也覺得不錯，現在想想，之前都能鬧成這樣，我看程邵鵬也沒個男人該有的樣子。」

「嗯，我看寄霆大哥倒是挺好的。」楚亦瑤佯裝點頭，很中肯地評價道。

「他？」秦滿秋輕哼了一聲。「他有什麼好的。」說完便低下了頭。

楚亦瑤笑而不語，陪著她看遍了東西，到了天色有些暗了才回去，沒多作休息，她們又坐著馬車去了湖邊的酒樓裡吃飯。

從這酒樓的位置看出去，能縱覽湖面，到了白天附近酒樓裡的人更多，大都是賞花來的。

楚亦瑤站在窗前看了一會兒，不遠處湖中的閣樓裡燈都亮著，酒樓下路邊也掛著多盞燈籠，映著湖面很漂亮。

身後傳來秦大夫人的叫聲，楚亦瑤轉身過去，秦大夫人笑咪咪地看著她，招手讓她過去。

「這麼乖巧伶俐的孩子。」秦大夫人看著楚亦瑤只說了這麼一句，和秦夫人提了個名字。

「那倒是個好孩子。」秦夫人也笑了。

「年紀也不大，和亦瑤也正好相配。」秦大夫人一臉「我的眼光肯定沒錯」的表情。

楚亦瑤聽到「張子陵」三個字的時候，就明白她們說的是什麼，原本還以為是秦夫人給自己作媒介紹的，原來前世這從中介紹的還是秦大夫人。

楚亦瑤沒那繼續聽下去的興趣，起身和秦夫人笑道：「伯母，妳們聊，我下去走走消食。」

「等滿秋來了一塊兒下去吧。」

「不用，等會兒秦姊姊來了，就和她說我在湖上亭子裡等她。」說完楚亦瑤帶著寶笙很快下去了。

夜裡湖邊的人也有很多，湖面上的過道都是木板，楚亦瑤選了一條僻靜些的，走在上面還有沈沈的聲音，春季多雨水，湖水漲得高了些，走到有些地方還能和與板面相貼的湖水共鳴，楚亦瑤聽著那輕微的水聲，心情舒暢了許多。

四周的空氣裡總是縈繞著一股淡淡的香氣，楚亦瑤喜歡這種氣味，像是來自於湖面的荷花，又像是清澈湖水沈澱出來的自然醇香，深吸了一口氣，楚亦瑤張口吐出，雙手扶在那護欄上，抬頭望著天空如彎刀的月亮。

她沒有改變姻緣廟籤文的結果，卻改變了前世應該有的路徑，不過老天應該不會怪她，否則也不應該讓她留著所有的記憶再回來。

微瞇起眼，那明月在視線裡的畫面驟然成了兩個，模糊著又合併在了一塊兒，四周盡是那皎潔的光亮，楚亦瑤下意識地伸出手去遮擋，低下頭，沒有長著荷葉的水面中微波蕩漾碎了那明月。

耳旁傳來一陣不急不緩的腳步聲，楚亦瑤回過頭去看，沈世軒一身潔白素衣，一手負在身後，朝著這邊走來。

剎那間楚亦瑤有了一絲錯覺，就好像看到他是從剛剛的明月下走出來似的，一身白衣飄飄，皓然清風。

「楚小姐好興致。」沈世軒在她幾步遠的地方停住，笑著打招呼。

楚亦瑤回神，略有些窘促地低下頭去，她剛剛怎麼能夠這樣盯著他看這麼久。

天黑看不清明，沈世軒也就沒看見楚亦瑤臉上那一抹緋然，只是看著這一片收了荷苞的花說：「這回遇到楚小姐，又是託了這荷花的福了。」

「那和沈公子真是有緣了。」楚亦瑤笑著回道：「沈公子莫非也是來賞荷的？」

沈世軒搖搖頭。「來關城辦點事，要逗留幾日，還沒恭喜楚小姐呢，那從大同帶來的調味，如今各家酒樓都在用。」

前一次在建善寺見面，是沈世軒感謝楚亦瑤，如今輪到楚亦瑤回謝他，怎麼都覺得有些微妙，也許是剛剛那錯覺的情緒還沒有緩過去，楚亦瑤看他都有些不好意思。

沈世軒看出了她的不自在，轉身扶著扶手面朝著湖面道：「楚小姐知道關城有三絕嗎？」

「我只聽過關城一絕。」不正對著，楚亦瑤自在了一些，笑著搖頭。

「關城一絕是荷花，關城還有兩絕不被人說起。」沈世軒說得頗有幾分神秘。

楚亦瑤想了一下說：「若非要說關城一絕的話，確實還有一樣，關城的雕塑。」

這回輪到沈世軒訝異了。

楚亦瑤伸手指著那閣樓上屋頂角瞧不清的裝飾。「如果我沒說錯，沈公子口中的另外一絕，就是關城人不外傳的雕塑手藝。」

「沒錯。」沈世軒眼底閃過一抹欣賞。「沒想到楚小姐也知道，這雕塑手藝是關城的老手藝了，如今會的師傅多，但做精的師傅卻不多。」他此行來關城，為的就是這不外傳的雕塑手藝。

「我只是小的時候聽我爹提起過。」時間隔得太久了，楚亦瑤一時半會兒才沒想起來。

「除了這個，關城還有一絕，楚小姐肯定是不知道了。」

楚亦瑤回頭看他，被他這信心十足的樣子逗笑了，正要問，遠遠地看到秦滿秋朝著這邊走了過來。

沈世軒順著她的視線看過去，秦滿秋正朝著這裡看，回首對她笑道：「楚小姐，妳有朋友來了，沈某就不多打擾了。」

「沈公子慢走。」楚亦瑤目送他走向不遠處的閣樓，回頭秦滿秋已經走近。

秦滿秋望著沈世軒的背影，調侃道：「誰家的公子，妳不等我下來，難不成就是為了他？」

「沈家二少爺，碰巧遇到的。」楚亦瑤瞥見她臉上的揶揄，隨笑道：「妳去了那麼久都沒回來。」

「誰讓那掌櫃的性子怪異，晚上才開，鋪子又這麼遠，不過這回運氣好，妳看我買到了什麼！」秦滿秋從懷裡拿出了一個精緻的錦袋，打開來倒出兩顆珠子，也不知道是不是月光照映還是周圍的燈火，那珠子竟然也發著熒熒的光。

「這裡面好像有東西。」楚亦瑤拿起珠子對著燈光照了一下，發現亮光是從珠子裡面發出來的，間隔著一閃，一閃。

「那掌櫃的說，這是他從南疆帶回來的，裡面的是南疆一種蟲蟲，和這是一對的。妳看，這樣離得越近牠們就越亮。」秦滿秋走離開了幾步，那珠子果真黯淡了一些，若是兩顆珠子並在一塊兒，就亮了許多，在手心裡就像是兩小團要揉合在一塊兒，暖暖的。

「掌櫃的說，這都是一對一對養在一起的，用特殊的東西餵養，長大了就把一對分開，在這樣的珠子裡，只能活三年。」秦滿秋也是奔著那掌櫃的名聲去的，他的鋪子裡每天的東西都不一樣，賣不賣都是看掌櫃的心情，有時候去了會撲空，裡面什麼都沒有。

「我聽說南疆風俗開放，這多是為情人準備的吧。」楚亦瑤假裝猜想。「讓我想想，這一對的，還有一顆是要送誰？」

「臭丫頭，妳就知道取笑我，吶，還有一個是給妳的！」秦滿秋臉上一抹紅暈，笑掐了她一把，從懷裡掏出另外一個精緻的錦袋子，把一顆放進去塞到她手裡。「我看妳才思春，就知道這是為情人準備的。這珠子還有個名字，叫做庇佑珠，這裡面的蟲蟲都是養在寺廟裡的，每日經歷佛光洗滌，最是純粹，妳貼身好好放著。」
楚亦瑤眼底一抹濕潤，看著秦滿秋這強硬的口氣，那酸楚止不住往外冒，拿著錦袋子的手微顫，耳邊還有秦滿秋的叨唸聲——

「都說是養在寺廟裡的，那應該還能趨避小人。」

楚亦瑤噗哧一聲笑了出來，秦滿秋口中的小人，對她來說非秦大夫人莫屬了。

「妳去這麼久，也就買了這兩個珠子？」楚亦瑤微仰起頭收回了眼淚，收起了錦袋。

秦滿秋神色一僵。她總不能說，自己是問得太多了，直接讓那個掌櫃給趕出來的。

「我從沒見過這麼奇怪的掌櫃，有錢不賺，說一個客人只能買一樣，我出來之後還聽到他吩咐夥計，說今天心情很好，所以要早點關門！」秦滿秋癟了癟嘴不敢說人家壞話，這買的東西都要心誠則靈。

「妳這麼一說，我也想去看看。」楚亦瑤被她描述得也好奇了，這世上奇人異事多得很，關城這小小的地方還有這麼一個有趣的鋪子。「明天妳帶我去。」

「那我就不進去了，到了巷子口妳自己進去。」秦滿秋點頭，挽著她兩個人往酒樓裡回去。

秦大夫人正說到了女婿這事，楚亦瑤她們進去的這點時間，「白王爺」這三個字就出現不下三次，秦滿秋臉上閃過一抹不屑，輕聲嘀咕了一聲。「不知道的還以為堂姊是白王府的王妃了，虧她也喊得出口。」

楚亦瑤捏了一下她的手，繞過了屏風走到屋子內，秦夫人笑得溫和，讓她們兩個到身邊坐下。「就等妳們了，時候不早也該回去了，明日賞荷。」

秦大夫人說得意猶未盡，這不還有兩天嘛！一行人回了秦家的私宅，洗漱過後，楚亦瑤躺到了床上，兩個人分了兩床被子，秦滿秋側身看著她，一點睡意都沒有。

楚亦瑤翻身，看著秦滿秋睜大眼睛，伸手拉住了她放在被子上的手。「想什麼呢？」

「亦瑤，我有些怕。」良久，黑暗中秦滿秋說。

楚亦瑤沒接話，又過了一會兒，秦滿秋的聲音響起——

「妳說王家是個什麼樣的地方？」

「沒有豺狼虎豹的地方，和秦家一樣。」楚亦瑤捏緊了她的手。「寄霆哥會陪著妳，王夫人是個好相處的，妳看寄林那傻乎乎的樣子，有什麼可怕的。」

「我只是想到嫁人之後有些陌生。」秦滿秋喃喃道。

黑暗中楚亦瑤失笑了一聲。「我還以為天不怕、地不怕的秦姊姊沒什麼要擔心的，這訂親都兩年了，妳該不會一直在想吧？」

「胡說，我只是忽然想起來。」秦滿秋翻身就撓起了她的癢癢。「妳可別嘲笑我，回頭等妳嫁人了，看妳想不想！」

「反正我現在沒有秦姊姊想的。」楚亦瑤反擊了兩回，扛不住秦滿秋的洶湧攻勢，最終求饒了起來。

屋外寶笙和秦滿秋的貼身丫鬟小環守夜，聽著屋子裡傳來的笑聲，寶笙臉上難得露出了一抹笑意，抬頭見屋簷外天空中依舊掛著那輪彎月，她腦海中還清晰記得這晚小姐在湖中伸手遮月的那一幕，當時小姐的神情格外平寧……

第二十章

翌日，一行人出發賞荷，訂了湖上的閣樓，一層一個包間，四面都能看得到這湖上的風景，六月初的風還不到最熱，夾雜著暖意貫穿在閣樓裡，只需要抬眼看，四周就是荷花一片，十分漂亮。

遠遠地還有人駕著小船在湖中玩，楚亦瑤看到附近那幾座閣樓裡都滿是客人。

樓梯口傳來了聲音，一個和秦夫人年紀相近的婦人帶著一個少年，身後跟了幾個丫鬟走了上來，秦大夫人一看到那婦人，臉上的笑意就堆得厚，再看到她身後的少年，獨特的尖嗓子響了起來——

「張夫人，可真是巧啊！」

「還是子陵看到你們進這裡的，我就不請自來了。」張夫人笑著坐了下來。

秦大夫人熱切地給喬從安介紹了張夫人，又對楚亦瑤喊道：「亦瑤啊，快過來，這位是張家的大夫人，這是楚家的大小姐。」

「張夫人。」楚亦瑤笑著對張夫人頷首。

一旁的秦滿秋跟著也叫了一聲，回頭就對秦夫人說：「娘，妳們聊著，我和亦瑤一起下去走走。」

「子陵啊，你也陪滿秋她們下去走走，不用在這裡陪我們幾個。」秦大夫人隨即對張夫人身後的張子陵說：「年輕人就該多出去走走。」

「去吧。」張夫人點頭示意張子陵一塊兒去。

秦滿秋看了張子陵一眼，拉著楚亦瑤先行下去了，到了樓下忍不住嘀咕。「都不認識，他怎麼還會想要一起去走？」

楚亦瑤抿嘴笑著，等他下來之後，三個人一路無語，往對面的亭子走去。

走到了一半，秦滿秋就忍不住了，回頭看著他。「張少爺，你在這兒可有相識的朋友？」

「在關城並沒有什麼朋友。」張子陵微怔，隨即說：「這也是我隨母親第一次來關城。」

秦滿秋聽著他那偏洛陽的口氣就有些不習慣，更鬱悶的是他聽不懂自己的意思，一點眼色都沒，誰問他在關城有沒有朋友了，她是想說，你有遇到一起從金陵來的就趕緊和他們聚去吧！和她們兩個待在一塊兒算什麼？

張家一門子生意人，到了張子陵這裡出了個讀書人，讓張夫人驕傲的是，張子陵在這一方面卻有天賦，楚亦瑤如果沒有記錯的話，下半年張子陵就該去洛陽書院了。

他們之間其實沒有多熟，前世直到張家想來楚家下聘訂親，也就見過兩次面，起初二嬸是極力撮合的，因為想趕緊把她嫁出去，不過在張子陵中舉回來之後一切就不同了，在二嬸眼裡，那不就是另一個金龜婿。

不過楚亦瑤的記憶裡，這張家少爺還真的是一點都不好女色，娶了妙菲之後很快生下了一個兒子，之後妙菲就沒有再生下孩子，據說還是分房睡的，後院別說是妾室了，一個通房都沒有……

又是一陣沈寂，張子陵說完之後，秦滿秋就不知道如何搭話了，亭子裡氣氛詭異得很，直到有人走過來。

一個隨從打扮模樣的人走到亭外，問寶笙楚家大小姐是否在此，楚亦瑤抬眼，那隨從送上來了一個小食盒，對楚亦瑤恭恭敬敬地說：「楚小姐，這是我們家少爺差我送過來的。」

楚亦瑤打開那食盒，一股清香冒了出來，食盒裡放著一碟糕點，還散著熱氣，像是新鮮出爐的。

碟子旁邊還有一封信，秦滿秋很快就給搶過去了，打開來唸出了聲——

「『關城三絕：荷花，雕塑和藕糕。』什麼東西？」把信還給楚亦瑤，秦滿秋拿起一塊嚐了一下，很快點頭道：「這個比我們昨天在酒樓裡上的藕糕還好吃！」

「這是全關城做的最好吃的藕糕。」那隨從言語裡帶著些驕傲，不知道是為這藕糕還是為他的少爺。

楚亦瑤看著那骨勁有力的字，抬頭笑道：「替我謝謝你們家少爺。」

那隨從聽了，很快地離開了。

一旁的秦滿秋湊到她旁邊問道：「快說，誰家的少爺送過來的！」

「我不知道呢，這裡也沒寫署名。」楚亦瑤無辜地看著她，信上就寫了關城三絕，除了字不錯外什麼都沒了。

「楚亦瑤！」秦滿秋掐了她一下低喊了聲。「好妳個臭丫頭，不知道妳還說替妳謝謝人家少爺，妳還騙我！」

「秦姊姊，不管知不知道，別人送了東西過來，都得說謝謝的，是吧？」楚亦瑤望著那做得精緻的糕點，回想起昨晚沈世軒那信心十足的表情，臉上的笑意更甚。

興許是張子陵終於悟出了和她們在一塊兒相處的尷尬，正巧不遠處經過幾個年紀相仿的人，他向那幾個人打了招呼，就和她們道別說去遊湖。

楚亦瑤看過去，張子陵與其中一個少年笑說著什麼，幾個人就走遠了。

「他要不走，我都想走了。」秦滿秋嘆了一口氣，轉頭看向楚亦瑤，按住那桌子上的信紙，嘿嘿笑了一聲。「到底是哪家的公子？」

「秦姊姊，妳就別問了。」楚亦瑤挽過她的手臂乾脆撒起了嬌，若是告訴秦姊姊，那才最說不清楚了。

「吾家有女初長成啊，唉！」秦滿秋忽然面帶痛惜地長嘆了一口氣，伸手摸了摸楚亦瑤的背。「胳膊肘這麼快往外拐了，姊姊我真真傷透心了。」

楚亦瑤樂不吱聲，秦滿秋也沒再問下去，只是好奇這比酒樓裡好吃多了的藕糕，到底是從哪裡買來的。楚亦瑤也不清楚，沈世軒就送來這樣一碟，本人都沒出現過。

到了下午湖上的人越來越多，她們回了閣樓裡，另一邊的湖面上多了不少遊船，秦大夫人上了年紀有些乏了，她們就提早一步回了私宅中，到了晚上，楚亦瑤要秦滿秋帶著她和大嫂、侄子兩個人一塊兒去那間鋪子。

喬從安起初推脫不想去，秦滿秋就慫恿楚應竹拉著娘一起，楚應竹小手拉著喬從安往外走，學著楚亦瑤的口氣。「大嫂，來了就出去走走。」

喬從安被兒子這稚聲逗樂了，抱起他一塊兒朝外面走去。「行，我們出去走走。」

幾個人是直接坐了馬車過去，按照秦滿秋的說法，去得晚了也許東西就沒了，再者那掌櫃的這麼怪異的脾氣，誰知道他是不是又心情很好，關門睡覺去了。

到了巷子口，秦滿秋指著巷子裡那盞破破爛爛燈籠的位置，對楚亦瑤說：「走過去燈籠那兒有門，進去就是了，我就不過去了，在這裡等妳們。」

楚亦瑤下了馬車，拉著楚應竹的手走了進去，巷子裡暗得很，楚應竹走了兩步就不肯走了，喬從安抱起了他，小傢伙還抱緊著娘親的脖子，不肯看前面黑漆漆的盡頭。

到了燈籠下，那裡有個窄門，暗色的門板斑駁且掉了漆，半開在那兒。

楚亦瑤推門進去，險些被這門的沈重吱呀聲嚇到了，映入眼簾的就是一個不大的院子，院牆上點了幾盞燈籠，亮堂了許多，靠著門左手那側搭著一個葡萄架子，底下一把籐椅，籐椅上躺著一個人。

楚亦瑤朝著四周看了一下都沒別人了，那躺著的人應該就是掌櫃的，楚亦瑤叫了一聲。「掌櫃的。」

那人沒反應，一把蒲扇蓋在了臉上，身子起伏。

「亦瑤，還是回去吧！這是闖了人家的宅子了。」喬從安怎麼看都不像是什麼鋪子，屋子裡也沒有放著琳琅滿目的貨品。

躺椅上的人聽到那聲音微動了一下，蓋在臉上的蒲扇掉了下來，一張滿是鬍渣的臉露了出來，緊閉著眼、皺著眉，似乎還睡不痛快。

這巷子裡也就這麼個門，肯定是不會走錯的，這樣的布置和脾氣，不就是顯現了這掌櫃的怪異，楚亦瑤走進屋子，裡側的牆上竟掛著不少畫。

「大嫂妳看。」楚亦瑤指著牆壁中央掛著的一幅。

喬從安走近，畫的右下角寫著兩個字，有些模糊，喬從安卻準確唸了出來——

「淮山。」

「大嫂妳怎麼看清楚的，我看那字都不像淮山呢。」楚亦瑤仔細瞧，總覺得不太像樣。

「我也不知道，就是『淮山』二字吧。」喬從安看著有些熟悉，總覺得在哪裡見過。

院子裡的人忽然坐了起來，朝著她們這邊看來，目光直接定在喬從安的身上。

喬從安懷裡的楚應竹反倒是不怕了，指著走過來的掌櫃地喊道：「大鬍子！」

掌櫃的經過她們身邊，走到畫前，抬頭看了一眼，拿下來直接捲了起來，從一旁的架子上拿起綢帶綁好，拿到了喬從安的面前遞給她。

「我沒說要買。」喬從安擺了擺手，被他這樣嚇了一跳，一聲不吭地把畫就拿下來了。

「沒說賣，送給妳。」和那大鬍子相符的低沈聲隨即響起，也不管喬從安要不要，那人直接把畫塞給了喬從安。「貨已出，概不退還。」說完轉身看著楚亦瑤。「妳呢？」

「我聽說這裡的掌櫃很有意思，賣的東西也很有趣。」楚亦瑤回神，看他不知道從哪裡找出的幾個破爛的盒子，一面聽著他低聲喃喃，和喬從安對看了一眼，這人可不是只一點點的奇怪。

「妳喜歡哪個？」低沈的聲音再度響起，那掌櫃的一個一個打開盒子，比起放置用的破爛盒子，裡面的東西卻讓楚亦瑤大為驚喜。

那是雞蛋大小的寶石，中間那顆甚至是泛著雞血般的紅潤，楚亦瑤看著就挪不開眼。

那掌櫃的似乎看出了她的想法，把剩下兩個都收了回去，直接把中間那盒子推到了楚亦瑤的面前，這些東西都是有價無市的，尤其是這極品寶石，這麼大一顆，比楚亦瑤那珍藏的一櫃子東西加起來都貴了。

「這個要多少？」楚亦瑤抬頭問。

那掌櫃的搖了搖頭，看向了楚亦瑤身後的喬從安。「告訴我，她的名字，這個就給妳。」

喬從安聞言身子一震，手一鬆那畫就掉到了地上，放下楚應竹去撿，楚應竹卻在屋子裡走動了起來。
「掌櫃的，這似乎不合適，你說個價錢。」楚亦瑤話音剛落，那掌櫃的就直接把盒子給收回去了，楚亦瑤錯愕地看著他。
「名字。」他固執地又說了一遍。
「應竹！」喬從安剛撿起畫，就看到楚應竹伸手去抓放在架子上的瓶瓶罐罐，失聲叫了出來。
楚應竹一手抖，剛剛抓住的小罐子直接摔在了地上碎裂了開來，紅塵色的粉末從罐子裡四散，耳旁忽然傳來那掌櫃的聲音。「不要吸！」
楚亦瑤眼前的人不見了，楚應竹被那掌櫃抱在了懷裡，一手捂著鼻子和嘴退到了喬從安旁邊才停下。
這不過是短短一瞬間發生的事，喬從安心有餘悸地抱著兒子，那掌櫃的從院子裡舀來一瓢水往那粉末上一倒，避免它再吹散開來。
「大鬍子叔叔。」被喬從安緊緊摟在懷裡的楚應竹悶聲喊道，探出頭來看向那掌櫃。
「謝謝。」喬從安略微有些手抖，抬頭看著他道謝。
「告訴我她的名字，這寶石妳就可以帶回去了。」那掌櫃默默地收拾好了，再度看向楚亦瑤。
楚亦瑤看向喬從安手中的畫卷，剛剛似乎是大嫂唸了畫上的名字，這掌櫃的才起來的。

「我姓喬。」喬從安緩了神，開口道：「你是不是認識我？」

「妳很像我一個故人。」那掌櫃的默唸了這個喬字。「若可以的話，還請夫人能夠告訴在下夫人的名字，我與那個故人已經斷了聯繫二十年了。」

低沈帶著嘶啞的聲音在屋子裡響起，這是她們進來這掌櫃的說得最長的一句話。

喬從安看著他，半邊的鬍子遮住了他所有的神情，只留下那一雙眼睛，深邃不能洞悉。

「我叫喬從安。」良久，喬從安神情中帶著一抹異動開口道：「我從小就在金陵長大，應該不是你口中的故人。」

鬍子低下的嘴角微上揚，那掌櫃的把那寶石拿了出來遞給楚亦瑤。「要關門了，妳們走吧。」

直到回到馬車上，楚亦瑤都不能理解這掌櫃的如此怪異的行徑，看向喬從安，她失神地摟著楚應竹，對剛剛發生的一切更是不能理解。

「這不奇怪，以前也有客人去了，那掌櫃的什麼都沒要，就問了些問題，或者要的並不是銀子。」秦滿秋倒是覺得楚亦瑤這一趟值了。

「以前也有問名字的？」這完全是憑自己的興致，喜歡給就給了，不喜歡給拿什麼來換都不理睬。

「應該也有，我聽過有問三個問題的，回答的滿意他就直接送了，不滿意，出多少銀子他都不賣，一個客人只能在他那裡買一樣東西，而且他常常搬家，好不容易才打聽到他在關城。」

秦滿秋這麼一解釋，晚上發生的事又好像不顯得怪異，但楚亦瑤心裡隱隱覺得不對。回到了私宅，喬從安顯得有些疲倦，帶楚應竹先一步回去休息了，她們一路回來也沒去其他地方走。

喬從安把那畫卷放在了桌子上，洗漱畢，哄兒子睡了之後，坐在桌邊看著那畫卷，良久伸手把綢緞給拆了，慢慢地攤開了那幅畫。

那是幾隻很可愛的幼犬，只不過畫的都是背面，其中兩條親密得很，頭碰著頭，背景是一條小路，就是那角落裡寫的兩個字，她如今看也是「淮山」二字，為何亦瑤說看著不像。

努力想，除了覺得那字熟悉之外，喬從安什麼都記不起來……

關城小巷子裡，小宅子內的大鬍子掌櫃站在牆邊，牆上還掛著不少畫，唯獨不同是，其餘的畫上都沒有署名。

他轉身走上了二樓，點了燭火，從滿是櫃子盒子的地方找到了一個古樸的匣子，吹了吹上面的灰塵拿到了樓下，他抽開了上面的蓋子，裡面是一個古舊的銀鐲子，鑲嵌的紋路邊線都不是如今流行的。

他拿起來小心地在袖子上擦了擦，喃喃道：「阿曼，這一回應該不會錯了。」

從關城回來，這樣過了半年的安穩日子，十一月底的時候肖氏她們從租的宅子裡搬回了楚家，她是一點虧都不肯落下，愣是住到了十一月的最後一天，傍晚才到了楚家，比去之前更多的東西，整整收拾了兩天才妥當。

楚亦瑤忙著商鋪裡的事，等著十一月底二哥從大同回來，黑川賣光了，幾家酒樓都差了人來問，去年種下的那些卻還不能採摘。

「亦瑤，南塘集市那兒也開了一家調味的鋪子，還是前兩日剛剛開的。」邢二爺進來，把帳簿交給了楚亦瑤，說了今早路過南塘集市看到的。

「我知道，那是齊家開的。」楚亦瑤翻看了一下，賣得好、賺了錢自然會有人跟著一塊兒做，這黑川早晚也會有人在金陵栽種，她搶了先，將來就只能在方子上做得比別人家的好，就眼前的情形來看還是不錯的，即便是鋪子裡的黑川賣光了，那些酒樓也都還等著自己家的，並沒有去別家。

「舅舅，我聽舅母說，您想把表姊送回徽州去？」楚亦瑤放下帳簿抬頭看邢二爺。

前些日子去邢家，二舅母提及二舅想把邢紫語送去徽州，年初的時候，外祖母是帶著兩個表哥和紫蘿表妹一塊兒回去的，留下邢紫姝和邢紫語在金陵搭伴，其實為的就是將來能在金陵訂下婚事。

「過了年妳表姊就十五了，回去訂一門親事，十六成親也差不多，村裡和她這年紀的，如今都要嫁人了。」邢二爺就這麼一個女兒，她的婚姻大事也是多方考慮了才如此打算。

「您與舅母都在金陵，怎麼把表姊送回去，在金陵尋一門親事就行了。」楚亦瑤起身把帳簿放在櫃子裡。「若是送回去，雖說外祖母照應得到，但肯定是沒有你們在來得安心。」

「這門不當、戶不對的。」邢二爺半晌悶出了一句，大約是看怕了那些大戶人家的排場。

「誰說門不當、戶不對了。」楚亦瑤輕笑了一聲。「舅舅您好歹是這幾家鋪子的管事，說出去怎麼就不好了？給表姊尋一戶落落實實的人家，都比回徽州的好。」

邢二爺沒想到楚亦瑤會對女兒的婚事給建議，一時間又不知道怎麼說了。

楚亦瑤看出了他的猶豫。「舅舅，您也別看金陵這地方富庶著就覺得配不上，人都一樣，你們從徽州過來怎麼了？娘也是從徽州鄉下出來的，那時候認得幾個字，還不是陪著爹來了金陵。」

「哪能有幾個人像妳娘一樣。」邢二爺笑了。「當時村裡那些年紀相仿的，誰都比不上妳娘，在她三歲的時候家裡路過一個討水的和尚，看了妳娘一眼，就說她將來一定會離開村子，後來遇見妳爹就跟著來金陵了。」

楚亦瑤跟著笑了。「二舅您也這麼說了，那表姊在這兒也會過得好，替你們回去看看外祖母是好的，年初回來金陵。」

邢二爺點點頭。「我讓她們早點回去，過完年那兒融了雪就可以回來了。」

正說著時，寶笙走了進來。「小姐，時候差不多了。」

「二舅，剩下的就交給您了，我出去一趟，這兩天都不過來了。」楚亦瑤想起還和別人有約，帶著寶笙上了馬車往望江樓去。

楚亦瑤進包廂的時候沈世軒已經在了，手裡拿著一杯茶，桌子上放了茶壺和幾碟子的甜點，看到楚亦瑤進來，視線從窗外落到了她身上，臉上綻出一抹笑。

「楚小姐。」沈世軒站起來給她拉椅子。「叫了幾個糕點，楚小姐還喜歡吃什麼？」

楚亦瑤神情微頓，搖了搖頭，從寶笙手裡接過了匣子，推到沈世軒面前。「這是鋪子裡這一年黑川賣出去給你的分紅。」

沈世軒打開盒子，裡面是五個銀元寶，算起來是兩百五十兩銀子，還附著一張單子，上面寫了黑川的總數量以及每月賣出去多少，賺了多少。

「這買賣還真的划得來。」沈世軒不客氣地都收下了，光黑川一年都能有一千多兩的進帳，這一間鋪子所有的盈利一年都能有兩千兩，成本如此低，賺得可不少。

「明年一定會比今年多。」楚亦瑤拿起杯子喝了一口茶，只要按照配方來，明年會比今年再多出一倍的錢，到時候她種的黑川能收了，這還能往別的城裡送。

「不知道楚小姐還有沒有興趣做別的生意。」沈世軒從身後端上來了一個盒子，打開來，裡面是一尊木雕，上乘的雕工把這雄鷹展翅雕刻得唯妙唯肖，好似就是要即刻飛起來的樣子。

楚亦瑤一下就想到了在關城的時候，沈世軒說過的關城三絕之一，眼底閃過一抹詫異。

「這可是老師傅做的？」

「我在關城多留了幾日，打聽之下才找到一個老師傅。」關城這樣的老師傅已經不多了，沈世軒多方打聽才找到一個，這樣的老師傅多無妻無子，他們往往會在出師之後按照自己師傅的意思，找一個資質好、品格又高的來傳承這一門手藝。

有些老師傅一輩子都沒能找到一個中意的徒弟，這一門手藝就會在這老師傅手中失傳，久而久之，關城會這老手藝的人越來越少。

「那老師傅肯與你合作，給你雕刻？」楚亦瑤看著桌子上的一尊，應該是出自老師傅之手，金陵也有雕刻得好的，但都沒這個傳神。

「老師傅不肯賣，但是老師傅收徒弟。」沈世軒把雕塑收了回去，外面的夥計又端了些吃的上來。「我需要的是這一門手藝，老師傅年紀大了，他也不願意用這個來做買賣。」

「莫不是沈公子找了許多人讓他去選？」若是真能把這手藝學到手，那自然有錢可賺，但這選徒弟的條件如此苛刻。

「我拜那老師傅為師，學這手藝。」

楚亦瑤一聽，怔住了，他拜師學這個？

「楚小姐不信？」沈世軒看她臉上的訝異，又拿出一個盒子，從裡面拿出了一個鏤空的小燈罩子放在了楚亦瑤的面前。「回來之後我又去了關城，上月才回金陵。」

這燈罩是架在燭臺上的，四周的鏤花很漂亮，細微之處甚至雕刻出了立體的花瓣樣子，中間又有空隙，若是點了燈，那這映照出來的圖案就十分漂亮，楚亦瑤看著都心動。

「喜歡嗎？」沈世軒問道。

楚亦瑤微紅了臉，有些不好意思。「很漂亮，沈公子拜師學這個，亦瑤佩服。」

「那這生意，楚小姐可有意向合作？」沈世軒嘴角噙著一抹笑，接二連三看她臉上的驚訝表情也是一件有趣的事情。

「這，我能幫到你什麼？」當初楚亦瑤會考慮和他合作完全是因為他也在場，也想和沈家的人有所接觸，而他這東西，完全不需要和自己分享的啊。

「做生意自然要男女老少皆宜，楚小姐經常在外走動，女子喜歡的妳應當瞭解得多，一起合作再合適不過了。」沈世軒說得在理，這首飾物件等多個東西，都是女子花費，若要投其所好，自然找一個對這些瞭解得多的女子一起合作。

「可是這東西貴在精緻，若要大量雕刻，勢必要多一些人來做，據我所知，這手藝傳了你之後，你是不可隨意傳給別人的。」關城的這老手藝之所以要找品德好的人，就是考慮到這一點，拜師時候發的誓言一定是要遵從到底，這是對師傅和這手藝的尊重，這些手藝中往往傳著這麼一句話，心術不正的，也做不出絕佳的東西。

「金陵也有許多雕刻得好的師傅，東西分好壞，價格有高低。」

沈世軒一提醒，楚亦瑤就明白過來了，這就跟她鋪子裡拿黑川做招牌是一樣的，其餘許多的調料其實和別的鋪子都一樣，可有這招牌在，許多人往往會覺得她這店鋪裡的會比別人的好一點，楚亦瑤再把這價格往上抬一點，他們都覺得是合理的。

如今沈世軒是要自己去學，雕刻出那東西做招牌了。

「老師傅可同意？」

「以後我會把老師傅接到金陵，奉養他終老。」這是他和那老師傅達成的條件之一，沈世軒看她低眉想著什麼，拿起杯子悠悠地喝著茶，臉上帶著一抹溫和。這樣的生意，她沒有拒絕的理由。

「一起合作，沈公子可有要求？」半晌，楚亦瑤開口，這麼聽下來，賠了和她無關，賺了一起分紅，她似乎是一點都不虧，頂多花些心思去瞭解女子的喜好，這對她來說有利無弊，她自己還有一家胭脂鋪呢。

「有，需要新置一家鋪子，得由楚小姐出面，名義上也是記在楚小姐之下，私下我們可以另立契約。」他學這些東西都是瞞著沈家、瞞著沈老爺子，包括這生意，至少最近這幾年，他都不能讓他們知道。

楚亦瑤不介意多開一間鋪子，想來沈家這麼一個大家，沈世軒作為二房長子也不是事事都能隨自己心意想法來的，想了一下，她點點頭。「可以。」

「楚小姐只需要管理好鋪子，這雕刻包括工人的事我都會辦妥，另外這分成，妳我五五分成，妳我各出一千兩的銀子。」沈世軒直接將兩張銀票放在了桌子上。「楚小姐妳看如何？」

楚亦瑤看他這手筆，也不像開玩笑的，只是和自己合作這件事，總是透著這麼一些奇怪，他們要說也沒有熟到這分上，他想瞞著不讓外人知道，應該要找個信得過的人才是。

「沈公子這麼相信亦瑤，亦瑤深感榮幸。」其實用不了這麼多的銀子，就算是找最好的鋪子，兩千兩銀子都夠開一間酒樓了。

「楚小姐說過的，生意人，這點信任還是要的，楚小姐既然能夠分我二成紅，我自然願意和楚小姐繼續合作。」沈世軒說得極為認真。

楚亦瑤想起自己在大同故意坑他說的話，嘴角揚起一抹笑，她也不是什麼扭捏的人，既然答應了合作，就把該問得問明白了。

沈世軒還真是有備而來的，談妥了之後直接拿出了筆墨紙硯，唯恐轉個背，楚亦瑤就改口了，很快寫下了幾張契約，楚亦瑤過目後覺得沒問題，又拿出了印泥按了手印，真是想後悔都來不及。

「往後要多麻煩楚小姐了。」拿著楚亦瑤簽字又按手印的契約，沈世軒心情甚好地對她道。

楚亦瑤看著他臉上那不可抵擋的銳氣，就如他身後盒子裡的雄鷹一樣，隨時都可能展翅高飛……

——未完，待續，請看文創風178《嫡女難嫁》2

番外一　前世篇

楚亦瑤死的時候只有楚妙藍在場，而當眾人發現她死去的時候已經是第二天了，屍體冰冷，眼底帶著一抹不甘，就這麼直直地盯著床頂，嚇壞了進來送藥的丫鬟。

這落了水、掉了孩子、娘又死了，本就是一件不吉利的事情，孩子和楚亦瑤不能葬在一起，嚴夫人不想把楚亦瑤葬在嚴家祖墳，更不想讓她將來和自己兒子葬在一塊兒。

嚴老夫人急令她們趕緊去刻碑，這是嚴家明媒正娶的孫媳婦，她肚子裡的孩子就是嚴家的嫡長孫，只是自己的孫子不爭氣，還能怪別人不成？

嚴夫人不情願，嚴城志也不情願，更不情願的應該當屬楚妙藍，只可惜她在嚴家沒有說話的分。

直到入殮，楚亦瑤都沒能閉眼，任憑他們怎麼做，這雙眼睛就這麼直盯著，看得周遭的人驚得慌，嚴城志過來看過一回就不敢看了，任憑他那個角度看，總覺得楚亦瑤盯著他，森冷的目光，蒼白的臉，好似隨時都有可能撲上來。

可死去的人眼睛都沒閉上就下葬，這如何說得過去，就是把楚亦瑤生前最重視的嚴家薇抱過來，楚亦瑤都不肯閉眼，小孩子的哭聲在靈堂裡響起，觸動了不少人的心，可觸動的都是幾個丫鬟，嚴城志巴不得早點下葬，他已經連續作了兩天的噩夢，就因為那一雙眼睛。

嚴老夫人本不應該出現在靈堂裡，但她拄著枴杖由兩個嬤嬤攙扶著到了棺木前，招手讓人把孫女抱了過來，對著楚亦瑤承諾道：「亦瑤妳放心，只要我老婆子活著的一天，我就把這孩子帶在身邊，絕不會讓誰欺負了她，妳所有的東西都留給這孩子，誰都拿不走，將來等著薇兒出嫁了陪過去，我老婆子給妳保證，會給這孩子選一門好親事，不會委屈了她。」

身後的楚妙藍對嚴老夫人的話神色微變，養在嚴老夫人名下，那她以什麼名義嫁給嚴城志？她可已經是他的人了。

「孩子，我知道妳受了很多委屈，如今走就走得安安心心的，我今日答應妳的都會做到，妳安心地去吧，啊。」嚴老夫人顫抖著手伸向楚亦瑤的臉，輕輕抹了一把，那瞪大的雙眼終於閉上，順帶著一行淚從眼角滑落。

下葬這日，天氣很不好，接連下葬了三次才將棺木放穩，山上狂風亂作，吹得大夥兒人心惶惶的，不論是入殮還是下葬都這麼不順，說明死的人不甘，活著的人都認為這不吉利，七七結束後，嚴夫人還請人回來做法事。

嚴老夫人兌現了她的諾言，把嚴家薇帶回了自己院子養，才幾歲的孩子正是要娘的時候，每到天黑她就開始要找娘，好幾次都是在嚴老夫人的懷裡哭著睡著的。

而那邊的楚妙藍，姊姊去世了，她還有什麼理由留在嚴家，即便是被撞破了，嚴老夫人都沒有要嚴城志娶她的意思。楚妙藍急了，她必須要讓嚴城志去把孩子帶回來，她是楚亦瑤的妹妹，由她帶孩子再適合不過了。

楚亦瑤去世不過三個月，嚴城志就迫不及待地求嚴夫人要娶楚妙藍。「娘，祖母都這麼大年紀了，身子又不好，怎麼能帶薇兒？妙藍是亦瑤的妹妹，是薇兒的姨母，這親上加親的，養著薇兒再合適不過了，您也知道妙藍如今是我的人了，娘啊，您就允了這婚事。」

「你祖母不會答應的。」嚴夫人就算是疼兒子沒章法，這些基本的道理她還是清楚的，這說得難聽點就是和小姨子私通。這樣的人怎麼可能嫁入嚴家，她自己都有些不喜，更何況是嚴老夫人。

「娘啊，您就去和祖母說一說，如今這般，妙藍的清白都給兒子了，這不是逼她去死嗎？」嚴城志軟泡硬磨著，關鍵是他無法捨棄楚妙藍那銷魂的身子，還有勾人的伎倆。

「好吧。」嚴夫人到底是疼兒子的，去了一趟嚴老夫人那兒，得來就只有一句話。「娶不能，作妾可以。」

等嚴城志再娶繼妻，楚妙藍就可以進嚴家門做個貴妾了，明媒正娶這件事，想都別想，搬出楚家二爺也沒有用，說出去這樣不要名聲的女兒，看他楚家二爺是不是急著把她送到嚴家來。

嚴老夫人是破罐子破摔，鬧大了她孫子就是私通了死去妻子的妹妹，那楚妙藍可直接是毀了清譽的女子，誰還敢要？

更何況這種事，誰樂意鬧大，臉都丟盡了，還逼死了嚴家的少奶奶。

楚妙藍沒能如願，任她怎麼和嚴城志說，嚴老夫人始終死死地壓著，也不讓她見嚴家薇。

嚴老夫人很快地給嚴城志安排了婚事，新媳婦進門後三個月，楚妙藍才進了嚴家的門，沒有三媒六聘，更不是從嚴家大門進的，楚妙藍實在委屈，嚴城志更是心疼，在楚妙藍的院子裡弄了個簡易的喜堂，就當是拜過堂，還承諾將來一定會扶正。

可這扶正之路何其難，新的嚴家少奶奶完全不吃嚴城志那一套，還從嚴老夫人手裡把嚴家薇接了來當親女兒養著，深得嚴老夫人喜歡。

楚妙藍沒法先生下長子，她就想方設法地換了逼子湯藥，終於在無數次的侍奉之後，成功地懷上了。

新少奶奶一點都不著急，按部就班地養著嚴家薇，好吃好喝地給楚妙藍供著，小心著她肚子裡的孩子，好到嚴城志都錯愕，這一點醋都不吃的主母，反而這麼好地對待楚妙藍，他一點錯都找不出來，怎麼把她拉下馬。

等到楚妙藍生了，請的是最好的穩婆，順順利利把孩子生下來，是個兒子！可楚妙藍都沒看到一眼，孩子直接被抱到了新少奶奶朱氏的院子裡，理由很簡單，養在她名下，是她的兒子，沒楚妙藍的分。

月子中的楚妙藍快瘋了，她辛辛苦苦生下的兒子憑什麼讓她抱走了，說得好聽養在朱氏名下當嫡子養大，是他的福氣，等長大了都是跟著朱氏生活的，哪裡還會記得她這個做娘的。

嚴城志要去把孩子抱回來都讓朱氏給擋了回來，這都沒出月子，孩子哪能抱來抱去的。嚴老夫人對她的做法贊同。而嚴夫人呢？有孫子就好了，管他養在誰那裡。

楚妙藍只是個妾，她生的孩子除非是朱氏不想抱養，否則她都沒有說不的權利，這孩子抱到朱氏那裡，算是白生了。

月子中的楚妙藍意識到這一點已經晚了，這意味著將來她生的所有孩子都不會是自己的，嚴城志什麼都向著自己，可到了嚴老夫人那都被擋回來了，還有一個朱氏在，一點都不好糊弄。

楚妙藍想到了讓嚴老夫人早登極樂，等嚴老夫人走了，這嚴家嚴城志作主，還不就是自己作主？

楚妙藍又有了好好活下去的動力，養好了身子，一面想著再有身孕，一面想著讓嚴老夫人早點死，在嚴老夫人平日的吃食裡下藥，慢慢地讓她病倒。

嚴老夫人確實病倒了，可是朱氏有了身孕，像是察覺到了不對勁，朱氏要求嚴老夫人的吃食都和自己一同，楚妙藍沒了下手的機會，可她也知道，這如果下手成功了，一去便是兩個，自己直接可以成為嚴家的少奶奶。

只要朱氏和嚴老夫人有點小病痛，楚妙藍就覺得自己距離成功又近了一步，她越發狠毒，只想在朱氏生下孩子前解決了她們。

也就在朱氏陣痛要生的那日，意外出現了，楚妙藍被毒死在自己的院子裡，嚴城志吃得少，只是中毒昏迷過去，醒來之後人時而正常，時而會發呆犯傻。

就是在楚妙藍下藥越來越狠的時候，朱氏悄悄地把藥調換回去了，生產當日楚妙藍信心十足地覺得這一回朱氏她們是死定了，和嚴城志在自己院子裡你儂我儂，卻不料吃死的是她自己……

番外二　淮山與淮靈初識篇

南疆是個非常美麗的地方，四季如春，沒有特別冷的時候，也沒有特別熱的時候，那裡有個特別大的姓氏，淮。

淮家人就像是大梁國裡的名門望族一樣，也是南疆的一個大家族，分支很多，淮山就是這個家族旁支裡的一個嫡子。

因為淮家實在是太大了，所以也眷顧不到這麼些個人，淮山這個旁支的嫡子，其實除了每個月中的主要日子要回淮家的主宅參加祭祀外，其餘的都是跟著阿塔和阿曼住在外面。

在他八歲那年，按照往常慣例跟著阿塔回主宅去，他在那兒第一次見到了淮靈，她是淮家主宅中庶出的孩子，她的阿曼是一個丫鬟，本來出生在主宅比起他這樣旁支的孩子要高貴得多了，可庶出的孩子實在太多了，她的阿曼還是個沒有背景的丫鬟，所以這個孩子從出生開始就是不被重視的。

往後淮山就有了去主宅想做的事情，就是去那個偏遠的院子裡看看那個可愛的小嬰兒，日子也不算無聊，起碼在淮山看來，和那群出身高貴的淮家子弟一起玩，不如安靜地陪著這個還不會說話的小嬰兒。

淮靈被遺忘的程度嚴重到她一歲才取名字，淮山很同情她，儘管在淮家主宅之外，但是他有阿塔和阿曼，一家人過得開開心心，不像淮靈，即便是在主宅中，卻從來沒有見過自己的阿塔。

淮靈兩歲那年，她的阿曼病逝，淮山央求阿塔把淮靈從淮家主宅接出來，在那個家裡，單憑她一個兩歲的小孩子要怎麼生活下去。

阿塔去求了族長，拿出了一些錢把淮靈帶出了主宅，那天是淮山揹著哭睡過去的淮靈出了淮家，至於淮靈的阿曼，即便是不受重視，死了的她也沒有辦法離開淮家。

從此以後，淮靈就跟著淮山一起叫阿塔、阿曼，但唯獨叫淮山，一會兒叫哥哥，一會兒叫名字，沒個準。

淮靈三歲那年，阿塔教導淮山學大梁字，那時候已經十一歲的淮山總喜歡把三歲的淮靈抱在懷裡，坐在椅子上，然後再學寫字。

最初教導的就是「淮山」兩個字怎麼寫，淮山寫了很多遍，這兩個字他總是寫不好，有一回他寫了滿滿幾張紙，在他懷裡的淮靈小手一拍按在了紙上面，對著淮山奶聲奶氣地喊道：「淮山！」

淮靈繼而又戳戳那兩個字，喊道：「淮山。」

淮山不顧自己臉上被她抹得滿是墨水，樂呵呵地決定，今後不管學什麼字，反正他的名字就這麼寫了，阿靈說這是，那這就是了！

之後他學畫畫，落款處的字都是這兩個，每每淮靈看到了，總是會高興地喊出來，淮山覺得這樣的日子很快樂。

淮靈四歲那年，他們搬家了，搬得離淮家主宅遠了一些，和另外的一戶人家做了鄰居，那家人剛好有快成親的女兒，十六、七歲，對淮靈很好，總是喜歡抱著她給她講故事，而每次淮靈回來，都會和淮山講阿奇姊姊又說了什麼。

直到阿奇出嫁那天，小丫頭以為姊姊和她阿曼一樣走了再也不回來，在家裡哭鬧著傷心極了，淮山抱著她告訴她，將來有一天，她長大了她也要嫁人。

淮靈抱著淮山的脖子哭道：「我才不要離開哥哥，我不要離開阿塔，也不要離開阿曼。」

這件事過後半個月，淮靈便抱著自己從淮家帶出來的小盒子說要給淮山。

淮山不解，淮靈依賴在他懷裡喃喃道：「這個是阿靈的嫁妝，我要和哥哥永遠在一起，不要分開，河邊的南婆婆說了，嫁給哥哥就不會分開。」

淮山一直以為她年紀小，很多事情都會忘記，沒想到她都記得，在主宅中她的阿曼求醫不得去世，在她心中留下了不小的陰影，她不希望和在意的人分開。

「淮山答應妳，若是將來阿靈喜歡上了別人，淮山也會守在妳身邊，不會離開妳的。」淮山摸摸她的頭承諾道。

「不會的，阿靈只喜歡和淮山在一起的。」淮靈摟著他的脖子說得很鄭重。

這個時候他才十二歲，而她才四歲。

他帶著她學字，帶著她畫畫，帶著她到處去玩，當初那樣懵懂的年紀許下的承諾，要一輩子在一起，兩個人還曾經在山坡上的大樹下拉勾。

五歲那年，阿曼和阿塔帶著他們去大梁，阿曼給淮靈換上了漂亮的衣服作為年滿五歲的禮物，還親手給她縫製了腰帶，她就坐在淮山的肩膀上，看遍了大梁許多個城市。

可就在他們準備回南疆去的時候，他把淮靈弄丟了，就放她下來買一串糖葫蘆給她吃，一轉眼人就不見了，人山人海的根本看不到一個才五歲的小女孩，淮山瘋了一樣在大街上喊她的名字，可沒有人應答他。

他把淮靈弄丟了。

全家人開始在這個城裡找，總以為即便是走丟了人還是在的，阿塔會大梁話，還去衙門裡找人幫忙，找了整整三天，卻絲毫沒有看到過淮靈的身影。

淮山自責不已，如果不放她下來，她就不會在自己身旁走丟，她才五歲，她只會幾句大梁話，她認得的字也不多，她那麼怕黑，到了晚上沒有他們在身邊她會怕啊。

淮山不願意回南疆，他要留在大梁找淮靈，可他也才十三歲，他留在大梁也活不下去，阿塔硬是打暈了他帶回南疆，兩年後他又離開了，這一次離開，整整過了八年。

他一個城一個城地找，不斷地打聽，從來沒有一個城待著超過三個月，他用南疆的各種新奇的東西來吸引客人賺錢，到處尋找淮靈的下落。

這猶如大海撈針一般，離開八年他回了一趟南疆，阿曼病了，她拿出早就給淮靈準備好的成人禮，可他連人都沒找到。

八年過去又是八年，他幾乎等得快要絕望了，在阿靈失蹤第二十年，他終於找到她了。

二十年過去容貌變了認不出來，聲音變了聽不出來，可她能夠準確無誤地喊出「淮山」二字就足夠讓他肯定，他找到她了。

她什麼都不記得了，她已經嫁人了，還有了孩子，她生活得很好，而他只要能在她身邊陪伴著那就足夠了，就像他當年許下的諾言。

有一天妳喜歡上了別人嫁給了他，淮山也不會離開妳。

嫡女難嫁

全套四冊

前世如同作了一場噩夢，
夢中就算再痛苦、再淒慘，她如今都醒了……
既然重生，
她要改寫所有的悲慘遭遇，終結嫁錯人的所有可能！

文創風 177　1

金陵商家大戶楚家嫡長女楚亦瑤，
家道中落，家業被奪，連夫婿都有人眼紅著要分一杯羹。
她人生慘敗到連老天都看不過眼，於是讓她重生回到過去，
既然讓她重活一次，她勢必要保住楚家，
就算三次說親都嫁不成又如何、就算未婚夫婿被搶又如何？
就算做個人人眼中的拋頭露面、不像名門閨秀的女子又如何？
那些閒言閒語她都不在乎，只要能活得不再憋屈，一切都值得了……

文創風 178　2

那個從小跟她有口頭婚約的男人，
既然三心二意被二叔的大女兒勾引走了，
她也瀟灑地看得很開；那種意志不堅定的男人，不留也罷！
倒是那個找上她說要合夥開鋪子做生意的沈世軒，
幾次交手，她也得了不少好處，教她願意多費些心思跟他周旋，
畢竟嫁人哪有做生意賺銀兩來得重要……

文創風 179　3

為什麼非要她嫁人？就算要嫁，她也絕不嫁那個曹家的惡霸！
偏偏面對曹家的威逼恐嚇及處處打擊楚家商行，
重生以來她小小肩膀承擔的所有壓力擊垮了她，
病得迷迷糊糊中，她聽見有個男人對她說──
她不會嫁給姓曹的，也不會像上輩子那樣再嫁入嚴家，
她不會像上輩子那樣傷心難過，並保證她以後一定會過得很好……
這輩子她嫁的人，一定不會負了她……
她希望聽見的承諾不會只是作夢……

文創風 180　4 完

從第一次跟他相遇開始，直到嫁他為妻，彼此坦誠心中隱藏的秘密，
這一切都應了姻緣籤詩上寫的那句話，他與她是彼此的「同是有緣人」。
如今楚家的家業她已放心地交託出去，她安心當她的二夫人，相夫教子，
暗暗地賺她私人置辦的鋪子、添她的私房嫁妝，日子倒還算是愜意。
只是她不惹人，偏偏大房那兒時不時就來招惹，
為了過得安心，做夫君最強力的後盾，
她夫人當自強，任誰都別想欺負算計到她這一家子頭上！

詼諧幽默・輕鬆搞笑・字裡行間藏情／莞爾

田園閨事

全套六冊

穿越到這古代窮兮兮的崔家，她叫天不靈叫地不應，
在這兒，女兒身命賤不值錢，她偏要自己賺錢給自己鍍金身。
在這兒，家家戶戶不是打雞罵狗，就是家長裡短的……
她偏要把心思全放在自己身上，她要有房、有錢、有閒、有好日子，
再可以的話，就考慮找個靠譜的好男人嫁了！

文創風 165 1

一覺醒來她竟成了一個名叫崔薇的七歲小女娃兒，
這崔家窮得連吃雞蛋都要省，而且崔薇的娘還重男輕女得很過分！
以前她可是十指不沾陽春水，現在卻得從早到晚幹活。
如果她不想被折騰到死，最好能藉機從這個家分出去……
她打算靠自己掙些錢，經營起她自己古代田園的小日子……

文創風 166 2

有了自己的房子後，接著就是杜絕娘想侵吞她房子的念頭，
她打算出錢向娘把自己買下來，理直氣壯地擁有自己的所有權！
一切似乎都按著她所想要的發生，都在她掌握之中……除了聶秋染！
他是這個村裡的年輕秀才，聰穎、斯文、好看……可她就覺得他很腹黑，
即便他骨子裡詭計一堆，但憑她這個穿越來的，就不信他能將自己算計去！

文創風 167 3

都已經獨立一戶過生活，她還是不得安寧，她打算買隻靈性又凶猛的狗顧家。
她能求的，只有那個聶家的腹黑秀才聶秋染……
明知這樣要欠腹黑又難拿捏的他天大的人情，她也認了！
於是他偷偷帶她出城買狗，回來時卻被大家發現她私自跟男人出城……
聶秋染倒是挺身而出說要娶她。唉，這下她得賠上自己了……

文創風 168 4

原以為聶秋染這腹黑秀才說要娶她是為了幫她解圍，沒想到他是認真的，
唉！她也算是聰穎過人，還是穿越過來的人，
但一面對他，不管她再怎麼說，情況好像全照他的意思走。
而且自從他說要娶她之後，他便大搖大擺地常往她這兒跑，
賴著她、愛吃她做的菜，連她的賺錢大計都插手管起來了……

文創風 169 5

兩人成婚後，她過得挺好，只除了他的怪癖──她懷疑他是白色絨毛控！
每次從城裡給她帶禮物，從耳環、髮飾到披風全都是帶著白色絨毛的，
還硬要親自把這些絨毛玩意裝扮在她身上，當她是他專屬的芭比娃娃，
嫁了他後，他更是名正言順地玩起妝扮她的遊戲……囧！
幸好，除了這項癖好之外，他好得沒話說，不然她可不在意休夫呢！

文創風 170 6 完

兩人本來和和美美地過起有名無實的小夫妻生活，直到──
她癸水來了，不再是娃兒的模樣，眉眼開了，身段婀娜了，
偏又遇上她之前的傾慕者上門，他終於忍不住醋勁大發！
之前她覺得他將自己當妹妹一樣的照顧著，她一直過得很安心，
現在他大吃飛醋，一心想佔有她，圓房這事兒看來是逃不掉了！

筆潤情摯，巧織錦繡良緣／花樣年華

重為君婦

全套三冊

上一世錯嫁薄倖丈夫，
重生為公府小姐自然得好好挑一門好姻緣！
誰知這緣分是如何牽繫，
竟讓那負心人也以另一個身分重返人世，
老天非要演這齣前世今生的戲碼來……

文創風 171 **1**

家道中落，陳諾曦一生伺候了薄倖丈夫，
垂臥病榻還被姨娘給氣得一命嗚呼！
沒想到，當她重生為定國公府三小姐梁希宜後，
卻發現自己前世的身軀竟被另一縷靈魂給鳩佔鵲巢，
就連當初傷她至深的丈夫也早在四年前亡逝了……
即使這輩子人事已全非，卻還是不改勞碌命，
對內既要應付家門裡的宅鬥，對外還得給自個兒挑門好姻緣。

前世，他辜負了妻子陳諾曦，最終抱憾而逝，
誰想上天卻給了他彌補的機會，
讓他以靖遠侯府大少爺歐陽穆的身分重返人世……
為了償還所欠的恩情，今生他打定主意要再續前緣！

文創風 172 **2**

前世的她受盡姨娘妾室的氣，此生絕不想重蹈覆轍，
要她交付真心，對象必須同意只娶一妻；
若守不住本心，她情願嫁個沒有感情的丈夫！
原以為那溫文儒雅的秦家二少是她所求的好歸宿，
無奈傳出他與表妹的私情，讓這門親事臨時生變。
這世上能守身如玉的男子本就鳳毛麟角，
看來她只能斷了念想，擇一門安穩姻緣才是上策……

若非機緣巧合，讓他識出前世妻子重生為定國公府的梁希宜，
差一點自個兒家的媳婦就要嫁為他人婦了。
老實說，這一世有誰能同他這般待她如命，永不負心？
可她卻避之唯恐不及，為了與她廝守今生，拐妻入門是勢在必行！

文創風 173 **3** 完

她是萬不想同歐陽穆有瓜葛，猶記初見時，他表現得殺伐決斷，
現下忽然要求娶她，誰知道改日翻起臉來又是什麼情況？
不過橫豎已被退了兩次親，她本就打算尋一個無感情基礎的丈夫，
為了顧全定國公府的裡子與面子，則嫁他有何不可？

他既許諾她一生一世一雙人，自是誠心相待，未有欺瞞，
唯獨今生曾錯戀陳諾曦的事，讓他無從解釋說明，
就怕妻子知曉他是前世的負心人，因而厭恨他、離棄他。
未料，這不容說的秘密終有揭曉的一日……

文創風
177

嫡女難嫁 1

國家圖書館出版品預行編目資料

嫡女難嫁 / 蘇小涼著. --
初版. -- 臺北市 : 狗屋, 民103.04
冊 ; 公分. --（文創風）
ISBN 978-986-328-279-2（第1冊 : 平裝）. --

857.7　　103005311

著作者	蘇小涼
編輯	王佳薇
校對	黃鈺菁　曾慧柔
發行所	狗屋出版社有限公司
地址	台北市104中山區龍江路71巷15號1樓
電話	02-2776-5889～0
發行字號	局版台業字845號
法律顧問	蕭雄淋律師
總經銷	知遠文化事業有限公司
電話	02-2664-8800
初版	103年4月
國際書碼	ISBN-13　978-986-328-279-2
原著書名	《嫡女难嫁》，由北京晉江原創網絡科技有限公司授權出版

定價250元

狗屋劃撥帳號：19001626

網址：love.doghouse.com.tw　E-mail：love@doghouse.com.tw